〈異界〉文学を読む

鼎書房

はじめに

○本書は日本の近代文学のなかから、精読にたえうるすぐれた短篇小説を集めたものである。
○編纂にあたっては、文学史的な流れに配慮しつつ、特に〈異界〉論的な解読の可能なものを中心に配列した。
○作品は原則として当該作家の最新の全集ないしはそれに準ずるものを底本にし、原則として旧漢字は新漢字に改めた。
○それぞれの作品には、〈テキスト〉〈解説〉〈参考文献〉を付した。
〈テキスト〉は、初出、初収刊本および底本について記した。〈解説〉では、主として〈異界〉論的コンセプトによる読みの可能性を中心に、読解上の問題点を簡潔に記した。〈参考文献〉は、新しいものを中心に基本的な先行研究をあげた。
○巻末の「〈異界〉論へのいざない」は、特に近代文学研究における〈異界〉論的アプローチについて、その動向と留意点を概観したものである。
○本書によって、特に若い世代のなかから近代小説への関心と新しい読み換えが生まれることを願っている。

編　者

〈異界〉文学を読む　目　次

龍潭譚

泉　鏡花

躑躅《つゝじ》か丘《をか》

日《ひ》は午《ご》なり。あらゝ木《ぎ》のたら〳〵坂《ざか》に樹《き》の蔭《かげ》もなし。寺《てら》の門《もん》、植木屋《うゑきや》の庭《には》、花屋《はなや》の店《みせ》など、坂下《さかした》を挟《さしはさ》みて町《まち》の入口《いりくち》にはあたれど、のぼるに従《したが》ひて、たゞ畑《はた》ばかりとなれり。番小屋《ばんごや》めきたるもの小《こ》だかき処《ところ》に見《み》ゆ。谷《たに》には菜《な》の花残《はなのこ》りたり。路《みち》の右左《みぎひだり》、躑躅《つゝじ》の花《はな》の紅《くれなゐ》なるが、見渡《みわた》す方《かた》、見返《みかへ》る方《かた》、いまを盛《さかり》なりき。ありくにつれて汗少《あせすこ》しいでぬ。

空《そら》よく晴《は》れて一点《いつてん》の雲《くも》もなく、風《かぜ》あたゝかに野面《のづら》を吹《ふ》けり。

一人《ひとり》にては行《ゆ》くことなかれと、優《やさ》しき姉上《あねうへ》のいひたりしを、肯《き》かで、しのびて来《き》つ。おもしろきながめかな。山《やま》の上《うへ》の方《かた》より一束《ひとたば》の薪《たきゞ》をかつぎたる漢《をのこ》おり来《きた》れり。眉太《まゆふと》く、眼《め》の細《ほそ》きが、向《むかう》ざまに顱巻《はちまき》したる、額《ひたひ》のあたり汗《あせ》になりて、のし〳〵と近《ちか》づきつゝ、細《ほそ》き道《みち》をかたよけてわれを通《とほ》せしが、ふりかへり、

「危《あぶ》ないぞ〳〵。」

といひずてに眦《まなじり》に皺《しわ》を寄《よ》せてさつ〳〵と行過《ゆきす》ぎぬ。

見返《みかへ》ればハヤたら〳〵さがりに、其肩《そのかた》躑躅《つゝじ》の花《はな》にかくれて、髪結《かみゆ》ひたる天窓《あたま》のみ、やがて山蔭《やまかげ》に見《み》えずなりぬ。草《くさ》がくれの径《こみち》遠《とほ》く、小川流《をがはなが》るゝ谷間《たにあひ》の畦道《あぜみち》を、菅笠《すげがさ》冠《かむ》りたる婦人《をんな》の、跣足《はだし》にて鋤《すき》をば肩《かた》にし、小《ちひ》さき女《むすめ》の児《こ》の手《て》をひき

て彼方《あなた》にゆく背 姿《うしろすがた》ありしが、それも杉《すぎ》の樹立《こだち》に入《い》りたり。

行《ゆ》く方《かた》も躑躅《つゝじ》なり。来《こ》し方《かた》も躑躅《つゝじ》なり。山土《やまつち》のいろもあかく見《み》えたる、あまりうつくしさに恐《おそろ》しくなりて、家路《いへぢ》に帰《かへ》らむと思《おも》ふ時《とき》、わが居《ゐ》たる一株《ひとかぶ》の躑躅《つゝじ》のなかより、羽音《はおと》たかく、虫《むし》のつと立《た》ちて頬《ほゝ》を掠《かす》めしが、かなたに飛《と》びて、およそ五六 尺隔《しやくへだ》てたる処《ところ》に礫《つぶて》のありたる其《その》わきにとゞまりぬ。羽《はね》をふるふさまも見《み》えたり。手《て》をあげて走《はし》りかゝれば、ぱつとまた立《た》ちあがりて、おなじ距離《きより》五六 尺《しやく》ばかりのところにとまりたり。其《その》まゝ小石《こいし》を拾《ひろ》ひあげて狙《ねら》ひうちし、石《いし》はそれぬ。虫《むし》はくるりと一《ひと》ツまはりて、また旧《もと》のやうにぞ居《を》る。追《お》ひかくれば迅《はや》くもまた遁《に》げぬ。遁《に》ぐるが遠《とほ》くには去《さ》らず、いつもおなじほどのあはひを置《お》きてはキラ〳〵とさゝやかなる羽《は》ばたきして、鷹揚《おうやう》に其二《そのふた》すぢの細《ほそ》き髯《ひげ》を上下《うへした》にわづくりておし動《うご》かすぞいと憎《にく》さげなりける。

われは足踏《あしぶみ》して心《こゝろ》いらてり。其居《そのゐ》たるあとを踏《ふ》みにじりて、

「畜生《ちくしやう》、畜生《ちくしやう》。」

と呟《つぶや》きざま、躍《をど》りかゝりてハタと打《う》ちし、拳《こぶし》はいたづらに土《つち》によごれぬ。渠《かれ》は一足先《ひとあしさき》なる方《かた》に悠々《いう〳〵》と羽《は》づくろひす。憎《にく》しと思《おも》ふ心《こゝろ》を籠《こ》めて瞻《みまも》りたれば、虫《むし》は動《うご》かずなりたり。つく〴〵見《み》れば羽蟻《はあり》の形《かたち》して、それよりもやゝ大《おほい》なる、身《み》はたゞ五彩《ごさい》の色《いろ》を帯《お》びて青《あを》みがちにかゞやきたる、うつくしさいはむ方《かた》なし。

色彩《しきさい》あり光沢《くわうたく》ある虫《むし》は毒《どく》なりと、姉上《あねうへ》の教《をし》へたるをふと思《おも》ひ出《い》でたれば、打置《うちお》きてすご〳〵と引返《ひつかへ》せしが、足許《あしもと》にさきの石《いし》の二《ふた》ツに砕《くだ》けて落《お》ちたるより俄《にはか》に心動《こゝろうご》き、拾《ひろ》ひあげて取《と》つて返《かへ》し、きと毒虫《どくむし》をねらひたり。

このたびはあやまたず、したゝかうつて殺《ころ》しぬ。嬉《うれ》しく走《はし》りつきて石《いし》をあはせ、ひたと打《うち》ひしぎて蹴飛《けと》ばしたる、石《いし》は躑躅《つゝじ》のなかをくゞりて小砂利《こじやり》をさそひ、ばら〳〵と谷深《たにふか》くおちゆく音《おと》しき。袂《たもと》のちり打《うち》はらひて空《そら》を仰《あふ》げば、日脚《ひあし》やゝ斜《なゝめ》になりぬ。ほか〳〵とかほあつき日向《ひなた》に唇《くちびる》かわきて、眼《め》のふちより頬《ほゝ》

のあたりむず痒《がゆ》きこと限《かぎ》りなかりき。

心着《こゝろづ》けば旧来《もとき》し方《かた》にはあらじと思《おも》ふ坂道《さかみち》の異《こと》なる方《かた》にわれはいつかおりかけ居《ゐ》たり。丘《をか》ひとつ越《こ》えたりけむ、戻《もど》る路《みち》はまたさきとおなじのぼりになりぬ。見渡《みわた》せば、見《み》まはせば、赤土《あかつち》の道幅《みちはゞ》せまく、うねり〳〵果《はて》しなきに、両側《りやうがは》つゞきの躑躅《つゝじ》の花《はな》、遠《とほ》き方《かた》は前後《ぜんご》を塞《ふさ》ぎて、日《ひ》かげあかく咲込《さきこ》めたる空《そら》のいろの真蒼《まさを》き下《した》に、彳《たゝず》むはわれのみなり。

鎮守《ちんじゆ》の社《やしろ》

坂《さか》は急《きふ》ならず長《なが》くもあらねど、一《ひと》つ尽《つく》ればまたあらたに顕《あらは》る。起伏《きふく》恰《あたか》も大波《おほなみ》の如《ごと》く打続《うちつゞ》きて、いつ坦《たん》ならむとも見《み》えざりき。

あまり倦《う》みたれば、一《ひと》ツおりてのぼる坂《さか》の窪《くぼみ》に踞《つくば》ひし、手《て》のあきたるまゝ何《なに》ならむ指《ゆび》もて土《つち》にかきはじめぬ。さといふ字《じ》も出来《でき》たり。くといふ字《じ》も書《か》きたり。曲《まが》りたるもの、直《すぐ》なるもの、心《こゝろ》の趣《おもむ》くまゝに落書《らくがき》したり。しかなせるあひだにも、頬《ほゝ》のあたり先刻《さき》に毒虫《どくむし》の触《ふ》れたらむと覚《おぼ》ゆるが、しきりにかゆければ、袖《そで》もてひまなく擦《こす》りぬ。擦《こす》りてはまたもの書《か》きなどせる、なかにむつかしき字《じ》のひとつ形《かたち》よく出来《でき》たるを、姉《あね》に見《み》せばやと思《おも》ふに、俄《にはか》に其顔《そのかほ》の見《み》たうぞなりたる。

立《たち》あがりてゆくてを見《み》れば、左右《さいう》より小枝《こえだ》を組《く》みてあはひも透《す》かで躑躅《つゝじ》咲《さ》きたり。日影《ひかげ》ひとしほ赤《あか》うなりまさりたるに、手《て》を見《み》たれば掌《たなそこ》に照《て》りそひぬ。

一文字《いちもんじ》にかけのぼりて、唯《と》見《み》ればおなじ躑躅《つゝじ》のだら〳〵おりなり。走《はし》りおりて走《はし》りのぼりつ。いつまでか係《かく》てあらむ、こたびこそと思《おも》ふに違《たが》ひて、道《みち》はまた蜿《うね》れる坂《さか》なり。踏心地《ふみごこち》柔《やはら》かく小石《こいし》ひとつあらずなりぬ。

いまだ家《いへ》には遠《とほ》しとみゆるに、忍《しの》びがたくも姉《あね》の顔《かほ》なつかしく、しばらくも得堪《えた》へずなりたり。

再《ふたゝ》びかけのぼり、またかけりおりたる時《とき》、われしらず泣《な》きて居《ゐ》つ。泣《な》きながらひたばしりに走《はし》りたれど、なほ家《いへ》ある処《ところ》に至《いた》らず、坂《さか》も躑躅《つゝじ》も少《すこ》しもさきに異《ことな》らずして、日《ひ》の傾《かたむ》くぞ心細《こゝろぼそ》き。肩《かた》、背《せ》のあたり寒《さむ》うなりぬ。ゆふ日《ひ》あざやかにぱつと茜《あかね》さして、眼《め》もあやに躑躅《つゝじ》の花《はな》、たゞ紅《くれなゐ》の雪《ゆき》の降積《ふりつ》めるかと疑《うたが》はる。

われは涙《なみだ》の声《こゑ》たかく、あるほど声《こゑ》を絞《しぼ》りて姉《あね》をもとめぬ。一《ひと》たび二《ふた》たび三《み》たびして、こたへやすると耳《みゝ》を澄《すま》せば、遥《はるか》に滝《たき》の音聞《おときこ》えたり。どう〱と響《ひゞ》くなかに、いと高《たか》く冴《さ》えたる声《こゑ》の幽《かすか》に、

「もうい〻よ、もうい〻よ。」

と呼《よ》びたる聞《きこ》えき。こはいとけなき我《わ》がなかまの隠《かく》れ遊《あそ》びといふものするあひ図《づ》なることを認《みと》め得《え》たる、一声《ひとこゑ》くりかへすと、ハヤきこえずなりしが、やう〱心《こゝろ》たしかに其《そ》の声《こゑ》したる方《かた》にたどりて、また坂《さか》ひとつおりて一《ひと》つのぼり、こだかき所《ところ》に立《た》ちて瞰《み》おろせば、あまり雑作《ざふさ》なしや、堂《だう》の瓦屋根《かはらやね》、杉《すぎ》の樹立《こだち》のなかより見《み》えぬ。かくてわれ踏迷《ふみまよ》ひたる紅《くれなゐ》の雪《ゆき》のなかをばのがれつ。背後《うしろ》には躑躅《つゝじ》の花飛《はなと》び〱に咲《さ》きて、青《あを》き草《くさ》まばらに、やがて堂《だう》のうらに達《たつ》せし時《とき》は一株《ひとかぶ》も花《はな》のあかきはなくて、たそがれの色《いろ》、境内《けいだい》の手洗水《みたらし》のあたりを籠《こ》めたり。柵結《さくゆ》ひたる井戸《ゐど》ひとつ、銀杏《いてふ》の古《ふ》りたる樹《き》あり、そがうしろに人《ひと》の家《いへ》の土塀《どべい》あり。此方《こなた》は裏木戸《うらきど》のあき地《ち》にて、むかひに小《ちひ》さき稲荷《いなり》の堂《だう》あり。石《いし》の鳥居《とりゐ》あり。木《き》の鳥居《とりゐ》あり。この木《き》の鳥居《とりゐ》の左《ひだり》の柱《はしら》には割《わ》れめありて太《ふと》き鉄《てつ》の輪《わ》を嵌《は》めたるさへ、心《こゝろ》たしかに覚《おぼ》えある、こゝよりはハヤ家《いへ》に近《ちか》しと思《おも》ふに、さきの恐《おそろ》しさは全《まつた》く忘《わす》れ果《は》てつ。たゞひとへにゆふ日照《ひて》りそひたるつゝじの花《はな》の、わが丈《たけ》よりも高《たか》き処《ところ》、前後左右《ぜんごさいう》を咲埋《さきうづ》めたるあかき色《いろ》のあかきがなかに、緑《みどり》と、紅《くれなゐ》と、紫《むらさき》と、青白《せいはく》の光《ひかり》を羽色《はいろ》に帯《お》びたる毒虫《どくむし》のキラ〱と飛《と》びたるさまの広《ひろ》き景色《けしき》のみぞ、画《ゑ》の如《ごと》く小《ちひ》さき胸《むね》にゑがかれける。

かくれあそび

さきにわれ泣《な》きいだして救《すくひ》を姉《あね》にもとめしを、渠《かれ》に認《みと》められしぞ幸《さいはひ》なる。いふことを肯《き》かで一人《ひとり》いで来《き》しを、弱《よわ》りて泣《な》きたりと知《し》られむには、さもこそとて笑《わら》はれなむ。優《やさ》しき人《ひと》のなつかしけれど、顔《かほ》をあはせて謂《い》ひまけむは口惜《くちを》

しきに。

嬉《うれ》しく喜《よろこ》ばしき思《おも》ひ胸《むね》にみちては、また急《きふ》に家《いへ》に帰《かへ》らむとはおもはず。ひとり境内《けいだい》に彳《たゝず》みしに、わツといふ声《こゑ》、笑《わら》ふ声《こゑ》、木《き》の蔭《かげ》、井戸《ゐど》の裏《うら》、堂《だう》の奥《おく》、廻廊《くわいらう》の下《した》よりして、五《いつ》ツより八《や》ツまでなる児《こ》の五六人前後《にんあとさき》に走《はし》り出《い》でたり、こはかくれ遊《あそ》びの一人《いちにん》が見《み》いだされたるものぞとよ。二人三人走《ふたりみたりはし》り来《き》て、わが其処《そこ》に立《た》てるを見《み》つ。皆瞳《みなひとみ》を集《あつ》めしが、「お遊《あそ》びな、一所《いつしよ》にお遊《あそ》びな。」とせまりて勧《すゝ》めぬ。小家《こいへ》あちこち、このあたりに住《す》むは、かたゐといふものなりとぞ。風俗少《ふうぞくすこ》しく異《こと》なれり。児《こ》どもが親達《おやたち》の家富《いへと》みたるも好《よ》き衣着《きぬき》たるはあらず、大抵跣足《たいていはだし》なり。三味線弾《さみせんひ》きて折々《をりをり》わが門《かど》に来《きた》るもの、溝川《みぞかは》に鰌《どぢやう》を捕《とら》ふるもの、附木《つけぎ》、草履《ざうり》など鬻《ひさ》ぎに来《く》るものだちは、皆《みな》この児《こ》どもが母《はゝ》なり、父《ちゝ》なり、祖母《そぼ》などなり。さるものとはともに遊《あそ》ぶな、とわが友《とも》は常《つね》に戒《いまし》めつ。然《さ》るに町方《まちかた》の者《もの》としいへば、かたゐなる児《こ》ども尊《たふと》び敬《うやま》ひて、頃刻《しばらく》もともに遊《あそ》ばんことを希《こひねが》ふや、親《した》しく、優《やさ》しく勉《つと》めてすなれど、不断《ふだん》は此方《こなた》より遠《とほ》ざかりしが、其《その》時《とき》は先《さき》にあまり淋《さび》しくて、友欲《ともほ》しき念《ねん》の堪《た》へがたかりし其心《そのこゝろ》のまだ失《う》せざると、恐《おそろ》しかりしあとの楽《たの》しきとに、われは拒《こば》まずして頷《うなづ》きぬ。

児《こ》どもはさゞめき喜《よろこ》びたりき。さてまたかくれあそびを繰返《くりかへ》すとて、拳《けん》してさがすものを定《さだ》めしに、われ其任《そのにん》にあたりたり。面《おもて》を蔽《おほ》へといふまゝにしつ。ひッそとなりて、堂《だう》の裏崖《うらがけ》をさかさに落《お》つる滝《たき》の音《おと》どう〳〵と松杉《まつすぎ》の梢《こずゑ》ゆふ風《かぜ》に鳴《な》り渡《わた》る。かすかに、

「もう可《い》いよ、もう可《い》いよ。」

と呼《よ》ぶ声《こゑ》、谺《こだま》に響《ひゞ》けり。眼《め》をあくればあたり静《しづ》まり返《かへ》りて、たそがれの色《いろ》また一際《ひときは》襲《おそ》ひ来《きた》れり。大《おほい》なる樹《き》のすく〳〵とならべるが朦朧《もうろう》としてうすぐらきなかに隠《かく》れむとす。

声《こゑ》したる方《かた》をと思《おも》ふ処《ところ》には誰《たれ》も居《を》らず。こゝかしこさがしたれど人《ひと》らしきものあらざりき。

また旧《もと》の境内《けいだい》の中央《ちうあう》に立《た》ちて、もの淋《さび》しく瞶《みまは》しぬ。山《やま》の奥《おく》にも響《ひゞ》くべく凄《すさま》じき音《おと》して堂《だう》の扉《とびら》を鎖《とざ》す音《おと》しつ、闃《げき》とし

てものも聞《きこ》えずなりぬ。

親《した》しき友《とも》にはあらず。常《つね》にうとましき児《こ》どもなれば、かゝる機会《をり》を得《え》てわれをば苦《くるし》めむとや企《たく》みけむ。身《み》を隠《かく》したるまゝ密《ひそか》に遁《に》げ去《さ》りたらむには、探《さが》せばとて獲《え》らるべき。益《やく》もなきことをと不図《ふと》思《おも》ひうかぶに、うちすてて踵《くびす》をかへしつ。さるにても万一《もし》わがみいだすを待《ま》ちてあらばいつまでも出《い》でくることを得《え》ざるべし、それもまたはかり難《がた》しと、心迷《こゝろまよ》ひて、とつ、おいつ、徒《いたづら》に立《た》ちて困《こう》ずる折《をり》しも、何処《いづく》より来《きた》りしとも見《み》えず、暗《くら》うなりたる境内《けいだい》の、うつくしく掃《は》いたる土《つち》のひろ〳〵と灰色《はひいろ》なせるに際立《きはだ》ちて、顔《かほ》の色白《いろしろ》く、うつくしき人《ひと》、いつかわが傍《かたはら》に居《ゐ》て、うつむきざまにわれをば見《み》き。

極《きは》めて丈高《たけたか》き女《をんな》なりし、其手《そのて》を懐《ふところ》にして肩《かた》を垂《た》れたり。優《やさ》しきこゑにて、

「此方《こちら》へおいで。此方《こちら》。」

といひて前《さき》に立《た》ちて導《みちび》きたり。見知《みし》りたる女《ひと》にあらねど、うつくしき顔《かほ》の笑《ゑみ》をば含《ふく》みたる、よき人《ひと》と思《おも》ひたれば、怪《あや》しまで、隠《かく》れたる児《こ》のありかを教《をし》ふるとさとりたれば、いそ〳〵と従《したが》ひぬ。

あふ魔《ま》が時《とき》

わが思《おも》ふ処《ところ》に違《たが》はず、堂《だう》の前《まへ》を左《ひだり》にめぐりて少《すこ》しゆきたる突《つき》あたりに小《ちひ》さき稲荷《いなり》の社《やしろ》あり。青《あを》き旗《はた》、白《しろ》き旗《はた》、二三本其前《ぼんそのまへ》に立《た》ちて、うしろはたゞちに山《やま》の裾《すそ》なる雑樹斜《ざふきなゝ》めに生《お》ひて、社《やしろ》の上《うへ》を蔽《おほ》ひたる、其下《そのした》のをぐらき処《ところ》、孔《あな》の如《ごと》き空地《くうち》なるをソとめぐばせしき。瞳《ひとみ》は水《みづ》のしたゝるばかり斜《なゝめ》にわが顔《かほ》を見《み》て動《うご》けるほどに、あきらかに其心《そのこゝろ》ぞ読《よ》まれたる。

さればいさゝかもためらはで、つか〳〵と社《やしろ》の裏《うら》をのぞき込《こ》む、鼻《はな》うつばかり冷《つめ》たき風《かぜ》あり。落葉《おちば》、朽葉《くちば》堆《うづたか》く水《みづ》くさき土《つち》のにほひしたるのみ、人《ひと》の気勢《けはひ》もせで、頸《えり》もとの冷《ひや》ゝかなるに、と胸《むね》をつきて見返《みかへ》りたる、またゝくまと思《おも》ふ彼《か》

の女《ひと》はハヤ見《み》えざりき。何方《いづかた》にか去《さ》りけむ、暗《くら》くなりたり。

身《み》の毛《け》よだちて、思《おも》はず啊呀《あなや》と叫《さけ》びぬ。

人顔《ひとがほ》のさだかならぬ時《とき》、暗《くら》き隅《すみ》に行《ゆ》くべからず、たそがれの片隅《かたすみ》には、怪《あや》しきもの居《ゐ》て人《ひと》を惑《まど》はすと、姉上《あねうへ》の教《をし》へしことあり。

われは茫然《ばうぜん》として眼《まなこ》を睜《みは》りぬ。足《あし》ふるひたれば動《うご》きもならず、固《かた》くなりて立《た》ちすくみたる、左手《ゆんで》に坂《さか》あり。穴《あな》の如《ごと》く、其底《そのそこ》よりは風《かぜ》の吹《ふ》き出《い》づると思《おも》ふ黒闇々《こくあん〳〵》たる坂下《さかした》より、もののぼるやうなれば、こゝにあらば捕《とら》へられむと恐《おそろ》しく、とかうの思慮《しりよ》もなさで社《やしろ》の裏《うら》の狭《せま》きなかににげ入《い》りつ。眼《め》を塞《ふさ》ぎ、呼吸《いき》をころしてひそみたるに、四足《よつあし》のものの歩《あゆ》むけはひして、社《やしろ》の前《まへ》を横《よこ》ぎりたり。

われは人心地《ひとごこち》もあらで見《み》られじとのみひたすら手足《てあし》を縮《ちゞ》めつ。さるにてもさきの女《ひと》のうつくしかりし顔《かほ》、優《やさし》かりし眼《め》を忘《わす》れず。こゝをわれに教《をし》へしを、今《いま》にして思《おも》へばかくれたる児《こ》どものありかにあらで、何等《なんら》か恐《おそろ》しきもののわれを捕《とら》へむとするを、こゝに潜《ひそ》め、助《たす》かるべしとて、導《みちび》きしにはあらずやなど、はかなきことを考《かんが》へぬ。しばらくして小提灯《こぢやうちん》の火影《ほかげ》あかきが坂下《さかした》より急《いそ》ぎのぼりて彼方《かなた》に走《はし》るを見《み》つ。ほどなく引返《ひつかへ》してわがひそみたる社《やしろ》の前《まへ》に近《ちか》づきし時《とき》は、一人《ひとり》ならず二人三人《ふたりみたり》連立《つれだ》ちて来《きた》りし感《かん》あり。

恰《あたか》も其立留《そのたちどま》りし折《をり》から、別《べつ》なる跫音《あしおと》、また坂《さか》をのぼりてさきのものと落合《おちあ》ひたり。

「おい〳〵分《わか》らないか。」

「ふしぎだな、なんでも此辺《このへん》で見《み》たといふものがあるんだが。」

とあとよりいひたるはわが家《いへ》につかひたる下男《げなん》の声《こゑ》に似《に》たるに、あはや出《い》でむとせしが、恐《おそろ》しきものの然《さ》はたばかりて、おびき出《いだ》すにやあらむと恐《おそろ》しさは一《ひと》しほ増《ま》しぬ。

「もう一度念《いちどねん》のためだ、田圃《たんぼ》の方《はう》でも廻《まは》つて見《み》よう、お前《まへ》も頼《たの》む。」

「それでは。」といひて上下《うへした》にばら〳〵と分《わか》れて行《ゆ》く。

再《ふたゝ》び寂《せき》としたれば、ソと身《み》うごきして、足《あし》をのべ、板《いた》めに手《て》をかけて眼《め》ばかりと思《おも》ふ顔《かほ》少《すこ》し差出《さしい》だして、外《と》の方《かた》をうかゞふに、何《なに》ごともあらざりければ、やゝ落着《おちつ》きたり。怪《あや》しきものども、何《なに》とてやはわれをみいだし得《え》む、愚《おろか》なる、と冷《ひやゝ》かに笑《わら》ひしに、思《おも》ひがけず、誰《たれ》ならむたまぎる声《こゑ》して、あわてふためき遁《に》ぐるがありき。驚《おどろ》きてまたひそみぬ。

「ちさとや、ちさとや。」と坂下《さかした》あたり、かなしげにわれを呼《よ》ぶは、姉上《あねうへ》の声《こゑ》なりき。

大沼《おほぬま》

「居《ゐ》ないツて私《わたし》あ何《ど》うしよう、爺《ぢい》や。」

「根《ね》ツから居《ゐ》さつしやらぬことはござりますまいが、日《ひ》は暮《く》れまする。何《なに》せい、御心配《ごしんぱい》なこんでござります。お前様《まへさま》遊《あそ》びに出《だ》します時《とき》、帯《おび》の結《むすび》めを丁《とん》とたゝいてやらつしやれば好《よ》いに。」

「あゝ、いつもはさうして出《だ》してやるのだけれど、けふはお前私《まへわたし》にかくれてそツと出《で》て行《い》つたらうではないかねえ。」

「それはハヤ不念《ぶねん》なこんだ。帯《おび》の結《むすび》めさへ叩《たゝ》いときや、何《なに》がそれで姉様《あねさま》なり、母 様《おふくろさま》なりの魂《たましひ》が入《はひ》るもんだで魔《エテ》めは何《ど》うすることもしえないでごす。」

「さうねえ。」とものかなしげに語《かた》らひつゝ、社《やしろ》の前《まへ》をよこぎりたまへり。

走《はし》りいでしが、あまりおそかりき。

いかなればわれ姉上《あねうへ》をまで怪《あやし》みたる。

悔《く》ゆれど及《およ》ばず、かなたなる境内《けいだい》の鳥居《とりゐ》のあたりまで追《お》ひかけたれど、早《は》や其姿《そのすがた》は見《み》えざりき。

涙《なみだ》ぐみて彳《たゝず》む時《とき》、ふと見《み》る銀杏《いてふ》の木《き》のくらき夜《よる》の空《そら》に、大《おほい》なる円《まる》き影《かげ》して茂《しげ》れる下《した》に、女《をんな》の後 姿《うしろすがた》ありてわが眼《まなこ》を遮《さへぎ》りたり。

あまりよく似《に》たれば、姉上《あねうへ》と呼《よ》ばむとせしが、よしなきものに声《こゑ》かけて、なまじひにわが此処《こゝ》にあるを知《し》られむは、拙《つたな》きわざなればと思《おも》ひてやみぬ。

とばかりありて、其姿《そのすがた》またかくれ去《さ》りつ。見《み》えずなればなほなつかしく、たとへ恐《おそろ》しきものなればとて、かりにもわが優《やさ》しき姉上《あねうへ》の姿《すがた》に化《け》したる上《うへ》は、われを捕《とら》へてむごからむや。さきなるは然《さ》もなくて、いま幻《まぼろし》に見《み》えたるがまこと其人《そのひと》なりけむもわかざるを、何《なに》とて言《こと》はかけざりしと、打泣《うちな》きしが、かひもあらず。

あはれさま〴〵のものの怪《あや》しきは、すべてわが眼《まなこ》のいかにかせし作用《さよう》なるべし、さらずば涙《なみだ》にくもりしや、術《すべ》こそありけれ、かなたなる御手洗《みたらし》にて清《きよ》めてみばやと寄《よ》りぬ。

煤《すゝ》けたる行燈《あんどう》の横長《よこなが》きが一《ひと》つ上《うへ》にかゝりて、ほとゝぎすの画《ゑ》と句《く》など書《か》いたり。灯《ひ》をともしたるに、水《みづ》はよく澄《す》みて、青《あを》き苔《こけ》むしたる石鉢《いしばち》の底《そこ》もあきらかなり。手《て》に掬《むす》ばむとしてうつむく時《とき》、思《おも》ひかけず見《み》たるわが顔《かほ》はそも〳〵いかなるものぞ。覚《おぼ》えず叫《さけ》びしが心《こゝろ》を籠《こ》めて、気《き》を鎮《しづ》めて、両《りやう》の眼《まなこ》を拭《ぬぐ》ひ〳〵、水《みづ》に臨《のぞ》む。

われにもあらでまたとは見《み》るに忍《しの》びぬを、いかでわれかゝるべき、必《かなら》ず心《こゝろ》の迷《まよ》へるならむ、今《いま》こそ、今《いま》こそとわなゝきながら見直《みなほ》したる、肩《かた》をとらへて声《こゑ》ふるはし、

「お、お、千里《ちさと》。えゝも、お前《まへ》は。」と姉上《あねうへ》ののたまふに、縋《すが》りつかまくみかへりたる、わが顔《かほ》を見《み》たまひしが、

「あれ！」

といひて一足《ひとあし》すさりて、

「違《ちが》つてたよ、坊《ばう》や。」とのみいひずてに衝《つ》と馳《は》せ去《さ》りたまへり。

怪《あや》しき神《かみ》のさま〴〵のことしてなぶるわと、あまりのことに腹立《はらだ》たしく、あしずりして泣《な》きに泣《な》きつゝ、ひたばしりに追《お》ひかけぬ。捕《とら》へて何《なに》をかなさむとせし、そはわれ知《し》らず。ひたすらものの口惜《くちを》しければ、とにかくもならばとてなむ。

坂《さか》もおりたり、のぼりたり、大路《おほみち》と覚《おぼ》しき町《まち》にも出《い》でたり、暗《くら》き径《こみち》も辿《たど》りたり、野《の》もよこぎりぬ。畦《あぜ》も越《こ》えぬ。あとをも見《み》ずて駈《か》けたりし。

道《みち》いかばかりなりけむ、漫々《まん〳〵》たる水面《すゐめん》やみのなかに銀河《ぎんが》の如《ごと》く横《よこた》はりて、黒《くろ》き、恐《おそろ》しき森《もり》四方《しはう》をかこめる、大沼《おほぬま》とも覚《おぼ》しきが、前途《ゆくて》を塞《ふさ》ぐと覚《おぼ》ゆる蘆《あし》の葉《は》の繁《しげ》きがなかにわが身体《からだ》倒《たふ》れたる、あとは知《し》らず。

五位鷺《ごゐさぎ》

眼《め》のふち清々《すが〳〵》しく、涼《すゞ》しき薫《かをり》つよく薫《かを》ると心着《こゝろづ》く、身《み》は柔《やはら》かき蒲団《ふとん》の上《うへ》に臥《ふ》したり。やゝ枕《まくら》をもたげて見《み》る、竹縁《ちくえん》の障子《しやうじ》あけ放《はな》して、庭《には》つゞきに向《むか》ひなる山懐《やまふところ》に、緑《みどり》の草《くさ》の、ぬれ色《いろ》青《あを》く生茂《おひしげ》りつ。其半腹《そのはんぷく》にかゝりある巌角《いはかど》の苔《こけ》のなめらかなるに、一挺《いつちやう》はだか蠟《らふ》に灯《ひ》ともしたる灯影《ほかげ》すゞしく、筧《かけひ》の水《みづ》むく〳〵と湧《わ》きて玉《たま》ちるあたりに盥《たらひ》を据《す》ゑて、うつくしく髪《かみ》結《ゆ》うたる女《ひと》の、身《み》に一糸《いつし》もかけで、むかうざまにひたりて居《ゐ》たり。

筧《かけひ》の水《みづ》は其《その》たらひに落《お》ちて、溢《あふ》れにあふれて、地《ち》の窪《くぼ》みに流《なが》るゝ音《おと》しつ。

蠟《らふ》の灯《ひ》は吹《ふ》くとなき山《やま》おろしにあかくなり、くらうなりて、ちら〳〵と眼《め》に映《えい》ずる雪《ゆき》なす膚《はだへ》白《しろ》かりき。

わが寝返《ねがへ》る音《おと》に、ふと此方《こなた》を見返《みかへ》り、それと頷《うなづ》く状《さま》にて、片手《かたて》をふちにかけつゝ片足《かたあし》を立《た》てて盥《たらひ》のそとにいだせる時《とき》、颯《さ》と音《おと》して、烏《からす》よりは小《ちひ》さき鳥《とり》の真白《ましろ》きがひら〳〵と舞《ま》ひおりて、うつくしき人《ひと》の脛《はぎ》のあたりをかすめつ。其《その》まゝおそれげもなう翼《つばさ》を休《やす》めたるに、ざぶりと水《みづ》をあびせざま莞爾《につこ》とあでやかに笑《わら》うてたちぬ。手早《てばや》く衣《きぬ》もて其胸《そのむね》をば蔽《おほ》へり。鳥《とり》はおどろきてはた〳〵と飛去《とびさ》りぬ。

夜《よる》の色《いろ》は極《きは》めてくらし、蠟《らふ》を取《と》りたるうつくしき人《ひと》の姿《すがた》さやかに、庭下駄《にはげた》重《おも》く引《ひ》く音《おと》しつ。ゆるやかに縁《えん》の端《はし》に腰《こし》をおろすとともに、手《て》をつきそらして捩向《ねぢむ》きざま、わがかほをば見《み》つ。

「気分《きぶん》は癒《なほ》つたかい、坊《ばう》や。」

といひて頭《かうべ》を傾《かたむ》けぬ。ちかまさりせる面《おもて》けだかく、眉《まゆ》あざやかに、瞳《ひとみ》すゞしく、鼻《はな》やゝ高《たか》く、唇《くちびる》の紅《くれなゐ》なる、額《ひたひ》つき頬《ほゝ》のあたり臈《らふ》たけたり。こは予《かね》てわがよしと思《おも》ひ詰《つめ》たる雛《ひな》のおもかげによく似《に》たれば貴《たふと》き人《ひと》ぞと見《み》き。年《とし》は姉上《あねうへ》よりたけたまへり。知人《しりびと》にはあらざれど、はじめて逢《あ》ひし方《かた》とは思《おも》はず、さりや、誰《たれ》にかあるらむとつく〴〵みまもりぬ。

またほゝゑみたまひて、

「お前《まへ》あれは斑猫《はんめう》といつて大変《たいへん》な毒虫《どくむし》なの。もう可《い》いね、まるでかはつたやうにうつくしくなつた、あれでは姉様《ねえさん》が見違《みちが》へるのも無理《むり》はないのだもの。」

われも然《さ》あらむと思《おも》はざりしにもあらざりき。いまはたしかにそれよと疑《うたが》はずなりて、のたまふまゝに頷《うなづ》きつ。あたりのめづらしければ起《お》きむとする夜着《よぎ》の肩《かた》、ながく柔《やはら》かにおさへたまへり。

「ぢつとしておいで、あんばいがわるいのだから、落着《おちつ》いて、ね、気《き》をしづめるのだよ、可《い》いかい。」

われはさからはで、たゞ眼《め》をもて答《こた》へぬ。

「どれ。」といひて立《た》つたる折《をり》、のし〳〵と道芝《みちしば》を踏《ふ》む音《おと》して、つゞれをまとうたる老夫《おやぢ》の、顔《かほ》の色《いろ》いと赤《あか》きが縁近《えんちか》う入《はひ》り来《き》つ。

「はい、これはお児《こ》さまがござらつせえたの、可愛《かはい》いお児《こ》ぢや、お前様《まへさま》も嬉《うれ》しかろ。はゝ、どりや、またいつものを頂《いたゞ》きましよか。」

腰《こし》をなゝめにうつむきて、ひつたりとかの筧《かけひ》に顔《かほ》をあて、口《くち》をおしつけてごつ〳〵〳〵とたてつゞけにのみたるが、ふツといきを吹《ふ》きて空《そら》を仰《あふ》ぎぬ。

「やれ〳〵甘《うま》いことかな。はい、参《まゐ》ります。」

と踵《くびす》を返《かへ》すを、此方《こなた》より呼《よ》びたまひぬ。

「ぢいや、御苦労《ごくらう》だが。また来《き》ておくれ、この児《こ》を返《かへ》さねばならぬから。」

「あい〳〵。」

と答《こた》へて去《さ》る。山風颯《やまかぜさつ》とおろして、彼《か》の白《しろ》き鳥《とり》また翔《た》ちおりつ。黒《くろ》き盥《たらひ》のふちに乗《の》りて羽《は》づくろひして静《しづ》まりぬ。

「もう、風邪《かぜ》を引《ひ》かないやうに寝《ね》させてあげよう、どれそんなら私《わたし》も。」とて静《しづか》に雨戸《あまど》をひきたまひき。

九ツ谺《こゝのこだま》

やがて添臥《そひぶし》したまひし、さきに水《みづ》を浴《あ》びたまひし故《ゆゑ》にや、わが膚《はだ》をり〳〵慄然《りつぜん》たりしが何《なん》の心《こゝろ》もなうひしと取縋《とりすが》りまゐらせぬ。あとを〳〵といふに、をさな物語《ものがたり》二《ふた》ツ三《み》ツ聞《き》かせ給《たま》ひつ。やがて、

「一《ひと》ツ谺《こだま》、坊《ばう》や、二《ふた》ツ谺《こだま》といへるかい。」

「二《ふた》ツ谺《こだま》。」

「三《み》ツ谺《こだま》、四《よ》ツ谺《こだま》といつて御覧《ごらん》。」

「四《よ》ツ谺《こだま》。」

「五《いつ》ツ谺《こだま》。そのあとは。」

「六《む》ツ谺《こだま》。」

「さう〳〵七《なゝ》ツ谺《こだま》。」

「八《や》ツ谺《こだま》。」

「九《こゝの》ツ谺《こだま》——こゝはね、九《こゝの》ツ谺《こだま》といふ処《ところ》なの。さあもうおとなにして寝《ね》るんです。」

背《せ》に手《て》をかけ引寄《ひきよ》せて、玉《たま》の如《ごと》き其乳房《そのちぶさ》をふくませたまひぬ。露《あらは》に白《しろ》き襟《えり》、肩《かた》のあたり鬢《びん》のおくれ毛《げ》はら〳〵とぞみだれたる、かゝるさまは、わが姉上《あねうへ》とは太《いた》く違《ちが》へり。乳《ちゝ》をのまむといふを姉上《あねうへ》は許《ゆる》したまはず。ふところをかいさぐれば常《つね》に叱《しか》りたまふなり。母上《はゝうへ》みまかりたまひてよりこのかた三年《みとせ》を経《へ》つ。乳《ち》の味《あぢ》は忘《わす》れざり

しかど、いまふくめられたるはそれには似《に》ざりき。垂玉《すゐぎよく》の乳房《ちぶさ》たゞ淡雪《あはゆき》の如《ごと》く含《ふく》むと舌《した》にきえて触《ふ》るゝものなく、すゞしき唾《つば》のみぞあふれいでたる。

軽《かる》く背《せな》をさすられて、われ現《うつゝ》になる時《とき》、屋《や》の棟《むね》、天井《てんじやう》の上《うへ》と覚《おぼ》し、凄《すさ》まじき音《おと》してしばらくは鳴《な》りも止《や》まず。こゝにつむじ風《かぜ》吹《ふ》くと柱《はしら》動《うご》く恐《おそろ》しさに、わなゝき取《とり》つくを抱《だ》きしめつゝ、

「あれ、お客《きやく》があるんだから、もう今夜《こんや》は堪忍《かんにん》しておくれよ、いけません。」

とキとのたまへば、やがてぞ静《しづ》まりける。

「恐《こは》くはないよ。鼠《ねずみ》だもの。」

とある、さりげなきも、われはなほ其響《そのひゞき》のうちにものの叫《さけ》びたる声《こゑ》せしが耳《みゝ》に残《のこ》りてふるへたり。

うつくしき人《ひと》はなかばのりいでたまひて、とある蒔絵《まきゑ》ものの手箱《てばこ》のなかより、一口《ひとふり》の守《まもりがたな》 刀を取出《とりだ》しつゝ鞘《さや》ながら引《ひき》そばめ、雄々《をゝ》しき声《こゑ》にて、

「何《なに》が来《き》てももう恐《こは》くはない、安心《あんしん》してお寝《ね》よ。」とのたまふ、たのもしき状《さま》よと思《おも》ひてひたと其胸《そのむね》にわが顔《かほ》をつけたるが、ふと眼《め》をさましぬ。残燈《ありあけ》暗《くら》く床柱《とこばしら》の黒《くろ》うつやゝかにひかるあたり薄《うす》き紫《むらさき》の色《いろ》籠《こ》めて、香《かう》の薫《かをり》残《のこ》りたり。枕《まくら》をはづして顔《かほ》をあげつ。顔《かほ》に顔《かほ》をもたせてゆるく閉《とぢ》たまひたる眼《め》の睫毛《まつげ》かぞふるばかり、すや〳〵と寝入《ねい》りて居《ゐ》たまひぬ。ものいはむとおもふ心《こゝろ》おくれて、しばし瞻《みまも》りしが、淋《さび》しさにたへねばひそかに其唇《そのくちびる》に指《ゆび》さきをふれて見《み》ぬ。指《ゆび》はそれて唇《くちびる》には届《とゞ》かでなむ、あまりよくねむりたまへり。鼻《はな》をやつままむ眼《め》をやおさむとまたつく〴〵と打《うち》まもりぬ。ふと其鼻頭《そのはなさき》をねらひて手《て》をふれしに空《くう》を捻《ひね》りて、うつくしき人《ひと》は雛《ひな》の如《ごと》く顔《かほ》の筋《すぢ》ひとつゆるみもせざりき。またその眼《め》のふちをおしたれど水晶《すゐしやう》のなかなるものの形《かたち》を取《と》らむとするやう、わが顔《かほ》は其《その》おくれげのはしに頬《ほゝ》をなでらるゝまで近《ちか》ぐ々とありながら、いかにしても指《ゆび》さきは其顔《そのかほ》に届《とゞ》かざるに、はては心《こゝろ》いれて、乳《ち》の下《した》に面《おもて》をふせて、強《つよ》く額《ひたひ》もて圧《お》したるに、顔《かほ》にはたゞあたゝかき霞《かすみ》のまとふとばかり、のどかにふは〳〵とさはりしが、薄葉一重《うすえふひとへ》の支《さゝ》ふるなく着《つ》けた

る額《ひたひ》はつと下《した》に落《お》ち沈《しづ》むを、心着《こゝろづ》けば、うつくしき人《ひと》の胸《むね》は、もとの如《ごと》く傍《かたはら》にあをむき居《ゐ》て、わが鼻《はな》は、いたづらにおのが膚《はだ》にぬくまりたる、柔《やはらか》き蒲団《ふとん》に埋《うも》れて、をかし。

渡《わたし》船《ぶね》

夢幻《ゆめまぼろし》ともわかぬに、心《こゝろ》をしづめ、眼《め》をさだめて見《み》たる、片手《かたて》はわれに枕《まくら》させたまひし元《もと》のまま柔《やはら》かに力《ちから》なげに蒲団《ふとん》のうへに垂《た》れたまへり。

片手《かたて》をば胸《むね》にあてて、いと白《しろ》くたをやかなる五指《ごし》をひらきて黄金《わうごん》の目貫《めぬき》キラ〳〵とうつくしき鞘《さや》の塗《ぬり》の輝《かゞや》きたる小《ちひ》さき守刀《まもりがたな》をしかと持《も》つともなく乳《ち》のあたりに落《おと》して据《す》ゑたる、鼻《はな》たかき顔《かほ》のあをむきたる、唇《くちびる》のものいふ如《ごと》き、閉《と》ぢたる眼《め》のほゝ笑《ゑ》む如《ごと》き、髪《かみ》のさら〳〵したる、枕《まくら》にみだれかゝりたる、それも違《たが》はぬに、胸《むね》に剣《つるぎ》をさへのせたまひたれば、亡《な》き母上《はゝうへ》の爾時《そのとき》のさまに紛《まが》ふべくも見《み》えずなむ、コハこの君《きみ》もみまかりしよとおもふいまはしさに、はや取除《とりの》けなむと、胸《むね》なる其守刀《そのまもりがたな》に手《て》をかけて、つと引《ひ》く、せつぱゆるみて、青《あを》き光《ひかり》眼《まなこ》を射《い》たるほどこそあれ、いかなるはずみにか血汐《ちしほ》さとほとばしりぬ。眼《め》もくれたり。した〳〵とながれにじむをあなやと両《りやう》の拳《こぶし》もてしかとおさへたれど、留《とゞ》まらで、たふ〳〵と音《おと》するばかりぞ淋漓《りんり》としてながれつたへる、血汐《ちしほ》のくれなゐ衣《きぬ》をそめつ。うつくしき人《ひと》は寂《せき》として石像《せきざう》の如《ごと》く静《しづか》なる鳩尾《みづをち》のしたよりしてやがて半身《はんしん》をひたし尽《つく》しぬ。おさへたるわが手《て》には血《ち》の色《いろ》つかぬに、燈《ともしび》にすかす指《ゆび》のなかの紅《くれなゐ》なるは、人《ひと》の血《ち》の染《そ》みたる色《いろ》にはあらず、訝《いぶか》しく撫《な》で試《こゝろ》むる掌《たなそこ》の其《その》血《ち》汐《しほ》にはぬれもこそせね、こゝろづきて見定《みさだ》むれば、かいやりし夜《よる》のものあらはになりて、すゞしの絹《きぬ》をすきて見《み》ゆる其膚《そのはだ》にまとひたまひし紅《くれなゐ》の色《いろ》なりける。いまはわれにもあらで声高《こわだか》に、母上《はゝうへ》、母上《はゝうへ》と呼《よ》びたれど、叫《さけ》びたれど、ゆり動《うご》かし、おしうごかししたりしが、効《かひ》なくてなむ、ひた泣《な》きに泣《な》く〳〵いつのまにか寝《ね》たりと覚《おぼ》し。顔《かほ》あたゝかに胸《むね》をおさるゝ心地《こゝち》に眼《め》覚《ざ》めぬ。空青《そらあを》く晴《は》れて日影《ひかげ》まばゆく、木《き》も草《くさ》もてらてらと暑《あつ》きほどなり。

われはハヤゆうべ見《み》し顔《かほ》のあかき老夫《をぢ》の背《せな》に負《お》はれて、とある山路《やまぢ》を行《ゆ》くなりけり。うしろよりは彼《か》のうつくしき人《ひと》したがひ来《き》ましぬ。

さてはあつらへたまひし如《ごと》く家《いへ》に送《おく》りたまふならむと推《おし》はかるのみ、わが胸《むね》の中《うち》はすべて見《み》すかすばかり知《し》りたまふやうなれば、わかれの惜《を》しきも、ことのいぶかしきも、取出《とりい》でていはむは益《やく》なし。教《をし》ふべきことならむには、彼方《かなた》より先《さき》んじてうちいでこそしたまふべけれ。

家《いへ》に帰《かへ》るべきわが運《うん》ならば、強《し》ひて止《とゞ》まらむと乞《こ》ひたりとて何《なに》かせん、さるべきいはれあればこそ、と大人《おとな》しう、ものもいはでぞ行《ゆ》く。

断崖《だんがい》の左右《さいう》に聳《そび》えて、点滴声《てんてきこゑ》する処《ところ》ありき。雑草高《ざつさうたか》き径《こみち》ありき。松柏《まつかしは》のなかを行《ゆ》く処《ところ》もありき。きゝ知《し》らぬ鳥《とり》うたへり。褐色《かつしよく》なる獣《けもの》ありて、をり〱叢《くさむら》に躍《をど》り入《い》りたり。ふみわくる道《みち》とにもあらざりしかど、去年《こぞ》の落葉道《おちばみち》を埋《うづ》みて、人多《ひとおほ》く通《かよ》ふ所《ところ》としも見《み》えざりき。

をぢは一挺《いつちやう》の斧《をの》を腰《こし》にしたり。れいによりてのし〱とあゆみながら、茨《いばら》など生《お》ひしげりて、衣《きぬ》の袖《そで》をさへぎるにあへば、すか〱と切《き》つて払《はら》ひて、うつくしき人《ひと》を通《とほ》し参《まゐ》らす。されば山路《やまみち》のなやみなく、高《たか》き塗下駄《ぬりげた》の見《み》えがくれに長《なが》き裾《すそ》さばきながら来《き》たまひつ。

かくて大沼《おほぬま》の岸《きし》に臨《のぞ》みたり。水《みづ》は漫々《まん〱》として藍《らん》を湛《たゝ》へ、まばゆき日《ひ》のかげも此処《こゝ》の森《もり》にはさゝで、水面《すゐめん》をわたる風《かぜ》寒《さむ》く、颯々《さつ〱》として声《こゑ》あり。をぢはこゝに来《き》てソとわれをおろしつ。はしり寄《よ》れば手《て》を取《と》りて立《た》ちながら肩《かた》を抱《いだ》きたまふ、衣《きぬ》の袖左右《そでさいう》より長《なが》くわが肩《かた》にかゝりぬ。

蘆間《あしま》の小舟《をぶね》の纜《ともづな》を解《と》きて、老夫《をぢ》はわれをかゝへて乗《の》せたり。一緒《いつしよ》ならではと、しばしむづかりたれど、めまひのすればとて乗《の》りたまはず、さらばとのたまふはしに棹《さを》を立《た》てぬ。船《ふね》は出《い》でつ。わツと泣《な》きて立上《たちあが》りしがよろめきてしりゐに倒《たふ》れぬ。舟《ふね》といふものにははじめて乗《の》りたり。水《みづ》を切《き》るごとに眼《め》くるめくや、背後《うしろ》に居《ゐ》たまへりとおもふ人《ひと》の大《おほい》なる環《わ》にまはりて前途《ゆくて》なる汀《みぎは》に居《ゐ》たまひき。いかにして渡《わた》し越《こ》したまひつらむと思《おも》ふときハヤ左手《ゆんで》なる汀《みぎは》に見《み》えき。見《み》る〳〵右手《めて》なる汀《みぎは》にまはりて、やがて旧《もと》のうしろに立《た》ちたまひつ。箕《み》の形《かたち》したる大《おほい》なる沼《ぬま》は、汀《みぎは》の蘆《あし》と、松《まつ》の木《き》と、建札《たてふだ》と、其《その》傍《かたはら》なるうつくしき人《ひと》ともろともに緩《ゆる》き環《わ》を描《ゑが》いて廻転《くわいてん》し、はじめは徐《おもむ》ろにまはりしが、あと〳〵急《きふ》になり、疾《はや》くなりつ、くるくる〳〵と次第《しだい》にこまかくまはる〳〵、わが顔《かほ》と一尺《いつしやく》ばかりへだたりたる、まぢかき処《ところ》に松《まつ》の木《き》にすがりて見《み》えたまへる、とばかりありて眼《め》の前《さき》にうつくしき顔《かほ》の﨟《らふ》たけたるが莞爾《につこ》とあでやかに笑《ゑ》みたまひしが、そののちは見《み》えざりき。蘆《あし》は繁《しげ》く丈《たけ》よりも高《たか》き汀《みぎは》に、船《ふね》はとんとつきあたりぬ。

ふるさと

をぢはわれを扶《たす》けて船《ふね》より出《い》だしつ。また其背《そのせな》を向《む》けたり。

「泣《な》くでねえ〳〵。もうぢきに坊《ぼ》ツさまの家《うち》ぢや。」と慰《なぐさ》めぬ。かなしさはそれにはあらねど、いふもかひなくてたゞ泣《な》きたりしが、しだいに身《み》のつかれを感《かん》じて、手《て》も足《あし》も綿《わた》の如《ごと》くうちかけらるゝやう肩《かた》に負《お》はれて、顔《かほ》を垂《た》れてぞともなはれし。見覚《みおぼ》えある板塀《いたべい》のあたりに来《き》て、日《ひ》のやゝくれかゝる時《とき》、老夫《をぢ》はわれを抱《いだ》き下《おろ》して、溝《みぞ》のふちに立《た》たせ、ほく〳〵打《うち》ゑみつゝ、慇懃《いんぎん》に会釈《ゑしやく》したり。

「おとなにしさつしやりませ。はい。」

といひずてに何地《いづち》ゆくらむ。別《わか》れはそれにも惜《を》しかりしが、あと追《お》ふべき力《ちから》もなくて見《み》おくり果《は》てつ。指《さ》す方《かた》もあらでありくともなく歩《ほ》をうつすに、頭《かしら》ふら〳〵と足《あし》の重《おも》たくて行悩《ゆきなや》む、前《まへ》に行《ゆ》くも、後《うし》ろに帰《かへ》るも皆見知越《みなみしりごし》のものなれど、誰《たれ》も取《と》りあはむとはせで往《ゆ》きつ来《きた》りつす。さるにてもなほものありげにわが顔《かほ》をみつゝ行《ゆ》くが、冷《ひやゝ》かに嘲《あざけ》るが如《ごと》く憎《にく》さげなるぞ腹立《はらだた》しき。おもしろからぬ町《まち》ぞとばかり、足《あし》はわれ知《し》らず向直《むきなほ》りて、とぼ〳〵とまた山《やま》ある方《かた》にあるき出《いだ》しぬ。

けたゝましき跫音《あしおと》して鷲摑《わしづかみ》に襟《えり》を摑《つか》むものあり。あなやと振返《ふりかへ》ればわが家《いへ》の後見《うしろみ》せる奈四郎《なしらう》といへる力逞《ちからたく》ましき叔《を》父《ぢ》の、凄《すさ》まじき気色《けしき》して、

「つまゝれめ、何処《どこ》をほツつく。」と喚《わめ》きざま、引立《ひつた》てたり。また庭《には》に引出《ひきいだ》して水《みづ》をやあびせられむかと、泣叫《なきさけ》びてふりもぎるに、おさへたる手《て》をゆるべず、

「しつかりしろ。やい。」

とめくるめくばかり背《せ》を拍《う》ちて宙《ちう》につるしながら、走《はし》りて家《いへ》に帰《かへ》りつ。立騒《たちさわ》ぐ召《めし》つかひどもを叱《しか》りつも細引《ほそびき》を持《も》て来《こ》さして、しかと両手《りやうて》をゆはへあへず奥《おく》まりたる三畳《さんでふ》の暗《くら》き一室《ひとま》に引立《ひつた》てゆきて其《その》まゝ柱《はしら》に縛《いまし》めたり。近《ちか》く寄《よ》れ、喰《くひ》さきなむと思《おも》ふのみ、歯《は》がみして睨《にら》まへたる、眼《め》の色《いろ》こそ怪《あや》しくなりたれ、逆《さか》つりたる眦《まなじり》は憑《つ》きもののわざよとて、寄《よ》りたかりて口々《くちぐ〱》にのゝしるぞ無念《むねん》なりける。

おもての方《かた》さゞめきて、何処《いづく》にか行《ゆ》き居《を》れる姉上《あねうへ》帰《かへ》りましつと覚《おぼ》し、襖《ふすま》いくつかぱた〱と音《おと》してハヤこゝに来《き》たまひつ。叔父《をぢ》は室《しつ》の外《そと》にさへぎり迎《むか》へて、

「ま、やつと取返《とりかへ》したが、縄《なは》を解《と》いてはならんぞ。もう眼《め》が血走《ちばし》つて居《ゐ》て、すきがあると駈《か》け出《だ》すぢや。魔《エテ》どのがそれしよびくでの。」

と戒《いまし》めたり。いふことよくわが心《こゝろ》を得《え》たるよ、然《しか》り、隙《ひま》だにあらむにはいかでかこゝにとゞまるべき。

「あ。」とばかりにいらへて姉上《あねうへ》はまろび入《い》りて、ひしと取着《とりつ》きたまひぬ。ものはいはでさめ〲とぞ泣《な》きたまへる、おん情手《なさけて》にこもりて抱《いだ》かれたるわが胸絞《むねしぼ》らるゝやうなりき。

姉上《あねうへ》の膝《ひざ》に臥《ふ》したるあひだに、医師《いし》来《きた》りてわが脈《みやく》をうかゞひなどしつ。叔父《をぢ》は医師《いし》とともに彼方《あなた》に去《さ》りぬ。

「ちさや、何《ど》うぞ気《き》をたしかにもつておくれ。もう姉様《ねえさん》は何《ど》うしようね。お前《まへ》、私《わたし》だよ。姉《ねえ》さんだよ。ね、わかるだらう、私《わたし》だよ。」

といきつく〴〵ぢつとわが顔《かほ》をみまもりたまふ、涙痕《るゐこん》したゝるばかりなり。

其心《そのこゝろ》の安《やす》んずるやう、強《し》ひて顔《かほ》つくりてニツコと笑《わら》うて見《み》せぬ。

「おゝ、薄気味《うすきみ》が悪《わる》いねえ。」

と傍《かたはら》にありたる奈四郎《なしらう》の妻《つま》なる人《ひと》呟《つぶや》きて身《み》ぶるひしき。

やがてまた人々《ひと〴〵》われを取巻《とりま》きてありしことども責《せ》むるが如《ごと》くに問《と》ひぬ。くはしく語《かた》りて疑《うたがひ》を解《と》かむとおもふに、をさなき口《くち》の順序正《じゆんじよたゞ》しく語《かた》るを得《え》むや、根問《ねど》ひ、葉問《はど》ひするに一々説明《いち〳〵ときあ》かさむに、しかもわれあまりに疲《つか》れたり。うつゝ心《こゝろ》に何《なに》をかいひたる。

やうやくいましめはゆるされたれど、なほ心《こゝろ》の狂《くる》ひたるものとしてわれをあしらひぬ。いふこと信《しん》ぜられず、すること皆人《みなひと》の疑《うたがひ》を増《ま》すをいかにせむ。ひしと取籠《とりこ》めて庭《には》にも出《いだ》さで日《ひ》を過《すご》しぬ。血色《けつしよく》わるくなりて痩《や》せもしつとて、姉上《あねうへ》のきづかひたまひ、後見《うしろみ》の叔父夫婦《をぢふうふ》にはいとせめて秘《かく》しつゝ、そとゆふぐれを忍《しの》びて、おもての景色見《けしきみ》せたまひしに、門辺《かどべ》にありたる多《おほ》くの児《こ》ども我《わ》が姿《すがた》を見《み》ると、一斉《いつせい》に、アレさらはれものの、気狂《きちがひ》の、狐《きつね》つきを見《み》よやといふ〳〵、砂利《じやり》、小砂利《こじやり》をつかみて投《な》げつくるは不断親《ふだんした》しかりし朋達《ともだち》なり。

姉上《あねうへ》は袖《そで》もてわれを庇《かば》ひながら顔《かほ》を赤《あか》うして遁《に》げ入《い》りたまひつ。人目《ひとめ》なき処《ところ》にわれを引据《ひきす》ゑつと見《み》るまに取《と》つて伏《ふ》せて、打《う》ちたまひぬ。

悲《かな》しくなりて泣出《なきだ》せしに、あわたゞしく背《せな》をばさすりて、

「堪忍《かんにん》しておくれよ、よ、こんなかはいさうなものを。」

といひかけて、

「私《わたし》あもう気《き》でも違《ちが》ひたいよ。」としみ〴〵と掻口説《かきくど》きたまひたり。いつのわれにはかはらじを、何《なに》とてさはあやまるや、世《よ》にたゞ一人《ひとり》なつかしき姉上《あねうへ》までわが顔《かほ》を見《み》るごとに、気《き》を確《たしか》に、心《こゝろ》を鎮《しづ》めよ、と涙《なみだ》ながらいはるゝにぞ、さて

はいかにしてか、心《こゝろ》の狂《くる》ひしにはあらずやとわれとわが身《み》を危《あや》ぶむやう其毎《そのたび》になりまさりて、果《はて》はまことにものくるはしくもなりもてゆくなる。

たとへば怪《あや》しき糸《いと》の十重《とへ》二十重《はたへ》にわが身《み》をまとふ心地《こゝち》しつ。しだい〳〵に暗《くら》きなかに奥深《おくふか》くおちいりてゆく思《おもひ》あり。それをば刈払《かりはら》ひ、遁出《のがれい》でむとするに其術《そのすべ》なく、すること、なすこと、人《ひと》見《み》て必《かなら》ず、眉《まゆ》を顰《ひそ》め、嘲《あざけ》り、笑《わら》ひ、卑《いやし》め、罵《のゝし》り、はた悲《かなし》み憂《うれ》ひなどするにぞ、気《き》あがり、心激《こゝろげき》し、たゞじれにじれて、すべてのもの皆《みな》われをはらだたしむ。

口惜《くちを》しく腹立《はらだ》たしきまゝ身《み》の周囲《まはり》はことぐ〳〵く敵《かたき》ぞと思《おも》はるゝ。町《まち》も、家《いへ》も、樹《き》も、鳥籠《とりかご》も、はたそれ何等《なんら》のものぞ、姉《あね》とてまことの姉《あね》なりや、さきには一《ひと》たびわれを見《み》て其弟《そのおとうと》を忘《わす》れしことあり。塵《ちり》一《ひと》つとしてわが眼《め》に入《い》るは、すべてものの化《け》したるにて、恐《おそろ》しきあやしき神《かみ》のわれを悩《なや》まさむとて現《げん》じたるものならむ。さればぞ姉《あね》がわが快復《くわいふく》を祈《いの》る言《ことば》もわれに心《こゝろ》を狂《くる》はすやう、わざと然《さ》はいふならむと、一《ひと》たびおもひては堪《た》ふべからず、力《ちから》あらば恣《ほしいまゝ》にともかくもせばやせよかし、近《ちか》づかば喰《く》ひさきくれむ、蹴飛《けと》ばしやらむ、掻《かき》むしらむ、透《すき》あらばとびいでて、九《こゝの》ツ谺《こだま》とをしへたる、たふときうつくしきかのひとの許《もと》に遁《に》げ去《さ》らむと、胸《むね》の湧《わ》きたつほどこそあれ、ふたゝび暗室《あんしつ》にいましめられぬ。

千呪陀羅尼《せんじゆだらに》

毒《どく》ありと疑《うたが》へばものも食《く》はず、薬《くすり》もいかでか飲《の》まむ、うつくしき顔《かほ》したりとて、優《やさ》しきことをいひたりとて、いつはりの姉《あね》にはわれことばもかけじ。眼《め》にふれて見《み》ゆるものとしいへば、たけりくるひ、罵《のゝし》り叫《さけ》びてあれたりしが、つひには声《こゑ》も出《い》でず、身《み》も動《うご》かず、われ人《ひと》をわきまへず心地《こゝち》死《し》ぬべくなれりしを、うつら〳〵舁《か》きあげられて高《たか》き石壇《いしだん》をのぼり、大《おほい》なる門《もん》を入《い》りて、赤土《あかつち》の色《いろ》きれいに掃《は》きたる一条《ひとすぢ》の道長《みちなが》き、右左《みぎひだり》、石燈籠《いしどうろう》と石榴《ざくろ》の樹《き》の小《ちひ》さきと、おなじほどの距離《きより》にかはるぐ〳〵続《つゞ》きたるを行《ゆ》きて、香《かう》の薫《かをり》しみつきたる太《ふと》き円柱《まるばしら》の際《きは》に寺《てら》の本堂《ほんだう》に据《す》ゑられつ、ト思《おも》ふ耳《みゝ》のはたに竹《たけ》を破《わ》る響《ひゞき》きこえて、僧《そう》ども五三人一斉《ごさんにんいつせい》に声《こゑ》を揃《そろ》へ、高《たか》らかに誦《じゆ》する声耳《こゑみゝ》を聾《ろう》するばかり喧《かし》ましさ堪《た》ふべからず、禿顱《とくろ》ならび居《ゐ》る木《き》のはしの法師《ほふし》ばら、何《なに》をかすると、拳《こぶし》をあげて一人《にん》の天窓《あたま》をうたむとせしに、一幅《ひとはゞ》の青《あお》き光《ひかり》颯《さつ》と窓《まど》を射《い》て、水晶《すゐしやう》の念珠《ねんじゆ》瞳《ひとみ》をかすめ、ハツシと胸《むね》をうちたるに、ひるみて踞《うづく》まる時《とき》、若僧円柱《じやくそうゑんちう》をいざり出《い》でつゝ、つい居《ゐ》て、サラ〳〵と金襴《きんらん》の帳《とばり》を絞《しぼ》る、燦爛《さんらん》たる御厨子《みづし》のなかに尊《たふと》き像《すがた》こそ拝《をが》まれたれ。一段高《いちだんたか》まる経《きやう》の声《こゑ》、トタンにはたゝがみ天地《てんち》に鳴《な》りぬ。

端厳微妙《たんげんみめう》のおんかほばせ、雲《くも》の袖《そで》、霞《かすみ》の袴《はかま》ちら〳〵と瓔珞《えうらく》をかけたまひたる、玉《たま》なす胸《むね》に繊手《せんしゆ》を添《そ》へて、ひたと、をさなごを抱《いだ》きたまへるが、仰《あふ》ぐ〳〵瞳《ひとみ》うごきて、ほゝゑみたまふと、見《み》たる時《とき》、やさしき手《て》のさき肩《かた》にかゝりて、姉上《あねうへ》は念《ねん》じたまへり。

滝《たき》や此堂《このだう》にかゝるかと、折《をり》しも雨《あめ》の降《ふ》りしきりつ。渦《うづま》いて寄《よ》する風《かぜ》の音《おと》、遠《とほ》き方《かた》より呻《うな》り来《き》て、どつと満山《まんざん》に打《うち》あたる。

本堂青光《ほんだうあをびかり》して、はたゝがみ堂《だう》の空《そら》をまろびゆくに、たまぎりつゝ、今《いま》は姉上《あねうへ》を頼《たの》までやは、あなやと膝《ひざ》にはひあがりて、ひしと其胸《そのむね》を抱《いだ》きたれば、かゝるものをふりすてむとはしたまはで、あたゝかき腕《かひな》はわが背《せな》にて組合《くみあ》はされたり。さるにや気《き》も心《こゝろ》もよわ〳〵となりもてゆく、ものを見《み》る明《あきら》かに、耳《みゝ》の鳴《な》るがやみて、恐《おそろ》しき吹降《ふきぶ》りのなかに陀羅《だら》尼《に》を呪《じゆ》する聖《ひじり》の声々《こゑ〴〵》さわやかに聞《き》きとられつ。あはれに心細《こゝろぼそ》くもの凄《すご》きに、身《み》の置処《おきどころ》あらずなりぬ。からだひとつ消《き》えよかしと両手《りやうて》を肩《かた》に縋《すが》りながら顔《かほ》もて其胸《そのむね》を押《お》しわけたれば、襟《えり》をば搔《か》きひらきたまひつゝ、乳《ち》の下《した》にわがつむり押入《おしい》れて、両袖《りやうそで》を打《うち》かさねて深《ふか》くわが背《せな》を蔽《おほ》ひ給《たま》へり。御仏《みほとけ》の其《その》をさなごを抱《いだ》きたまへるも斯《か》くこそと嬉《うれ》しきに、おちゐて、心地《こゝち》すが〳〵しく胸《むね》のうち安《やす》く平《たひ》らになりぬ。やがてぞ呪《じゆ》もはてたる。雷《らい》の音《おと》も遠《とほ》ざかる。わが背《せ》をしかと抱《いだ》きたまへる姉上《あねうへ》の腕《かひな》もゆるみたれば、ソと其懐《そのふところ》より顔《かほ》をいだしてこは〴〵其顔《そのかほ》をば見上《みあ》げつ。うつくしさはそれにもかはらでなむ、いたくもやつれたまへりけり。雨風《あめかぜ》のなほはげしく外《おもて》をうかゞふことだにならざる、静《しづ》まるを待《ま》てば夜《よ》もすがら暴通《あれとほ》しつ。家《いへ》に帰《かへ》るべくもあらねば姉上《あねうへ》は通夜《つや》したまひぬ。其一夜《そのいちや》の風雨《ふうう》にて、くるま山《やま》の山中《さんちう》、俗《ぞく》に九ツ《こゝの》谺《こだま》といひたる谷《たに》、あけがたに杣《そま》のみいだしたるが、忽《たちま》ち淵《ふち》になりぬといふ。

　里《さと》の者《もの》、町《まち》の人《ひと》皆《みな》挙《こぞ》りて見《み》にゆく。日《ひ》を経《へ》てわれも姉上《あねうへ》とともに来《きた》り見《み》き。其日《そのひ》一天《いつてん》うらゝかに空《そら》の色《いろ》も水《みづ》の色《いろ》も青《あを》く澄《す》みて、軟風《なんぷう》おもむろに小波《さゝなみ》わたる淵《ふち》の上《うへ》には、塵《ちり》一葉《ひとは》の浮《うか》べるあらで、白《しろ》き鳥《とり》の翼《つばさ》広《ひろ》きがゆたかに藍碧《らんぺき》なる水《すゐ》面《めん》を横《よこ》ぎりて舞《ま》へり。

　すさまじき暴風雨《あらし》なりしかな。此谷《このたに》もと薬研《やげん》の如《ごと》き形《かたち》したりきとぞ。幾株《いくかぶ》となき松柏《まつかしは》の根《ね》こそぎになりて谷間《たにま》に吹倒《ふきたふ》されしに山腹《さんぷく》の土《つち》落《お》ちたまりて、底《そこ》をながるゝ谷川《たにがは》をせきとめたる、おのづからなる堤防《ていばう》をなして、凄《すさ》まじき水《みづ》をば湛《たゝ》へつ。一《ひと》たびこのところ決潰《けつくわい》せむか、城《じやう》の端《はな》の町《まち》は水底《みなそこ》の都《みやこ》となるべしと、人々《ひとぐ》の恐《おそ》れまどひて、怠《おこた》らず土《つち》を装《も》り石《いし》を伏《ふ》せて堅《かた》き堤防《ていばう》を築《きづ》きしが、恰《あたか》も今《いま》の関屋《せきや》少将《せうしやう》の夫人《ふじん》姉上《あねうへ》十七の時《とき》なれば、年《とし》つもりて、嫩《ふたば》なりし常磐木《ときはぎ》もハヤ丈《たけ》のびつ。草《くさ》生《お》ひ、苔《こけ》むして、いにしへよりかゝりけむと思《おも》ひ紛《まが》ふばかりなり。

　あはれ礫《つぶて》を投《とう》ずる事《こと》なかれ、うつくしき人《ひと》の夢《ゆめ》や驚《おどろ》かさむと、血気《けつき》なる友《とも》のいたづらを叱《しか》り留《とゞ》めつ。年若《としわか》く面清《おもてきよ》き海軍《かいぐん》の少尉候補生《せうゐこうほせい》は、薄暮暗碧《はくぼあんぺき》を湛《たゝ》へたる淵《ふち》に臨《のぞ》みて粛然《しゆくぜん》とせり。

○テキスト　初出は「文芸倶楽部」一八九六（明29）年十一月。『銀鈴集』（隆文館、明44・10）に収録。テキストは『鏡花全集』巻三（岩波書店、昭49・1）所収の本文を収録した。
○解説　明治二十八年、いわゆる観念小説で脚光をあびた鏡花は、翌年より、源氏物語等の古典にまなんだ擬古文を駆使して、自らの幼少年期に材をとった一人称回想体の作品を書き始める。これら『一之巻』～『誓之巻』、『照葉狂言』など、年上の女性への淡い恋情を抒情豊かに謳いあげた一連の作品は、必ずしも同時代の理解を得られず、否定的評価にさらされた。本作もその流れの中で、「頻りに姉上を振り舞はしておのがレミニサンスを語らむとするものの如し」（「文学界」明29・11）「余りに繊弱にして然かも架空的なるに驚く」「一種朦朧として怪しき霧立ちこむる鏡花の魔界に眠気を催さしむるは迷惑なり」（「太陽」明29・12）などと評されたが、しかし今日では、『高野聖』（明33）の原型、深山幽谷を舞台とする怪異譚の萌芽的作品として作品史に位置づけられ、幼児の低い視点から、生きた神隠し体験をリアルに描ききった傑作として定評をえている。

作品は、五、六歳前後の幼児と目される語り手の「われ」（＝千里）が、躑躅の紅一色に染まった丘をのぼる場面から始まる。三年前に母をなくした千里は、母代わりの姉を慕いつつも、添寝の折に乳房をまさぐることを拒む姉に充たされぬ思いを抱かざるえない。姉の戒めを破って、禁忌の山へと向かう行為は、彼の姉からの自立の一歩であり、また逆に、失われた完全なる母を求める旅でもあった。すでに〈亡母憧憬〉〈母胎回帰〉のテーマが指摘されるように、彼が様々な苦難を通過して行き着く場所は、「薬研の如き形」（薬草を擂る薬研は民俗学で女性器の象徴性をもつとされる）をした「九ツ谺」という谷の隠里である。そこで一夜を過ごす千里は、彼に添寝する九ツ谺の女の寝姿に亡き母の面影を見いだした。その瞬間、女の守刀は彼女の胸に突きささり、純白の夜着は紅の血汐《ちしお》に染まっていく。これは千里のみた悪夢という設定であるが、ここに、母との決別のテーマ、象徴としての「母殺し」を読むことも可能であろう。

本作は『高野聖』と多くの共通項をもつ。隠里の女の妖艶な水浴びシーン、「お客があるんだから」という意味ありげな言葉はいうまでもなく、「斑猫」という毒虫の役割は、旅僧が旧道へ踏み入る契機となった富山の薬売りの存在を思わせるし、千里を町へと送り届ける「老夫《おぢ》」の存在は、孤屋の「親仁」と重なっている。美女と少年と老夫という取り合せは、『清心庵』（明30）でも、「摩耶」（釈迦の生母の名）という名を持つ女、「千ちゃん」という十八の少年、この二人の生活を補佐する「爺」として形作られており、『化鳥』（明30）にも、母子の世界に猿回しのお爺さんが登場している。鏡花にとって、母子未分化の始原の世界に「老夫」の存在は不可欠なのである。

また、刃物を携え、紅の血に染まる女のイメージは、『外科室』（明28）の伯爵夫人、『通夜物語』（明30）の丁山から、

『眉かくしの霊』（大13）のお艶まで、繰り返し出現する鏡花の女の定番である。さらに少年向けの海底異界訪問譚『海戦の余波』（明27）にも本作との類似・関連が見いだしうることを指摘しておきたい。これら他作品に反復するイメージやモチーフを、本作の解読にどう意味づけるかはともかくとして、本作が鏡花の心象のドラマをふんだんに折り込んだ作品であることは明らかであろう。

さて、『龍潭譚』の物語は、千里が隠里から無事帰還して終わるわけではない。むしろドラマは、叔父たち世間の冷たい仕打ちに反発した彼が、九ツ谺に逃げ帰ろうと狂乱に陥るところに仕組まれている。千里の姉はこれを鎮めるために、鬼子母神の寺で加持祈禱をおこない、姉の祈りに応じたかの如く巻き起こった雷雨の最中、十七歳の姉は自らの襟をかき開いて、乳の下に千里の顔を押しうずめる。姉と弟の禁断の愛の時間を境にして、嵐も千里の狂乱もしずまるのである。一夜明けて、九ツ谺は「城の端の町」を水底に沈め、「おのずからなる堤防」をなし、美しい淵に姿を変えた。『龍潭譚』の題意を「龍潭」の淵の誕生説話と解するなら、淵の名称は九ツ谺の女の正体が〈龍女〉であったことを示唆していることになろうか。（ちなみに、本作の舞台として、洪水伝説の存在から「富山県東砺波郡城端町蓑谷縄ヶ池」が指摘されており、「龍潭」「くるま山」「躑躅ケ岡」等は架空の名称と目されている。）

ところで、作品末尾では、語り手の千里が成人して登場し、過去の時間を「恰も今の関屋少将の夫人姉上十七の時なれば」と回想する。さらにその姿を、作品全体の語り手が、「年若く面清き海軍の少尉候補生は薄暮暗碧を湛へたる淵に臨みて粛然とせり」と遠景からとらえかえす語りの構造になっている。こうした急速な視点の移動は、『高野聖』末尾にも見られる鏡花の表現の特質であるが、そこに示された姉弟の後日譚によって作者は何を語ろうとしているのか。姉の軍人との結婚と千里の入隊という結末を、通過儀礼を終えた千里姉弟の〈成熟〉の象徴と読む説もあるが、千里の狂乱を鎮めるのに姉弟のエロスの時間が介在したことを鑑みる時、姉の結婚が孕む意味は複雑であろう。夕暮れの暗き淵に佇む青年千里の胸を去来する思いはいかなるものか、解釈の分かれるところであろう。

（鈴木啓子）

○参考文献　種田和加子「『龍潭譚』――泉鏡花の幼年世界」（「文学」昭58・6）。吉村博任「神隠幻想――『龍潭譚』論」（「鏡花研究」昭59・11。『魔界への遠近法』近代文芸社、平3・1に収録）。シンポジウム「近代文学と古典文学」（「日本近代文学」昭63・5）中の松村友視の基調報告。岡保生「『龍潭譚』について」（「文学・語学」平元・8）。中谷克己「『龍潭譚』――鏡花の亡母憧憬」（「青須我良」平2・11。『母胎幻想論』和泉書院、平8・10に収録）。赤坂憲雄「龍潭譚考――神隠しをめぐる精神史的考察」（『物語という回路』新曜社、平4・4）。鈴木啓子「『龍潭譚』試論――鏡花の特権的自我の形成」（「淵叢」平9・3）。

狐

永井荷風

一

小庭《こには》を走《はし》る落葉《おちば》の響《ひゞき》、障子《しやうじ》をゆする風《かぜ》の音《おと》。

私《わたし》は冬《ふゆ》の書斎《しよさい》の午過《ひるす》ぎ。幾年《いくねん》か昔《むかし》に恋人《こひゞと》とわかれた秋《あき》の野《の》の夕暮《ゆふぐれ》を思出《おもひだ》すやうな薄暗《うすぐら》い光《ひかり》の窓《まど》に、ひとり淋《さび》しく火鉢《ひばち》にもたれてツルゲネーフの伝記《でんき》を読《よ》んでゐた。

ツルゲネーフはまだ物心《ものごゝろ》もつかぬ子供《こども》の時分《じぶん》に、樹木《じゆもく》のおそろしく生茂《おひしげ》つた父《ちゝ》が屋敷《やしき》の庭《には》をさまよつて、或《あ》る夏《なつ》の夕方《ゆふかた》に、雑草《ざつさう》の多《おほ》い古池《ふるいけ》のほとりで、蛇《へび》と蛙《かへる》の痛《いたま》しく嚙《か》み合《あ》つてゐる有様《ありさま》を見《み》て、善悪《ぜんなく》の判断《はんだん》さへつかない幼心《をさなごゝろ》に、早《はや》くも神《かみ》の慈悲心《じひしん》を疑《うたが》つた……と読《よ》んで行《ゆ》く中《うち》に、私《わたし》は何時《いつ》となく理由《いはれ》なく、私《わたし》の生《うま》れた小石川金富町《こいしかはかなとみちやう》の父《ちゝ》が屋敷《やしき》の、おそろしい古庭《ふるには》のさまを思《おも》ひ浮《うか》べた。もう三十年《ねん》の昔《むかし》、小日向水道町《こびなたすゐだうちやう》に水道《すゐだう》の水《みづ》が、露草《つゆくさ》の間《あひだ》を野川《のがは》の如《ごと》くに流《なが》れてゐた時分《じぶん》の事《こと》である。

水戸《みと》の御家人《ごけにん》や旗本《はたもと》の空屋敷《あきやしき》が其処此処《そここゝ》に売物《うりもの》となつてゐたのをば、維新《ゐしん》の革命《かくめい》があつて程《ほど》もなく、新《あたら》しい時代《じだい》に乗《じよう》じた私《わたし》の父《ちゝ》は空屋敷《あきやしき》三軒《げん》ほどの地所《ぢしよ》を一《ひと》まとめに買《か》ひ占《し》め、古《ふる》びた庭園《ていゑん》や木立《こだち》をそのまゝに広《ひろ》い邸宅《やしき》を新築《しんちく》した。私《わたし》の生《うま》れた時《とき》には其《そ》の新《あたら》しい家《いへ》の床柱《とこばしら》にも、つやぶきんの色《いろ》の稍《やゝ》さびて来《き》た頃《ころ》で。されば昔《むかし》のまゝなる庭《には》の石《いし》には苔《こけ》いよ〳〵深《ふか》く、樹木《じゆもく》の陰《かげ》はいよ〳〵暗《くら》く、その最《もつと》も暗《くら》い木立《こだち》の片隅《かたすみ》の奥深《おくふか》いところには、昔《むかし》の屋敷跡《やしきあと》の名残《なごり》だといふ古井戸《ふるゐど》が二ツもあつた。その中《うち》の一ツは出入《でい》りの安吉《やすきち》といふ植木屋《うえきや》が毎年々々《まいとし〳〵》手入《ていれ》の松《まつ》の枯葉《かれは》、杉《すぎ》の折枝《をれえだ》、桜《さくら》の落葉《おちば》、あらゆる庭《には》の塵埃《ちりあくた》を投《な》げ込《こ》み、私《わたし》が生《うま》れぬ前《まへ》から五六年《ねん》もかゝつて漸《やうや》くに埋《うづ》め得《え》たと云《い》ふ事《こと》で。丁度《てうど》四歳《さい》の初冬《はつふゆ》の或《あ》る夕方《ゆふかた》、私《わたし》は松《まつ》や蘇鉄《そてつ》や芭蕉《ばせを》なぞに其《そ》の年《とし》の霜《しも》よけを為《な》し終《を》へた植木屋《うえきや》の安《やす》が、一面《めん》に白《しろ》く乾《かは》いた茸《きのこ》の黴《か》び着《つ》いてゐる井戸側《ゐどがは》を取破《とりこは》してゐるのを見《み》た。これも恐《おそ》ろしい数《かず》ある記念《きねん》の一つである。蟻《あり》、やすで、むかで、げじ〴〵、みゝず、小蛇《こへび》、地虫《ぢむし》、はさみ虫《むし》、冬《ふゆ》の住家《すみか》に眠《ねむ》つて居《ゐ》たさま〴〵な虫《むし》けらは、朽《く》ちた井戸側《ゐどがは》の間《あひだ》から、ぞろ〴〵、ぬる〳〵、うごめき出《いだ》し、木枯《こがらし》の寒《さむ》い風《かぜ》にのたうち廻《まは》つて、その場《ば》に生白《なまじろ》い腹《はら》を見《み》せながら斃死《くたば》つてしまふのも多《おほ》かつた。安《やす》は連《つ》れて来《き》た職人《しよくにん》と二人《ふたり》して、鉈《なた》で割《わ》つた井戸側《ゐどがは》へ、その日《ひ》の落葉《おちば》枯枝《かれえだ》を集《あつ》めて火《ひ》をつけ高箒《たかぼうき》でのたうち廻《まは》つて匍《はひ》出《だ》す蛇《へび》、虫《むし》けらを掻寄《かきよ》せて燃《もや》した。パチリ〳〵音《おと》がする。焔《ほのほ》はなくて、湿《しめ》つた白《しろ》い烟《けむり》ばかりが、何《なん》とも云《い》へぬ悪臭《あくしう》を放《はな》ちながら、高《たか》い老樹《らうじゆ》の梢《こずゑ》の間《あひだ》に立昇《たちのぼ》る。老樹《らうじゆ》の梢《こずゑ》には物《もの》すごく鳴《な》る木枯《こがらし》が、驚《おどろ》くばかり早《はや》く、庭《には》一帯《たい》に暗《くら》い夜《よ》を吹《ふき》下《おろ》した。見《み》えない屋敷《やしき》の方《はう》で、遠《とほ》く消魂《けたゝま》しく私《わたし》を呼《よ》ぶ乳母《うば》の声《こゑ》。私《わたし》は急《きふ》に泣出《なきだ》し、安《やす》に手《て》を引《ひ》かれて、やつと家《うち》へ帰《かへ》つた事《こと》がある。

安《やす》は埋《う》めた古井戸《ふるゐど》の上《うへ》をば奇麗《きれい》に地《ぢ》ならしをしたが、五月雨《さみだれ》、夕立《ゆふだち》、二百十日《か》と、大雨《たいう》の降《ふ》る時々《とき〴〵》地面《ぢめん》が一尺《しやく》二尺《しやく》も凹《くぼ》むので、其《そ》の後《ご》は縄《なは》を引《ひ》いて人《ひと》の近《ちかづ》かぬやう。私《わたし》は殊更《ことさら》父母《ちゝはゝ》から厳《きび》しく云付《いひつ》けられた事《こと》を覚《おぼ》えて居《ゐ》る。今《いま》一つ残《のこ》つて居《ゐ》る古井戸《ふるゐど》はこれこそ私《わたし》が忘《わす》れやうとしても忘《わすれ》られぬ最《もつと》も恐《おそ》ろしい当時《たうじ》の記念《きねん》である。井戸《ゐど》は非常《ひじやう》に深《ふか》いさうで、流石《さすが》の安《やす》も埋《う》めやうとは試《こゝろ》みなかつた。現在《げんざい》は如何《いか》なる人《ひと》の邸宅《ていたく》になつて居《ゐ》るか知《し》らぬけれど、あの井戸《ゐど》ばかりは依《い》然《ぜん》として、古《ふる》い〳〵柳《やなぎ》の老木《おいぎ》と共《とも》に、あの庭《には》の片隅《かたすみ》に残《のこ》つて居《ゐ》るであらうと思《おも》ふ。

井戸《ゐど》の後《うしろ》は一帯《たい》に、祟《たゝ》りを恐《おそ》れる神殿《しんでん》の周囲《まはり》を見《み》るやう、冬《ふゆ》でも夏《なつ》でも真黒《まつくろ》に静《しづか》に立《た》つて居《ゐ》る杉《すぎ》の茂《しげ》りが、一層《さう》其《そ》の辺《あたり》を気味《きみ》わるくして居《ゐ》た。杉《すぎ》の茂《しげ》りの後《うしろ》は忍返《しのびがへ》しをつけた黒板塀《くろいたべい》で、外《そと》なる一方《ぱう》は人通《ひとゞほり》のない金剛寺坂上《こんがうじさかうへ》の往来《わうらい》、一方《ぱう》はその中取払《うちとりはら》ひになつて呉《く》れゝばと、父《ちゝ》が絶《た》えず憎《にく》んで居《ゐ》る貧民窟《ひんみんくつ》である。もと〳〵分《わか》れ〳〵の小屋敷《こやしき》を一つに買占《かひし》めた事《こと》とて、今《いま》では同《おな》じ構内《かまへうち》にはなつて居《ゐ》るが、古井戸《ふるゐど》のある一隅《ぐう》は、住宅《ぢうたく》の築《きづ》かれた地所《ぢしよ》からは一段坂地《だんさかち》で低《ひく》くなり、家人《かじん》からは全《まつた》く忘《わす》れられた崖下《がけした》の空地《あきち》である。母《はゝ》はなぜ用《よう》もない、あんな地面《ぢめん》を買《か》つたのかと、よく父《ちゝ》に話《はなし》をして居《ゐ》られた事《こと》がある。すると父《ちゝ》は崖下《がけした》へ貸長屋《かしながや》でも建《た》てられて、汚《きたな》い瓦屋根《かはらやね》だの、日《ひ》に干《ほ》す洗濯物《せんたくもの》なぞ見《み》せつけられては困《こま》る。買占《かひし》めて空庭《あきには》にして置《お》けば閑静《かんせい》でよいと云《い》つて居《ゐ》られた。父《ちゝ》にはどうして、風《かぜ》に吠《ほ》え、雨《あめ》に泣《な》き、夜《よ》を包《つゝ》む老樹《らうじゆ》の姿《すがた》が恐《こわ》くないのであらう。角張《かどば》つた父《ちゝ》の顔《かほ》が、時《とき》としては恐《おそろ》しい松《まつ》の瘤《こぶ》よりも猶空恐《なほそらおそろ》しく思《おも》はれた事《こと》があつた。

或《あ》る夜《よ》、屋敷《やしき》へ盗棒《どろばう》が這入《はい》つて、母《はゝ》の小袖《こそで》四五点《てん》を盗《ぬす》んで行《い》つた。翌朝出入《よくてうでいり》の鳶《とび》の者《もの》や、大工《だいく》の棟梁《とうりやう》、警察署《けいさつしよ》からの出張員《しゆつちやうゐん》が来《き》て、父《ちゝ》が居間《ゐま》の縁側《えんがは》づたひに土足《どそく》の跡《あと》を検査《けんさ》して行《ゆ》くと、丁度冬《ちやうどふゆ》の最中《もなか》、庭《には》一面《めん》の霜柱《しもばしら》を踏《ふ》み砕《くだ》いた足痕《あしあと》で、盗賊《とうぞく》は古井戸《ふるゐど》の後《うしろ》の黒板塀《くろいたべい》から邸内《ていない》に忍入《しのびい》つたものと判明《はんめい》した。古井戸《ふるゐど》の前《まへ》には見《み》るから汚《きたな》らしい古手拭《ふるてぬぐひ》が落《お》ちて居《ゐ》た。私《わたし》は昔水戸家《むかしみとけ》へ出入《でい》りしたとか云《い》ふ頭《かしら》の清五郎《せいらう》に手《て》を引《ひ》かれて、生《うま》れて始《はじ》めて、この古庭《ふるには》の片隅《かたすみ》、古井《ふるゐ》戸《ど》のほとりを歩《ある》いたのであつた。古井戸《ふるゐど》の傍《そば》に一株《かぶ》の柳《やなぎ》がある。半《なか》ば朽《く》ちた其幹《そのみき》は黒《くろ》い洞穴《ほらあな》にうがたれ、枯《か》れた数条《すうでう》の枝《えだ》の悲《かな》しげに垂《た》れ下《さが》つた有様《ありさま》。それを見《み》たゞけでも、私《わたし》は云《い》はれぬ気味悪《きみわる》さに打《う》たれて、埋《うづ》めたくも埋《うづ》められぬと云《い》ふ深《ふか》い〳〵井戸《ゐど》の底《そこ》を覗《のぞ》いて見《み》やうなぞとは、思《おも》ひも寄《よ》らぬ事《こと》であつた。

敢《あえ》て私《わたし》のみではない。盗難《とうなん》のあつた其《そ》れ以来《いらい》、崖下《がけした》の庭《には》、古井戸《ふるゐど》の附近《ふきん》は、父《ちゝ》を除《のぞ》いて一家中《かちう》の畏懼恐怖《いくきやうふ》の中心点《ちうしんてん》になつた。丁度《ちやうど》、西南戦争《せいなんせんさう》の後程《のちほど》もなく、世《よ》の中《なか》は、謀反人《むほんにん》だの、刺客《しかく》だの、強盗《がうとう》だのと、殺伐残忍《さつばつざんにん》の話《はなし》ばかり、少《すこ》しく門構《もんがまへ》の大《おほ》きい地位《ちゐ》ある人《ひと》の屋敷《やしき》や、土蔵《どざう》の厳《いか》めしい商家《しやうか》の縁《ゑん》の下《した》からは、夜陰《やいん》に主人《しゆじん》の寝息《ねいき》を伺《うかゞ》つて、いつ脅迫《きやうはく》暗殺《あんさつ》の白刃《はくじん》が畳《たゝみ》を貫《つらぬ》いて閃《ひらめ》き出《いづ》るか計《はか》られぬと云《い》ふやうな暗澹極《あんたんきは》まる疑念《ぎねん》が、何処《どこ》となしに時代《じだい》の空気《くうき》の中《なか》に漂《たゞよ》つて居《ゐ》た頃《ころ》で、私《わたし》の家《うち》では、父《ちゝ》とも母《はゝ》とも、誰《た》れの発議《はつぎ》とも知《し》らず、出入《でいり》の鳶《とび》の者《もの》に夜廻《よまは》りをさせるやうにした。乳母《うば》の懐《ふところ》に抱《だ》かれて寝《ね》る大寒《だいかん》の夜《よ》な〳〵、私《わたし》は夜廻《よまはり》の拍子木《ひやうしぎ》の、如何《いか》に鋭《するど》く、如何《いか》に冴《さ》えて、寝静《ねしづま》つた家中《かちう》に遠《とほ》く、響《ひゞ》き渡《わた》るのを聞《き》いたであらう。あゝ、夜《よる》ほど恐《こは》いもの、厭《いや》なものは無《な》い。三時《じ》の茶菓子《おやつ》に、安藤坂《あんどうざか》の紅谷《べにや》の最中《もなか》を食《た》べてから、母上《はゝうへ》を相手《あひて》に、飯事《まゝごと》の遊《あそ》びをするかせぬ中《うち》、障子《しやうじ》に映《うつ》る黄《き》いろ夕陽《ゆふひ》の影《かげ》の見《み》る〳〵消《き》えて、西風《にしかぜ》の音《おと》、樹木《じゆもく》に響《ひゞ》き、座敷《ざしき》の床間《とこのま》の黒《くろ》い壁《かべ》が、真先《まつさき》に暗《くら》くなつて行《ゆ》く。母《かあ》さんお手水《てうづ》にと立《た》つて障子《しやうじ》を明《あ》けると、夕闇《ゆふやみ》の庭《には》つゞき、崖《がけ》の下《した》はもう真暗《まつくら》である。私《わたし》は屋敷中《やしきぢう》で一番早《ばんはや》く夜《よる》になるのは、古井戸《ふるゐど》のある彼《あ》の崖下《がけした》……否《いな》、夜《よる》は古井戸《ふるゐど》の其底《そのそこ》から湧出《わきで》るのではないかと云《い》ふ感《かん》じが、久《ひさ》しい後《のち》まで私《わたし》の心《こゝろ》を去《さ》らなかつた。

私《わたし》は小学校《せうがくかう》へ行《ゆ》くほどの年齢《ねんれい》になつても、伝通院《でんづうゐん》の縁日《えんにち》で、からくりの画看板《ゑかんばん》に見《み》る皿屋敷《さらやしき》のお菊殺《きくころ》し、乳母《うば》が読《よ》んで居《ゐ》る四谷怪談《やくわいだん》の絵草紙《ゑざうし》なぞに、古井戸《ふるゐど》ばかりか、丁度《ちやうど》其《そ》の傍《そば》にある朽《く》ちかけた柳《やなぎ》の老木《おいき》が、深《ふか》い自然《しぜん》の約束《やくそく》となつて、夢《ゆめ》にまで私《わたし》をおびへさせた事《こと》が幾度《いくど》だか知《し》れなかつた。恐《こわ》いものは見《み》たい。恐《おそ》る〳〵訊《き》く私《わたし》が知識《ちしき》の若芽《わかめ》を乳母《ば》はいろ〳〵な迷信《めいしん》の鋏《はさみ》で切摘《きりつま》んだ。父親《ちゝおや》は云《い》ふ事《こと》を聴《き》かないと、家《うち》を追出《おひだ》して古井戸《ふるゐど》の柳《やなぎ》へ縛《しば》りつけるぞと怒鳴《どな》つて、爛熳《らんまん》たる児童《じどう》の天真《てんしん》を損《そこな》ふ事《こと》をば顧《かへり》みなかつた。あゝ、恐《おそろ》しい幼少《えうせう》の記念《きねん》。十歳《さい》を越《こ》えて猶《なほ》、夜中一人《やちうひとり》で、厠《かはや》に行《ゆ》く事《こと》の出来《でき》なかつたのは、その時代《じだい》に育《そだ》てられた人《ひと》の児《こ》の、敢《あへ》て私《わたし》ばかりと云《い》ふではあるまい。

父《ちゝ》は内閣《ないかく》を「太政官《だじやうくわん》」大臣《だいじん》を「卿《きやう》」と称《しよう》した頃《ころ》の官吏《くわんり》の一人《にん》であつた。一時《じ》、頻《しき》りと馬術《ばじゆつ》に熱心《ねつしん》して居《ゐ》られたが、それも何時《いつ》しか中止《ちうし》になつて、後《のち》四五年《ねん》、ふと大弓《だいきう》を初《はじ》められた。毎朝役所《まいてうやくしよ》へ出勤《しゆつきん》する前《まへ》、崖《がけ》の中腹《ちうふく》に的《まと》を置《お》いて古井戸《ふるゐど》の柳《やなぎ》を脊《せ》にして、涼《すゞ》しい夏《なつ》の朝風《あさかぜ》に弓弦《ゆみづる》を鳴《なら》すを例《れい》としたが間《ま》もなく秋《あき》が来《き》て、朝寒《あさゝむ》の或日《あるひ》、片肌脱《かたはだぬぎ》の父《ちゝ》は弓《ゆみ》を手《て》にした儘《まゝ》、あはたゞしく崖《がけ》の小道《こみち》を馳上《かけあが》つて来《き》て、皺枯《しわが》れた大声《おほごゑ》に、

「田崎《たざき》々々《〳〵》！　庭《には》に狐《きつね》が居《ゐ》る。早《はや》く来《こ》い。」と、どなられた。

田崎《たざき》と云《い》ふのは、父《ちゝ》と同郷《どうきやう》の誼《よし》みで、つい此《こ》の間《あひだ》から学僕《がくぼく》に住込《すみこ》んだ十六七の少年《せうねん》である。然《しか》し、私《わたし》には、如何《いか》にも強《つよ》さうなその体格《たいかく》と、肩《かた》を怒《いか》らして大声《おほごゑ》に話《はな》す漢語交《かんごまじ》りの物云《ものい》ひとで、立派《りつぱ》な大人《おとな》のやうに思《おも》はれた。

「先生《せんせい》、何《なん》の御用《ごよう》で御座《ござ》います。」

「怪《け》しからん、庭《には》に狐《きつね》が居《を》る、乃公《わし》が弓《ゆみ》を引《ひ》いた響《ひゞき》に、崖《がけ》の熊笹《くまざゝ》の中《なか》から驚《おどろ》いて飛出《とびだ》した。あの辺《へん》に穴《あな》があるに違《ちが》ひない。」

田崎《たざき》と抱車夫《かゝへしやふ》の喜助《きすけ》と父《ちゝ》との三人《にん》。崖《がけ》を下《お》りて生茂《おひしげ》つた熊笹《くまざゝ》の間《あひだ》を捜《さが》したが、早《はや》くも出勤《しゆつきん》の刻限《こくげん》になつた。

「田崎《たざき》、貴様《きさま》、よく捜《さが》して置《お》いて呉《く》れ。」

「はあ、承知《しようち》しました。」

玄関《げんくわん》に平伏《へいふく》した田崎《たざき》は、父《ちゝ》の車《くるま》が砂利《じやり》を轢《きし》つて表門《おもてもん》を出《で》るや否《いな》や、小倉袴《こくらばかま》の股立《もゝだち》高《たか》く取《と》つて、天秤棒《てんびんぼう》を手《て》に庭《には》へと出《で》た。其《そ》の時分《じぶん》の書生《しよせい》のさまなぞ、今《いま》から考《かんが》へると、幕府《ばくふ》の当時《たうじ》と同様《どうやう》、可笑《をか》しい程主従《ほどしうじう》の差別《さべつ》のついて居《ゐ》た事《こと》が、一挙《きよ》一動思出《どうおもひだ》される。

何事《なにごと》にも極《ご》く砕《くだ》けて、優《やさ》しい母上《はゝうへ》は田崎《たざき》の様子《やうす》を見《み》て、

「あぶないよ、お前《まへ》。喰《く》ひつかれでもするといけないから、お止《よ》しなさい。」

「奥様《おくさま》、堂々《だう〴〵》たる男子《だんし》が狐《きつね》一匹《ぴき》。知《し》れたものです。先生《せんせい》のお帰《かへ》りまでに、きつと撲殺《うちころ》してお目《め》にかけます。」

田崎《たざき》は例《れい》の如《ごと》く肩《かた》を怒《いか》らして力味返《りきみかへ》つた。此《こ》の人《ひと》は其後《そのご》陸軍士官《りくぐんしくわん》となり日清戦争《につしんせんそう》の時《とき》、血気《けつき》の戦死《せんし》を遂《と》げた位《くらゐ》であつたから、殺戮《さつりく》には天性《てんせい》の興味《きようみ》を持《も》つて居《ゐ》たのであらう。日頃《ひごろ》田崎《たざき》と仲《なか》のよくない御飯焚《ごはんたき》のお悦《えつ》は、田舎出《ゐなかで》の迷信家《めいしんか》で、顔《かほ》の色《いろ》を変《か》へてまで、お狐《きつね》さまを殺《ころ》すはお家《いへ》の為《た》めに不吉《ふきつ》である事《こと》を説《と》き、田崎《たざき》は主命《しゆめい》の尊《たうと》さ、御飯焚風情《ごはんたきふぜい》の嘴《くちばし》を入《い》れる処《ところ》でないと一言《ごん》の下《もと》に排斥《はいせき》して仕舞《しま》つた。お悦《えつ》は真赤《まつか》な頬《ほゝ》をふくらし乳母《うば》も共々《とも〴〵》、私《わたし》に向《むか》つて、狐《きつね》つき、狐《きつね》の祟《たゝ》り、狐《きつね》の人《ひと》を化《ばか》す事《こと》、伝通院裏《でんつうゐんうら》の沢蔵稲荷《たくざういなり》の霊験《れいげん》なぞ、こま〴〵と話《はな》して聞《き》かせるので、私《わたし》は其頃《そのころ》よく人《ひと》の云《い》ふ、、、こつくり様《さま》の占《うらな》ひなぞ思合《おもひあは》せて、半《なか》ばは田崎《たざき》の勇《ゆう》に組《くみ》して、一緒《しよ》に狐退治《きつねたいぢ》に行《ゆ》きたいやうにも思《おも》ひ、半《なか》ばは世《よ》に云《い》ふ神秘《しんぴ》もあるのか知《し》らと疑《うたが》ひもしたのであつた。

午飯《ひるめし》が出来《でき》たと人《ひと》から呼《よ》ばれる頃《ころ》まで、庭中《にはぢう》の熊笹《くまざゝ》、竹藪《たけやぶ》の間《あひだ》を歩《ある》き廻《まは》つて居《ゐ》た田崎《たざき》は、空《むな》しく向脛《むかふずね》をば笹《さゝ》や茨《いばら》で血《ち》だらけに掻割《かきさ》き、頭《あたま》から顔中《かほぢう》を蛛《くも》の巣《す》だらけにしたばかりで、狐《きつね》の穴《あな》らしいものさへ見付《みつ》け得《え》ずに帰《かへ》つて来《き》た。夕《ゆふ》方《かた》、父親《ちゝおや》につゞいて、淀井《よどゐ》と云《い》ふ爺《ぢい》さんがやつて来《き》た。それは殆《ほとん》ど毎日《まいにち》のやう、父《ちゝ》には晩酌《ばんしやく》囲碁《ゐご》のお相手《あひて》、私《わたし》には其《その》頃《ころ》出来《でき》た鉄道馬車《てつだうばしや》の絵《ゑ》なぞをかき、母《はゝ》には又《また》、海老蔵《ゑびざう》や田之助《たのすけ》の話《はなし》をして、夜《よ》も更渡《ふけわた》るまでの長尻《ながしり》に下女《げぢよ》を泣《な》かした父《ちゝ》が役所《やくしよ》の下役《したやく》、内証《ないしやう》で金貸《かねかし》をもして居《ゐ》る属官《ぞくゝわん》である。父《ちゝ》はこの淀井《よどゐ》を伴《ともな》ひ、田崎《たざき》が先《さき》に提灯《ちやうちん》をつけて、虫《むし》の音《ね》の雨《あめ》かと疑《うたが》はれる夜更《よふけ》の庭《には》をば、二度《ど》まで巡回《じゆんくわい》された。私《わたし》は秋《あき》の夜《よ》の、如何《いか》に冷《ひやゝ》かに、如何《いか》に清《きよ》く、如何《いか》に蒼《あを》いものかを知《し》つたのも、生《うま》れて此《こ》の夜《よ》が初《はじ》めてゞあつた。

母上《はゝうへ》は其《そ》の夜《よ》の夜半《よなか》、夢《ゆめ》ではなく、確《たし》かにこん〳〵と云《い》ふ啼《な》き声《ごゑ》を聞《き》いたとの話《はなし》。下女《げぢよ》は日《ひ》が暮《く》れたと云《い》つたら、どんな用事《ようじ》があつても、家《うち》の外《そと》へは一歩《あし》も踏出《ふみだ》さなくなつた。忠義《ちうぎ》一図《づ》の御飯焚《ごはんたき》お悦《えつ》は、お家《いへ》に不吉《ふきつ》のある兆《きざし》と信《しん》じて夜明《よあけ》に井戸《ゐど》の水《みづ》を浴《あ》びて、不動様《ふどうさま》を念《ねん》じた為《た》めに風邪《かぜ》を引《ひ》いた。田崎《たざき》が事《こと》の次第《しだい》を聞付《きゝつ》けて父《ちゝ》に密告《みつこく》したので、お悦《えつ》は可哀《かあい》さうに、馬鹿《ばか》をするにも程《ほど》があるとて、厳《きび》しいお小言《こゞと》を頂戴《てうだい》した始末《しまつ》。私《わたし》の乳母《うば》は母上《はゝうへ》と相談《さうだん》して、当《あた》らず触《さは》らず、出入《でい》りの魚屋《さかなや》「いろは」から犬《いぬ》を貰《もら》つて飼《か》ひ、猶時々《なほとき〴〵》は油揚《あぶらあげ》をば、崖《がけ》の熊笹《くまざゝ》の中《なか》へ捨《す》てゝ置《お》いた。

父親《ちゝおや》は例《れい》の如《ごと》くに毎朝早《まいあさはや》く、日《ひ》に増《ま》す寒《さむ》さをも厭《いと》はず、裏庭《うらには》の古井戸《ふるゐど》に出《で》て、大弓《だいきう》を引《ひ》いて居《を》られたが、もう二度《ど》と狐《きつね》を見《み》る機会《きくわい》がなかつた。何処《どこ》から迷込《まひこ》んだとも知《し》れぬ痩《や》せた野良犬《のらいぬ》の、油揚《あぶらあげ》を食《く》つて居《ゐ》る処《ところ》を、家《うち》の飼犬《かひいぬ》が烈《はげ》しく噛《か》み付《つ》いて、其《そ》の耳《みゝ》を喰切《くひき》つた事《こと》がある。一家中《かぢう》、何時《いつ》とはなく、狐《きつね》は何処《どこ》へか逃《に》げてしまつた。狐《きつね》ではなく、あれも矢張《やつぱ》り野良犬《のらいぬ》であつたのかも知《し》れぬと、自然《しぜん》に安堵《あんど》の色《いろ》を見《み》せるやうになつた。もう冬《ふゆ》である。

「寒《さむ》くなつてから火鉢《ひばち》の掃除《さうぢ》する奴《やつ》があるか。気《き》のきかん者《もの》ばかり居《ゐ》る。」と或朝《あるあさ》、父《ちゝ》の小言《こゞと》が、一家中《かちう》に響《ひゞ》き渡《わた》つた。

がたん〳〵と、戸《と》、障子《しやうじ》、欄間《らんま》の張紙《はりがみ》が動《うご》く。縁先《えんさき》の植込《うゑこ》みに、淋《さび》しい風《かぜ》の音《おと》が、水《みづ》でも打《ぶ》ちあけるやうに、突然《とつぜん》聞《きこ》えて突然《とつぜん》に断《た》える。学校《がくかう》へ行《ゆ》く時《とき》、母上《はゝうへ》が襟巻《えりまき》をなさいとて、簞笥《たんす》の曳出《ひきだ》しを引開《ひきあ》けた。冷《ひ》えた広《ひろ》い座敷《ざしき》の空気《くうき》に、樟脳《しやうなう》の匂《にほひ》が身《み》に浸渡《しみわた》るやうに匂《にほ》つた。けれども午過《ひるすぎ》には日《ひ》の光《ひかり》が暖《あたゝか》く、私《わたし》は乳母《うば》や母上《はゝうへ》と共《とも》に縁側《えんがは》の日向《ひなた》に出《で》て見《み》た時《とき》、狐捜《きつねさが》しの大騒《おほさわ》ぎのあつた時分《じぶん》とは、庭《には》の様子《やうす》が別世界《べつせかい》のやうに変《かは》つて居《ゐ》るのをば、不思議《ふしぎ》な程《ほど》に心付《こゝろつ》いた。梅《うめ》の樹《き》、碧梧《あをぎり》の梢《こずゑ》が枝《えだ》ばかりになり、芙蓉《ふよう》や萩《はぎ》や鶏頭《けいとう》や、秋草《あきぐさ》の茂《しげ》りはすつかり枯《か》れ萎《しほ》れてしまつたので、庭中《にはぢう》はパツと明《あかる》く日《ひ》が一ぱいに当《あた》つて居《ゐ》て、嘗《かつ》て、小蛇虫《こへびむし》けらを焼殺《やきころ》した埋井戸《うもれゐど》のあたりまで、又恐《またおそろ》しい崖下《がけした》の真黒《まつくろ》な杉《すぎ》の木立《こだち》の頂《いたゞ》きまでが、枯《か》れた梢《こずゑ》の間《あひだ》から見通《みとほ》される。崖《がけ》の下《お》り口《ぐち》に立《た》つ松《まつ》の間《あひだ》の、楓《かへで》は、その紅葉《こうえう》が今《いま》では汚《きたな》い枯葉《かれは》になつて、紛々《ふんぷん》として飛《と》び散《ち》る。縁先《えんさき》の敷石《しきいし》の上《うへ》に置《お》いた盆栽《ぼんさい》の柏《はぜ》には一二枚《まい》の葉《は》が血《ち》のやうに紅葉《こうえう》したまゝ残《のこ》つて居《ゐ》た。父《ちゝ》が書斎《しよさい》の丸窓外《まるまどそと》に、八手《やつで》の葉《は》は墨《すみ》より黒《くろ》く、玉《たま》の様《やう》な其《そ》の花《はな》は蒼白《あをしろ》く輝《かゞや》き、南天《なんてん》の実《み》のまだ青《あを》い手水鉢《ちやうづばち》のほとりに藪鶯《やぶうぐひす》の笹啼《さゝなき》が絶間《たえま》なく聞《きこ》えて屋根《やね》、軒《のき》、窓《まど》、庇《ひさし》、庭《には》一面《めん》に雀《すゞめ》の囀《さへづ》りはかしましい程《ほど》である。

私《わたし》は初冬《はつふゆ》の庭《には》をば、悲《かな》しいとも、淋《さび》しいとも思《おも》はなかつた。少《すく》なくとも秋《あき》の薄曇《うすぐも》りの日《ひ》よりも恐《おそろ》しいとは思《おも》はなかつた。散《ち》り敷《し》く落葉《おちば》を踏《ふ》み砕《くだ》き、踏《ふ》み響《ひゞ》かせて馳《は》せ廻《まは》るのが、却《かへつ》て愉快《ゆくわい》であつた。然《しか》し、植木屋《うゑきや》の安《やす》が、例年《れいねん》の通《とほ》り、家《うち》の定紋《ぢやうもん》を染出《そめだ》した印半纏《しるしばんてん》をきて、職人《しよくにん》と二人《ふたり》、松《まつ》と芭蕉《ばせを》の霜《しも》よけをしにとやつて来《き》た頃《ころ》から、間《ま》もなく初霜《はつしも》が午過《ひるす》ぎから解《と》け出《だ》して、庭《には》へはもう、一足《あし》も踏《ふ》み出《だ》されぬやうになつた。

二

家《うち》の飼犬《かひいぬ》が知《し》らぬ間《ま》に何処《どこ》へか行《い》つてしまつた。犬殺《いぬころ》しにやられたのだとも云《い》ふし、又《また》、いゝ犬《いぬ》だつたから、人《ひと》が盗《ぬす》んで連《つ》れて行《い》つたのだとも、議論《ぎろん》はまち〳〵であつた。私《わたし》は是非《ぜひ》とも、新《あらた》に二度目《どめ》の飼犬《かひいぬ》を置《お》くやうに主張《しゆちやう》したが、父《ちゝ》は犬《いぬ》を置《お》くと、いゝ、さかりの時分《じぶん》、他処《よそ》の犬《いぬ》までが来《き》て生垣《いけがき》を破《やぶ》り、庭《には》を荒《あら》すからとて、其《そ》れなり、家中《うちぢう》には犬《いぬ》一匹《ぴき》も置《お》かぬ事《こと》となつた。尤《もつと》も私《わたし》は、その以前《いぜん》から、台所前《だいどころまへ》の井戸端《ゐどばた》に、さゝやかな養鶏所《やうけいじよ》が出来《でき》て毎日学校《まいにちがくかう》から帰《かへ》ると鶏《にはとり》に餌《ゑ》をやる事《こと》をば、非常《ひじやう》に面白《おもしろ》く思《おも》つて居《ゐ》た処《ところ》から、其《そ》の上《うへ》にもと、無理《むり》な駄々《だゝ》を捏《こね》る必要《ひつえう》もなかつたのである。如何《いか》に幸福《かうふく》な平和《へいわ》な冬籠《ふゆごもり》の時節《じせつ》であつたらう。気味悪《きみわる》い狐《きつね》の事《こと》は、下女《げぢよ》はじめ一家中《かちう》の空想《くうさう》から消去《きえさ》つて、夜晩《よるおそ》く行《ゆ》く人《ひと》の足音《あしおと》に、消魂《けたゝま》しく吠《ほ》え出《だ》す飼犬《かひいぬ》の声《こゑ》もなく、木枯《こがらし》の風《かぜ》が庭《には》の大樹《だいじゆ》をゆする響《ひゞき》に、伝通院《でんつうゐん》の鐘《かね》の音《ね》はかすれて遠《とほ》く聞《きこ》える。しめやかなランプの光《ひかり》の下《した》に、私《わたし》は母《はゝ》と乳母《うば》とを相手《あひて》に、暖《あたゝか》い炬燵《こたつ》にあたりながら絵草紙《ゑざうし》錦絵《にしきゑ》を繰《く》りひろげて遊《あそ》ぶ。父《ちゝ》は出入《でい》りの下役《したやく》、淀井《よどゐ》の老人《らうじん》を相手《あひて》に奥《おく》の広間《ひろま》、引廻《ひきまは》す六枚屏風《まいびやうぶ》の陰《かげ》でパチリ〱碁《ご》を打《う》つ。折々《をり〱》は手《て》を叩《たゝ》いて、銚子《ちやうし》のつけやうが悪《わる》いと怒鳴《どな》る。母親《はゝおや》は下女《げぢよ》まかせには出来《でき》ないとて、寒《さむ》い夜《よ》を台所《だいどころ》へと立《た》つて行《ゆ》かれる。自分《じぶん》は幼 心《をさなごゝろ》に父《ちゝ》の無情《むじやう》を憎《にく》く思《おも》つた。

年《とし》の暮《くれ》が近《ちかづ》いて、崖下《がけした》の貧民窟《ひんみんくつ》で、提灯《ちやうちん》の骨《ほね》けずりをして居《ゐ》た御維新前《ごゐしんぜん》のお籠同心《かごどうしん》が、首《くび》をくゝつた。遠《とほ》からぬ安藤坂上《あんどうざかうへ》の質屋《しちや》へ五人連《にんづれ》の強盗《がうとう》が這入《はい》つて、十六になる娘《むすめ》を殺《ころ》して行《い》つた。伝通院地内《でんつうゐんちない》の末寺《まつじ》へ盗棒《どろぼう》が放火《つけび》をした。水戸様時分《みとさまじぶん》に繁 昌《はんじやう》した富坂上《とみざかうへ》の何《なん》とか云《い》ふ料理屋《れうりや》が、いよ〱身代限《しんだいかぎ》りをした。こんな事《こと》をば、出入《でいり》の按摩《あんま》の久斎《きうさい》だの、魚屋《さかなや》の吉《きち》だの、鳶《とび》の清《せい》五郎《らう》だのが、台所《だいどころ》へ来《き》ては交《かは》る〲話《はなし》をして行《い》つたが、然《しか》し、私《わたし》には殆《ほとん》ど何等《なんら》の感想《かんさう》をも与《あた》へない。私《わたし》は唯《た》だ来春《らいはる》、正 月《しやうぐわつ》でなければ遊《あそ》びに来《こ》ない、父《ちゝ》が役所《やくしよ》の小使勘《こづかひかん》三郎《らう》の爺《ぢい》やと、九紋龍《もんりう》の二枚半《まいはん》へうなりを付《つ》けて上《あ》げたいものだ。お正 月《しやうぐわつ》に風《かぜ》が吹《ふ》けばよいと、そんな事《こと》ばかり思《おも》つて居《ゐ》た。けれども、出入《でい》りの八百屋《やをや》の御《ご》用聞《ようき》き春公《はるこう》と、家《うち》の仲 働《なかばたらき》お玉《たま》と云《い》ふのが何時《いつ》か知《し》ら密通《みつゝう》して居《ゐ》て、或夜《あるよ》、衣類《いるゐ》を脊負《せお》ひ、男女《だんぢよ》手《て》を取《と》つて、裏門《うらもん》の板塀《いたべい》を越《こ》して馳落《かけお》ちしやうとした処《ところ》を、書生《しよせい》の田崎《たざき》が見付《みつ》けて取押《とりおさ》へたので、お玉《たま》は住吉町《すみよしちやう》の親元《おやもと》へ帰《かへ》されると云《い》ふ大騒《おほさわ》ぎだけは、何《なん》の事《こと》か解《わか》らずなりに、然《しか》し私《わたし》は大変《たいへん》な事《こと》だと感《かん》じた。お玉《たま》が泣《な》きながら、白髪《しらが》の母親《はゝおや》に手《て》を引《ひ》かれ、裏門《うらもん》をくゞつて行《い》く後 姿《うしろすがた》は、何《なん》となく私《わたし》の目《め》にも哀《あは》れであつた。此《こ》れ以来《いらい》、私《わたし》には何《なん》だか田崎《たざき》と云《い》ふ書生《しよせい》が、恐《こわ》いやうな、憎《にく》いやうな気《き》がして、あれはお父《とう》さんのお気《き》に入《い》りで、僕等《ぼくら》だの、お母《かあ》さんなどには悪《わる》い事《こと》をする奴《やつ》であるやうに感《かん》じられてならなかつた。

正月《しやうぐわつ》一ぱい、私《わたし》は紙鳶《たこ》を上《あ》げてばかり遊《あそ》び暮《くら》した。学校《がくかう》のない日曜日《にちえうび》には、殊更《ことさら》に朝早《あさはや》く起出《おきいで》て、冬《ふゆ》の日《ひ》の長《なが》からぬ事《こと》を恨《うら》んだが、二月《ぐわつ》になつて或《あ》る日曜日《にちえうび》の朝《あさ》は、そのかひもなく雪《ゆき》であつた。そして、ついぞ父親《ちゝおや》の行《ゆ》かれた事《こと》のない勝手口《かつてぐち》の方《はう》に、父《ちゝ》の太《ふと》い皺枯《しわが》れた声《こゑ》がする。田崎《たざき》が何《なに》か頻《しき》りに饒舌《しやべ》り立《た》てゝ居《ゐ》る。毎朝近所《まいあさきんぢよ》から通《かよ》つて来《く》る車夫《しやふ》喜助《きすけ》の声《こゑ》もする。私《わたし》は乳母《うば》が衣服《きもの》を着換《きか》へさせやうとするのも聞《き》かず、人々《ひと〴〵》の声《こゑ》する方《はう》に馳《か》け付《つ》けたが、上框《あがりがまち》に懐手《ふところで》して後向《うしろむ》きに立《た》つて居《を》られる母親《はゝおや》の姿《すがた》を見《み》ると、私《わたし》は何《なに》がなしに悲《かな》しい、嬉《うれ》しい気《き》がして、柔《やわらか》い其《そ》の袖《そで》にしがみつきながら泣《な》いた。

「泣虫《なきむし》ツ、朝腹《あさつぱら》から何《な》んだ。」と父《ちゝ》は鋭《するど》い叱咤《しつた》の一声《せい》。然《しか》し、母上《はゝうへ》は懐《ふところ》の片手《かたて》を抜《ぬ》いて、静《しづか》に私《わたし》の頭《かしら》を撫《な》で、

「また、狐《きつね》が出《で》て来《き》ました。宗《そう》ちやんの大好《だいす》きな鶏《とり》を喰《た》べてしまつたんですつて。恐《こわ》いぢやありませんか。おとなしくなさい。」

雪《ゆき》は紛々《ふんぷん》として勝手口《かつてぐち》から吹《ふ》き込《こ》む。人達《ひとたち》の下駄《げた》の歯《は》についた雪《ゆき》の塊《かたまり》が半《なか》ば解《と》けて、土間《どま》の上《うへ》は早《はや》くも泥濘《どろ》になつて居《ゐ》た。御飯焚《ごはんたき》のお悦《えつ》、新《あたら》しく来《き》た仲働《なかばたらき》、小間使《こまづかひ》、私《わたし》の乳母《うば》、一同《どう》は、殿様《とのさま》が時《とき》ならぬ勝手口《かつてぐち》にお出《い》での事《こと》とて戦々《せん〳〵》恟々《きやう〳〵》として、寒《さむ》さに顫《ふる》へながら、台所《だいどころ》の板《いた》の間《ま》に造《つく》り付《つ》けたやうに坐《すわ》つて居《ゐ》た。

父《ちゝ》は田崎《たざき》が揃《そろ》へて出《だ》す足駄《あしだ》をはき、車夫喜助《しやふきすけ》の差翳《さしかざ》す唐傘《からかさ》を取《と》り、勝手口《かつてぐち》の外《そと》、井戸端《ゐどばた》の傍《そば》なる鶏小屋《とりごや》を巡見《じゆんけん》にと出掛《でか》ける。

「母《かあ》さん。私《わたし》も行《い》きたい。」

「風邪《かぜ》引《ひ》くといけません。およしなさい。」

折《をり》から、裏門《うらもん》のくゞりを開《あ》けて、「どうも、わりいものが降《ふ》りやした。」と鳶《とび》の頭《かしら》清《せい》五郎《らう》がさしこの頭巾《づきん》、半纏《はんてん》、手甲《てつかふ》がけの火事装束《くわじしやうぞく》で、町内《ちやうない》を廻《まは》る第一番《だいばん》の雪見舞《ゆきみま》ひにとやつて来《き》た。

「へえツ、飛《と》んでもねえ。狐《きつね》がお屋敷《やしき》の鶏《とり》をとつたんでげすつて。御維新此方《ごゐしんこのかた》ア、物騒《ぶつさう》でげすよ。お稲荷様《いなりさま》も御扶持《ごふち》

放《ばな》れで、油揚《あぶらあげ》の臭《にほひ》一つかげねえもんだから、お屋敷《やしき》へ迷込《まひこ》んだげす。訳《わけ》ア御《ご》わせん。手前達《てめへたち》でしめつちまひやせう。」

　鳶《とび》の清五郎《せいらう》は鶏小屋《とりごや》の傍《そば》まで、私《わたし》を脊負《おぶ》つて行《い》つて呉《く》れた。

　今朝方《けさがた》、暁《あかつき》かけて、津々《しんしん》と降《ふ》り積《つも》つた雪《ゆき》の上《うへ》を忍《しの》び寄《よ》り、狐《きつね》は竹垣《たけがき》の下《した》の地《ぢ》を掘《ほ》つて潜込《くゞりこ》んだものと見《み》え、雪《ゆき》と砂《すな》とを前足《まへあし》で掻乱《かきみだ》した狼藉《らうぜき》の有様《ありさま》。竹構《たけがまへ》の中《なか》は殊更《ことさら》に、吹込《ふきこ》む雪《ゆき》の上《うへ》を無惨《むざん》に飛散《とびち》る鶏《とり》の羽《はね》ばかりが、一点《てん》二点《てん》、真赤《まつか》な血《ち》の滴《したゝ》りさへ認《みと》められた。

「御前《ごぜん》、訳《わけ》ア御《ご》わせん。雪《ゆき》の上《うへ》に足痕《あしあと》がついて居《ゐ》やす。足痕《あしあと》をつけて行《ゆ》きやア、篠田《しのだ》の森《もり》ア、直《す》ぐと突止《つきと》めまさあ。

去年中《きよねんぢう》から、へーえ、お庭《には》の崖《がけ》に居《ゐ》たんでげすか。」

　清五郎《せいらう》の云《い》ふ通《とほ》り、足痕《あしあと》は庭《には》から崖《がけ》を下《お》り、松《まつ》の根元《ねもと》で消《き》えて居《ゐ》る事《こと》を発見《はつけん》した。父《ちゝ》を初《はじ》め、一同《どう》、「しめた」と覚《おぼ》えず勝利《しやうり》の声《こゑ》を上《あ》げる。田崎《たざき》と車夫《しやふ》喜助《きすけ》が鋤鍬《すきくわ》で、雪《ゆき》をかき除《の》けて見《み》ると、去年中《きよねんぢう》あれほど捜索《さうさく》しても分《わか》らなかつた狐《きつね》の穴《あな》は、冬《ふゆ》も茂《しげ》る熊笹《くまさゝ》の蔭《かげ》にあり〳〵見《み》えすいて居《ゐ》る。いよ〳〵狐《きつね》退治《たいぢ》の評議《ひやうぎ》が開《ひら》かれる。

　喜助《きすけ》は、唐辛《とうがらし》でえぶせば、奴《やつこ》さん、我慢《がまん》が出来《でき》ずにこん〳〵云《い》ひながら出《で》て来《く》る。出《で》て来《き》た処《ところ》を取《と》ツちめるがいゝと云《い》ふ。田崎《たざき》は万《まん》一逃《に》げられると残念《ざんねん》だから、穴《あな》の口元《くちもと》へ罠《わな》か其《そ》れでなくば火薬《くわやく》を仕掛《しか》けろ。ところが、鳶《とび》の清五郎《せいらう》が、組《く》んで居《ゐ》た腕《うで》を解《ほど》いて、傾《かし》げる首《くび》と共《とも》に、難題《なんだい》を持出《もちだ》した。

「全体《ぜんたい》、狐《きつね》ツて奴《やつ》は、穴《あな》一つぢやねえ。きつと何処《どこ》にか抜穴《ねけあな》を付《つ》けとくつて云《い》ふぜ。一方口《ぱうぐち》ばかし堅《かた》めたつて、知《し》らねえ中《うち》に、裏口《うらぐち》からおさらばをきめられちや、いゝ面《つら》の皮《かは》だ。」

　一同《どう》、成程《なるほど》と思案《しあん》に暮《く》れたが、此《こ》の裏穴《うらあな》を捜出《さがしだ》す事《こと》は、大雪《おほゆき》の今《いま》、差当《さしあた》り、非常《ひじやう》に困難《こんなん》なばかりか寧《むし》ろ出来《でき》ない相《さう》談《だん》である。一同《どう》は遂《つひ》にがた〳〵寒《さむ》さに顫出《ふるへだ》す程《ほど》、長評《ながひやうぢやう》定を凝《こら》した結果《けつくわ》、止《や》むを得《え》ないから、見付出《みつけだ》した一方口《ぱうぐち》を硫黄《いわう》でえぶし、田崎《たざき》は家《うち》にある鉄砲《てつぱう》を準備《じゆんび》し、父《ちゝ》は大弓《だいきう》に矢《や》をつがひ、喜助《きすけ》は天秤棒《てんびんぼう》、鳶《とび》の清五郎《せいらう》は鳶口《とびぐち》、折《をり》から、少《すこし》く後《おく》れて、例年《れいねん》の雪掻《ゆきか》きにと、植木屋《うゑきや》の安《やす》が来《き》たので、此《こ》れ亦《また》、天秤棒《てんびんぼう》に加《くは》はる事《こと》となつた。

父《ちゝ》は洋服《やうふく》に着換《きかへ》る為《た》め、一先屋敷《まづやしき》へ這入《はい》る。田崎《たざき》は伝通院前《でんづうゐんまへ》の生薬屋《きぐすりや》に硫黄《いわう》と烟硝《えんせう》を買《か》ひに行《ゆ》く。残《のこ》りのものは一升樽《しやうだる》を茶碗飲《ちやわんの》みにして、準備《じゆんび》の出来《でき》るのを待《ま》つて居《ゐ》る騒《さわ》ぎ。兎《と》や角《かく》と暇取《ひまど》つて、いよ〳〵穴《あな》の口元《くちもと》をえぶし出《だ》したのは、もう午近《ひるちか》くなつた頃《ころ》である。私《わたし》は一同《どう》に加《くはゝ》つて狐退治《きつねたいぢ》の現状《げんじやう》を目撃《もくげき》したいと云《い》つたけれど、厳《きび》しく母上《はゝうへ》に止《と》められて、母上《はゝうへ》と乳母《うば》の三人《にん》で、例《れい》の如《ごと》く座敷《ざしき》の炬燵《こたつ》に絵草紙《ゑざうし》を繰拡《くりひろ》げはしたものゝ、立《た》つたり坐《すわ》つたり、気《き》も気《き》では無《な》い。鉄砲《てつぱう》の響《ひゞき》と云《い》へば、十二時《じ》の「どん」しか聞《き》いた事《こと》がない。あれは遠《とほ》い丸《まる》の内《うち》、それでも天気《てんき》のいゝ時《とき》には吃驚《びつく》りするほど座敷《ざしき》の障子《しやうじ》を揺《ゆすぶ》る事《こと》さへある、されば、すぐ崖下《がけした》に狐《きつね》を打殺《うちころ》す銃声《じうせい》は、如何《いか》に強《つよ》く耳《みゝ》を貫《つらぬ》くであらう。家《いへ》中《ぢう》の女共《をんなども》も同《おな》じ事《こと》、誰《た》れか狐《きつね》に喰《く》ひつかれはしまいか。お狐様《きつねさま》は家《うち》の中《なか》まで荒《あば》れ込《こ》んで来《き》はしまいか。お念仏《ねんぶつ》を称《とな》へるもの、お札《ふだ》を頂《いたゞ》くものさへあつたが、母上《はゝうへ》は出入《でいり》のもの一同《どう》に、振舞酒《ふるまひざけ》の用意《ようい》をするやうにと、こま〳〵云付《いひつ》けて居《を》られた。

私《わたし》は時々《とき〴〵》縁側《えんがは》に出《で》て見《み》たが、崖下《がけした》には人《ひと》一人《にん》も居《ゐ》ないやうに寂《しん》として居《ゐ》て、それかと思《おも》ふ烟《けぶり》も見《み》えず、近《ちか》くの植込《うゑこみ》の間《あひだ》から、積《つも》つた雪《ゆき》の滑《すべ》り落《お》ちる響《ひゞき》が、淋《さび》し気《げ》に聞《きこ》えるばかり。暗澹《あんたん》たる空《そら》は低《ひく》く垂《た》れ、立木《たちき》の梢《こずゑ》は雲《くも》のやうに霞《かす》み渡《わた》つて居《ゐ》ながら、紛々《ふんぷん》として降《ふ》る雪《ゆき》、満々《まん〳〵》として積《つも》る雪《ゆき》に、庭《には》一面《めん》は朦朧《もうらう》として薄暮《たそがれ》よりも明《あかる》かつた。母《はゝ》と二人《ふたり》、午《ひる》飯《はん》を済《す》まして、一時《じ》も過《す》ぎ、少《すこ》しく待《ま》ちあぐんで、心疲《こゝろつか》れのして来《き》た時《とき》、何《なん》とも云《い》へぬ悲惨《ひさん》な叫声《さけびごゑ》。どつと一度《ど》に、大勢《おほぜい》の人《ひと》の凱歌《がいか》を上《あ》げる声《こゑ》。家中《かちう》の者皆障子《ものみなしやうじ》を蹴倒《けたふ》して縁側《えんがは》へ駈《か》け出《で》た。後《あと》で聞《き》けば、硫黄《いわう》でえぶし立《た》てられた獣物《けもの》の、恐《おそ》る〳〵穴《あな》の口元《くちもと》へ首《くび》を出《だ》した処《ところ》をば、清《せい》五郎《らう》が待構《まちかま》へて一打《う》ちに打下《うちおろ》す鳶口《とびぐち》、それが紛《まぐ》れ当《あた》りに運好《うんよ》くも、狐《きつね》の眉間《みけん》へと、ぐつさり突刺《つきさゝ》つて、奴《やつこ》さん、ころりと文句《もんく》も云《い》はず、悲鳴《ひめい》と共《とも》にくたばつて仕舞《しま》つたとの事《こと》。大弓《だいきう》を提《さ》げた偉大《ゐだい》の父《ちゝ》を真先《まつさき》に、田崎《たざき》と喜助《きすけ》が二人《ふたり》して、倒《さかさま》に獲物《えもの》を吊《つる》した天秤棒《てんびんばう》をかつぎ、其《そ》の後《あと》に清《せい》五郎《らう》と安《やす》が引続《ひきつゞ》き、積《つも》つた雪《ゆき》を踏《ふ》みしだき、隊伍正《たいごたゞ》しく崖《がけ》の上《うへ》に立現《たちあら》はれた時《とき》には、私《わたし》はふいと、絵本《ゑぼん》で見《み》る忠臣蔵《ちうしんぐら》の行列《ぎやうれつ》を思出《おもひだ》し、あゝ勇《いさま》しいと感《かん》じた。然《しか》し真近《まぢか》く進《すゝ》んで、書生《しよせい》の田崎《たざき》が、例《れい》の漢語交《かんごまじ》りで、「坊《ぼつ》ちやん此《こ》の通《とほ》りです。天網恢々《てんもうかい〳〵》疎《そ》にして漏《も》らさず。」と差付《さしつ》ける狐《きつね》を見《み》ると、鳶口《とびぐち》で打割《うちわ》られた頭蓋《とうがい》と、喰《く》ひしばつた牙《きば》の間《あひだ》から、どろ〴〵した生血《なまち》の雪《ゆき》に滴《したゝ》る有様《ありさま》。私《わたし》は覚《おぼ》えず柔《やはらか》い母親《はゝおや》の小袖《こそで》のかげにその顔《かほ》を蔽《おほ》ひかくした。

さて、午過《ひるす》ぎからは、家中大酒盛《いへぢうおほさかもり》をやる事《こと》になつたが、生憎《あひにく》とこの大雪《おほゆき》で、魚屋《さかなや》は河岸《かし》の仕出《しだ》しが出来《でき》なかつたと云《い》ふ処《ところ》から、父《ちゝ》は家《うち》の鶏《とり》を殺《ころ》して、出入《でいり》の者共《ものども》を饗応《きやうおう》する事《こと》にした。一同喜《どうよろこ》び、狐《きつね》の忍入《しのびい》つた鶏小屋《とりごや》から二羽《は》の鶏《とり》を捕《とら》へて潰《つぶ》した。黒《くろ》いのと、白《しろ》い斑《ぶち》ある牝鶏《めんどり》二羽《は》。それは去年《きよねん》の秋《あき》の頃《ころ》、綿《わた》のやうな黄金色《こがねいろ》なす羽《はね》に包《つゝ》まれ、ピヨ〳〵鳴《な》いてゐたのをば、私《わたし》は毎日学校《まいにちがくかう》の行帰《ゆきかへ》り、餌《ゑ》を投《な》げ菜《な》をやりして可愛《かあい》がつたが、今《いま》では立派《りつぱ》に肥《ふと》つた母鶏《はゝどり》になつたのを。あゝ、二羽《は》が二羽《は》とも、同《おな》じ一声《せい》の悲鳴《ひめい》と共《とも》に、田崎《たざき》の手《て》に首《くび》をねぢられ、喜助《きすけ》の手《て》に毛《け》を挘《むし》られ、安《やす》の手《て》に腹《はら》を割《さ》かれ、腸《わた》を引出《ひきだ》されて了《しま》つた。夜更《よふ》けまで、舌《した》なめずりしながら、酒《さけ》を飲《の》んで居《ゐ》る人達《ひとたち》の真赤《まつか》な顔《かほ》が、私《わたし》には絵草紙《ゑざうし》で見《み》る鬼《おに》の通《とほ》りに見《み》えた。

眠《ねむ》りながら、その夜《よ》私《わたし》は思《おも》つた。あの人達《ひとたち》はどうして、あんなに、狐《きつね》を憎《に》くんだのであらう。鶏《とり》を殺《ころ》したとて、狐《きつね》を殺《ころ》した人々《ひと〴〵》は、狐《きつね》を殺《ころ》したとて、更《さら》に又《また》、鶏《にはとり》を二羽《は》まで殺《ころ》したのだ。

あゝ、ツルゲネーフは、蛇《へび》と蛙《かへる》の争《あらそ》ひから、幼心《をさなごゝろ》に神《かみ》の慈悲心《じひしん》を疑《うたぐ》つた。私《わたし》はすこしく書物《しよもつ》を読《よ》むやうになるが早《はや》いか、世《よ》に裁判《さいばん》と云《い》ひ、懲罰《ちやうばつ》と云《い》ふものゝ意味《いみ》を疑《うたが》ふやうになつたのも、或《あるひ》は遠《とほ》い昔《むかし》の狐退治《きつねたいぢ》。其等《それら》の記念《きねん》が知《し》らず〴〵の原因《げんゐん》になつて居《ゐ》たのかも知《し》れない。

○テキスト　初出は「中学世界」一九〇九（明42）年一月。『歓楽』（易風社、明42・9、発禁）に収録。テキストには『荷風全集』（第二次）第六巻（岩波書店、平4・6）所収の本文を収録した。

○解説　そもそも物語の世界に参入することが異界への旅立ちなのである。読書行為そのものがあちらの世界を覗くことだというごく当たり前の前提を踏まえておくと、荷風の「狐」は幾重にも異空間を抱えこんだホムンクルスなのだと分かってくる。まず、タイトルからして狐に化かされますよという宣告である。語り手の「私《わたし》」が回顧するのは三十年前の子ども時代に行われた狐退治。それは西南戦争が終わってまだまもない頃のことである。末尾に再び現在に帰るという時間のサンドウィッチも異空間との往来を示す。

空間的にも「私《わたし》」が生まれ育った家は、異界と通じている。まず、時勢に乗じた父が「水戸《みと》の御家人《ごけにん》や旗本《はたもと》の空屋敷《あきやしき》」三軒を買い占め、邸宅を新築したことに注目しよう。維新の激変で家屋敷を手放さなければならなかった者と入手した者とを対比すれば、この屋敷には未練というか怨念がこもっているはずだ。現に「崖下《がけした》の貧民窟《ひんみんくつ》で、提灯《ちやうちん》の骨《ほね》けずりをして居《ゐ》た御維新《ごゐしん》前《ぜん》のお籠同心《かごどうしん》が、首《くび》をくゝつた」のだ。その恨みを象徴するのが、使われない二つの古井戸。父は無用の存在として古井戸を埋めてしまおうとするが、一つは埋めたものの、大雨のたびにくぼみ、もう一つはあまりに深く埋めえなかった。地中深く通ずる井戸は、異空間との境であり、無意識の世界にも通じている。かつては生活の中心であったこれらの井戸を埋めるのは無名の歴史への暴挙である。父とその従者である新時代の男たちは、それを恐れない。無用のもの、あいまいなもの、両義性を排除しようとする。だから、「私《わたし》」が恐れる「風《かぜ》に吠《ほ》え、雨《あめ》に泣《な》き、夜《よ》を包《つゝ》む老樹《らうじゆ》の姿《すがた》」への感応もない。これら自然の始原の姿への感受性の有無が、母をはじめとする女たちや「私《わたし》」と父の世界の男たちを分かつポイントなのである。この物語が荷風の子ども時代の体験そのものというのではもちろんなかろうが、荷風の父・久一郎は東京の上下水道計画の立案者であった。

また、この家の敷地は崖上と崖下というヒエラルキーを内包している。邸宅は崖上に新築したのだが、「家人《かじん》からは全《まつた》く忘《わす》れられた崖下《がけした》の空地《あきち》」は、そこへ長屋などを建てられないようにするために父が買い占めたものだ。山の手の坂を境に形成された「狐」の舞台は異界を包み込んでいる。かくこの物語には、これでもかこれでもかというように異界との往還構造が示されている。語り手が回想する時点と回想される時点。明治と江戸。大人と子ども。女と男。崖上と崖下などである。これらの世界と行き来することが物語の快感を呼びおこす。

狐は人をたぶらかしたり悪さをする害獣であるとともに、稲荷信仰に顕著に現れているような霊獣でもある。「御飯焚《ごはんたき》のお悦《えつ》は、田舎出《ゐなかで》の迷信家《めいしんか》で、顔《かほ》の色《いろ》を変《か》へてまで、お狐《きつね》さまを殺《ころ》すはお家《いへ》の為《た》めに不吉《ふきつ》である事《こと》を説《と》き」、「乳母《うば》も共々《ともぐ〳〵》、私《わたし》に向《むか》つて、狐《きつね》つき、狐《きつね》の祟《たゝ》り、狐《きつね》の人《ひと》を化《ばか》す事《こと》、伝通院裏《でんつうゐんうら》の沢蔵稲荷《たくざういなり》の霊験《れいげん》なぞ、こま〴〵と話《はな》して聞《き》かせる」とあるのは、この物語の女たちが狐の聖性を信じていることを示す。狐退治の動きに対し、乳母は母と相談の上、犬を飼ったりもするのだが、「猶時々《なほときぐ〳〵》は油揚《あぶらあげ》をば、崖《がけ》の熊笹《くまざゝ》の中《なか》へ捨《す》てゝ置《お》いた」のである。乳母が狐の好物である油揚を与えるのは、狐施行あるいは寒施行と呼ばれる行事に通ずる。狐施行とは近畿から中国地方にかけて、大寒の時期に狐に食物を供するもの。吉野裕子『狐　陰陽五行と稲荷信仰』（法政大学出版局、昭55・6）は、厳寒期にこの行事が行われる理由を、狐が食料を得にくいということに加え、妊娠している時期だからとしている。その上、同じ地域で狐施行の一月後旧正月十五日に狐狩りが行われるという。狐に対し矛盾した行事が連続して行われるように思えるが、いずれも季節を重んじ陰陽五行思想にのっとったものと吉野は説いている。この物語の狐狩りは新暦二月の日曜日に行われており、旧正月の時期に重なる。新暦の産物たる安息日に狐狩りと祝宴のための鶏つぶしと二重の殺生が行われるのも興味深い。そもそも太陽暦改暦は一八七二（明5）年のことで、物語内の時間からはさほど隔たっていず、作品が発表された時期でも旧暦は身近な存在だった。狐施行、狐狩りの風習を連想させる「狐」の世界は、暦の上でも混沌を抱えこんでいたのである。

最後に語り手の位置について考えよう。三十年前の狐狩りを語る「私《わたし》」は母や乳母のいる女の世界に同調して父を代表とする男の世界を撃っているかに見える。だが、はたしてそうだろうか。少年の「私《わたし》」は、狐狩りの勇ましさにも憧れ、付いていきたいとも思ったが、制せられていた。その揺れ動き自体が通過儀礼的な意味を持っていたともいえそうだが、少年の「私《わたし》」が狐狩りを契機に男の世界に入っていったというわけでもない。三十年後の「私《わたし》」は父の世界に理解を持ちながらも、母の世界にたゆたっているのである。読み手はその語り手の中途半端な位置に気づかず、母の世界にいるかのように思ってしまうかもしれない。しかし、それは作者の戦略でもあろう。「狐」の語り手の位置は、荷風というペルソナがたゆたっている場所でもあるのだ。

（中澤千磨夫）

○参考文献　佐伯彰一「永井荷風」（『日本文学全集20　永井荷風集』集英社、昭42・4。『伝記と分析の間』南北社、昭42・12に収録）。前田愛「『狐』――荷風の原風景」（『吉田精一博士古稀記念　日本の近代文学――作家と作品』角川書店、昭53・11。「廃園の精霊」と改題して『都市空間のなかの文学』筑摩書房、昭57・12に収録）。中澤千磨夫「「狐」の世界――永井荷風の出発――」（『国語国文研究』昭60・3。『荷風と踊る』三一書房、平8・3に収録）。石阪幹将『都市の迷路　地図のなかの荷風』（白地社、平6・4）。

西班牙犬の家

（夢見心地になることの好きな人々の為めの短篇）

佐藤春夫

フラテ（犬の名）は急に駆け出して、蹄鍛冶屋の横に折れる岐路のところで、私を待つて居る。この犬は非常に賢い犬で、私の年来の友達であるが、私の妻などは勿論大多数の人間などよりよほど賢い、と私は信じて居る。で、いつでも散歩に出る時には、きつとフラテを連れて出る。奴は時々、思ひもかけぬやうなところへ自分をつれてゆく。で近頃では私は散歩といへば、自分でどこへ行かうなどと考へずに、この犬の行く方へだまつてついて行くことに決めて居るやうなわけなのである。蹄鍛冶屋の横道は、私は未だ一度も歩かない。よし、犬の案内に任せて今日はそこを歩かう。そこで私はそこを曲る。その細い道はだらだらの坂道で、時々ひどく曲りくねつて居る。おれはその道に沿うて犬について、景色を見るでもなく、考へるでもなく、ただぼんやりと空想に耽つて歩く。時々、空を仰いで雲を見る。ひよいと道ばたの草の花が目につく。そこで私はその花を摘んで、自分の鼻の先で匂うて見る。何といふ花だか知らないがいい匂である。指で摘んでくるくるとまわし乍ら歩く。するとフラテは何かの拍子にそれを見つけて、ちよつと立とまつて、首をかしげて、私の目のなかをのぞき込む。それを欲しいといふ顔つきである。そこでその花を投げてやる。犬は地面に落ちた花を、ちよつと嗅いで見て、何だ、ビスケツトぢやなかつたのかと言ひたげである。さうして又急に駆け出す。こんな風にして私は二時間近くも歩いた。

歩いてゐるうちに我々はひどく高くへ登つたものと見える。そこはちよつとした見晴で、打開けた一面の畑の下に、遠くどこの町とも知れない町が、雲と霞との間からぼんやりと見える。しばらくそれを見て居たが、たしかに町に相違ない。それにしてもあんな方角に、あれほどの人家のある場所があるとすれば、一たい何処なのであらう。私は少し腑に落ちぬ気持がする。しかし私はこの辺一帯の地理は一向に知らないのだから、解らないのも無理ではないが。それはそれとして、さて後《うしろ》の方はと注意して見ると、そこは極くなだらかな傾斜で、遠くへ行けば行くほど低くなつて居るらしく、何でも一面の雑木林のやうである。その雑木林は可なり深いやうだ。さうしてさほど太くもない沢山の木の幹の半面を照して、正午に間もない優しい春の日ざしが、楡や樫や栗や白樺などの芽生したばかりの爽やかな葉の透間から、煙のやうに、また匂《にほひ》のやうに流れ込んで、その幹や地面やの日かげと日向との加減が、ちよつと口では言へない種類の美しさである。おれはこの雑木林の奥へ入つて行きたい気もちになつた。その林のなかは、かき別けねばならぬといふほどの深い草原でもなく、行かうと思へばわけもないからだ。

私の友人のフラテも私と同じ考へであつたと見える。彼はうれしげにずんずんと林のなかへ這入つてゆく。私もその後に従うた。約一丁ばかり進んだかと思ふころ、犬は今までの歩き方とは違ふやうな足どりになつた。気らくな今までの漫歩の態度ではなく、織るやうないそがしさに足を動かす。鼻を前の方につき出して居る。これは何かを発見したに違ひない。兎の足あとであつたのか、それとも草のなかに鳥の巣でもあるのであらうか。あちらこちらと気せわしげに行き来するうちに、犬は其の行くべき道を発見したものらしく、真直ぐに進み初めた。私は少しばかり好奇心をもつてその後を追うて行つた。我々は時々、交尾して居たらしい梢の野鳥を駭かした。斯うした早足で行くこと三十分ばかりで、犬は急に立ちとまつた。同時に私は潺湲たる水の音を聞きつけたやうな気がした。(一たいこの辺は泉の多い地方である) 犬は耳を痟性らしく動かして二三間ひきかへして、再び地面を嗅ぐや、今度は左の方へ折れて歩み出した。思つたよりもこの林の深いのに少しおどろいた。この地方にこんな広い雑木林があらうとは考へなかつたが、この工合ではこの林は二三百町歩もあるかも知れない。犬の様子といひ、いつまでもつづく林といひ、おれは好奇心で一杯になつて来た。かうしてまた二三十分間ほど行くうちに、犬は再び立とまつた。さて、わつ、わつ！といふ風に短く二声吠えた。その時までは、つい気がつかずに居たが、直ぐ目の前に一軒の家があるのである。それにしても多少の不思議である、こんなところに唯一つ人の住家があらうとは。それが炭焼き小屋でない以上は。

　打見たところ、この家には別に庭といふ風なものはない様子で、ただ唐突にその林のなかに雑つて居るのである。この「林のなかに雑つて居る」といふ言葉はここでは一番よくはまる。今も言つた通り私はすぐ目の前でこの家を発見したのだからして、その遠望の姿を知るわけにはいかぬ。また恐らくはこの家は、この地勢と位置とから考へて見てさほど遠くから認め得られやうとも思へない。近づいてのこの家は、別段に変つた家とも思へない。ただその家は草屋根ではあつたけれども、普通の百姓家とはちよつと趣が違ふ。といふのは、この家の窓はすべてガラス戸で西洋風な造へ方なのである。ここから入口の見えないところを見ると、我々は今多分この家の背後と側面とに対して立つて居るものと思ふ。その角のところから二方面の壁の半分づつほどを覆うたつたかづらだけが、言はゞこの家のここからの姿に多少の風情と興味とを具へしめて居る装飾で、他は一見極く質朴な、こんな林のなかにありさうな家なのである。私は初め、これはこの林の番小屋ではないかしらと思つた。それにしては少し大きすぎる。又わざわざこんな家を建てて番をしなければならぬほどの林でもない。と思ひ直してこの最初の認定を否定した。兎も角も私はこの家へ這入つて見やう。道に迷ふたものだと言つて、茶の一杯ももらつて持つて来た弁当に、我々は我々の空腹を満さう。と思つて、その家の正面だと思へる方へ歩み出した。すると今まで目の方の注意によつて忘れられて居たらしい耳の感覚が働いて、私は流れが近くにあることを知つた。さきに潺湲たる水声を耳にしたと思つたのはこの近所であつたのであらう。

　正面へ廻つて見ると、そこも一面の林に面して居た、ただここへ来て一つの奇異な事には、その家の入口は、家全体のつり合から考へてひどく贅沢にも立派な石の階段が丁度四級もついて居るのであつた。その石は家の他の部分よりも、何故か古くなつて所々苔が生へて居るのである。さうしてこの正面である南側の窓の下には家の壁に沿ふて一列に、時を分たず咲くであらうと思へる紅い小さな薔薇の花が、わがもの顔に乱れ咲いて居た。そればかりではない。その薔薇の叢の下から帯のやうな幅で、きらきらと日にかがやきながら、水が流れ出て居るのである。それが一見どうしてもその家のなかから流れ出て居るとしか思へない。私の家来のフラテはこの水をさも甘さうにしたたかに飲んで居た。私は一瞥のうちにこれらのものを自分の瞳へ刻みつけた。

さて私は静に石段の上を登る。ひつそりとしたこの四辺の世界に対して、私の靴音は静寂を破るといふほどでもなく響いた。私は「おれは今、隠者か、でなければ魔法使の家を訪問して居るのだぞ」と自分自身に戯れて見た。さうして私の犬の方を見ると、彼は別段変つた風もなく、赤い舌を垂れて、尾をふつて居た。

私はこつこつと西洋風の扉を西洋風にたたいて見た。内からは何の返答もない。私はもう一ぺん同じことを繰返さねばならなかつた。内からはやつぱり返答がない。今度は声を出して案内を乞うて見た。依然、何の反響もない。留守なのかしら空家なのかしらと考へてゐるうちに私は多少不気味になつて来た。そこでそつと足音をぬすんで——これは何の為であつたかわからないが——薔薇のある方の窓のところへ立つて、そこから脊のびをして内を見まわして見た。

窓にはこの家の外見とは似合しくない立派な品の、黒づんだ海老茶にところどころ青い線の見えるどつしりとした窓かけがしてあつたけれども、それは半分ほどしぼつてあつたので部屋のなかはよく見えた。珍らしい事には、この部屋の中央には、石で彫つて出来た大きな水盤があつてその高さは床の上から二尺とはないが、その真中のところからは、水が湧立つて居て、水盤のふちからは不断に水がこぼれて居る。そこで水盤には青い苔が生えて、その附近の床——これもやつぱり石であつた——は少ししめつぽく見える。そのこぼれた水が薔薇のなかからきらきら光りながら蛇のやうにぬけ出して来る水なのだらうといふことは、後で考へて見て解つた。私はこの水盤には少なからず驚いた。ちよいと異風な家だとはさきほどから気がついたものの、こんな異体の知れない仕掛まであらうとは予想出来ないからだ。そこで私の好奇心は、一層注意ぶかく家の内部を窓越しに観察し始めた。床も石である、何といふ石だか知らないが、青白いやうな石で水で湿つた部分は美しい青色であつた。それが無造作に、切出した時の自然のままの面を利用して列べてある。入口から一番奥の方の壁にこれも石で出来たファイヤプレィスがあり、その右手には棚が三段ほどあつて、何だか皿見たやうなものが積み重ねたり、列んだりして居る。それとは反対の側に——今、私がのぞいて居る南側の窓の三つあるうちの一番奥の隅の窓の下に大きな素木のままの裸の卓があつて、その上には……何があるのだか顔をぴつたりくつつけても硝子が邪魔をして覗き込めないから見られない。おや待てよ、これは勿論空家ではない、それどころか、つひ今のさきまで人が居たに相違ない。といふのはその大きな卓の片隅から、吸ひさしの煙草から出る煙の糸が非常に静かに二尺ほど真直ぐに立ちのぼつて、そこで一つゆれて、それからだんだん上へゆくほど乱れて行くのが見えるではないか。

私はこの煙を見て、今まで思ひがけぬことばかりなので、つひ忘れて居た煙草のことを思出した。そこで自分も一本を出して火をつけた。それからどうかしてこの家のなかへ入つて見たいといふ好奇心がどうもおさへ切れなくなつた。さてつくづく考へるうちに、私は決心をした。この家の中へ入つて行かう。留守中でもいい這入つてやらう、若し主人が帰つて来たならばおれは正直にそのわけを話すのだ。こんな変つた生活をして居る人なのだから、さう話せば何とも言ふまい。反つて歓迎してくれないとも限らぬ。それには今まで荷厄介にして居たこの絵具箱が、おれの泥棒ではないといふ証人として役立つであらう。私は虫のいいことを考へて斯う決心した。そこでもう一度入口の階段を上つて、念のため声をかけてそつと扉をあけた。扉には別に錠も下りては居なかつたから。

私は入つて行くといきなり二足三足あとすだりした。何故かといふに入口に近い窓の日向に真黒な西班牙犬が居るではないか。顎《あご》を床にくつつけて、丸くなつて居眠して居た奴が、私の入るのを見て狡さうにそつと目を開けて、のつそり起上つたからである。

これを見た私の犬のフラテは、うなりながらその犬の方へ進んで行つた。そこで両方しばらくうなりつづけたが、この西班牙犬は案外柔和な奴と見えて、両方で鼻面を嗅ぎ合つてから、向から尾を振り始めた。そこで私の犬も尾をふり出した。さて西班牙犬は再びもとの床の上へ身を横へた。私の犬もすぐその傍へ同じやうに横になつた。見知らない同性同士の犬と犬とのかうした和解はなか〳〵得難いものである。これは私の犬が温良なのにも因るが主として向うの犬の寛大を賞讃しなければなるまい。そこでおれは安心して入つて行つた。この西班牙犬はこの種の犬としては可なり大きな体で、例のこの種特有の房々した毛のある大きな尾をくるりと尻の上に巻上げたところはなか〳〵立派である。しかし毛の艶《つや》や、顔の表情から推して見て、大分老犬であるといふことは、犬のことを少しばかり知つて居る私には推察出来た。私は彼の方へ接近して行つて、この当座の主人である彼に会釈するために、敬意を表するために彼の頭を愛撫した。一体犬といふものは、人間がいぢめ抜いた野良犬でない限りは、淋しいところに居る犬ほど人を懐しがるもので、見ず知らずの人でも親切な人には決して怪我をさせるものではない事を、経験の上から私は信じて居る。それに彼等には必然的な本能があつて、犬好きと犬をいぢめる人とは直ぐ見わけるものだ。私の考は問違ではなかつた。西班牙犬はよろこんで私の手のひらを甜めた。

それにしても一体、この家の主人といふのは何者なのであらう。何処へ行つたのであらう。直ぐ帰るだらうか知ら。入つて見るとさすがに気が咎めた。それで入つたことは入つたが、私はしばらくはあの石の大きな水盤のところで佇立したまゝで居た。その水盤はやつぱり外から見た通りで、高さは膝まで位しかなかつた。ふちの厚さは二寸位で、そのふちへもつてつて、また細い溝が三方にある。こぼれる水はそこを流れて、水盤の外がわをつたうてこぼれて仕舞ふのである。成程、斯うした地勢では、斯うした水の引き方も可能なわけである。この家では必ずこれを日常の飲み水にして居るのではなからうか。どうもたゞの装飾ではないと思ふ。

一体この家はこの部屋一つきりで何もかもの部屋を兼ねて居るやうだ。椅子が皆で一つ……二つ……三つきりしかない。水盤の傍と、フアイヤ、プレイスとそれに卓に面してと各一つづゝ。何れもただ腰を掛けられるといふだけに造られて、別に手のこんだところはどこにも無い。見廻して居るうちに私はだん〳〵と大胆になつて来た。気がつくとこの静かな家の脈搏のやうに時計が分秒を刻む音がして居る。どこに時計があるのであらう。濃い樺色の壁にはどこにも無い。あゝあれだ、あの例の大きな机の卓の上の置時計だ。私はこの家の今の主人と見るべき西班牙犬に少し遠慮しながら、卓の方へ歩いて行つた。

卓の片隅には果して、窓の外から見たとほり、今では白く燃えつくした煙草が一本あつた。

時計は文字板の上に絵が描いてあつて、その玩具のやうな趣向がいかにもこの部屋の半野蛮な様子に対照をして居る。文字板の上には一人の貴婦人と、一人の紳士と、それにもう一人の男が居て、その男は一秒間に一度づゝこの紳士の左の靴をみがくわけなのである。馬鹿々々しいけれどもその絵が面白かつた。その貴婦人の襞の多い笹べりのついた大きな裾を地に曳いた具合や、シルクハツトの紳士の頬髯の様式などは、外国の風俗を知らない私の目にももう半世紀も時代がついて見える。さて可哀想なはこの靴磨きだ。彼はこの平静な家のなかの、その又なかの小さな別世界で夜も昼も斯うして一つの靴ばかり磨いて居るのだ。おれは見て居るうちにこの単調な不断の動作に、自分の肩が凝つて来るのを感ずる。それで時計の示す時間は一時十五分――これは一時間も遅れて居さうだつた。机には塵まみれに本が五六十册積上げてあつて、別に四五册ちらばつて居た。何でも絵の本か、建築のかそれとも地図と言ひたい様子の大册な本ばかりだつた。表題を見たらば、独逸語らしく私には読めなかつた。その壁のところに、原色刷の海の額がかゝつて居る、見たことのある絵だが、こん色はヰスラアではないか知ら……私はこの額がこゝにあるのを賛成した。でも人間がこんな山中に居れば、絵でも見て居なければ世界に海のある事などは忘れて仕舞ふかも知れないではないか。

私は帰らうと思つた、この家の主人には何れまた会ひに来るとして。それでも人の居ないうちに入込んで、人の居ないうちに帰るのは何だか気になつた。そこで一層のこと主人の帰宅を待たうといふ気にもなる。それで水盤から水の湧立つのを見ながら、一服吸ひつけた。さうして私はその湧き立つ水をしばらく見つめて居た。かうして一心にそれを見つづけて居ると、何だか遠くの音楽に聞き入つて入るやうな心持がする。うつとりとなる。ひよつとするとこの不断にたぎり出る水の底から、ほんとうに音楽が聞えて来たのかも知れない。あんな不思議な家のことだから。何しろこの家の主人といふのはよほど変者《かはりもの》に相違ない。……待てよおれは、リップ、ヴンヰンクルではないか知ら。……帰つて見ると妻は婆になつて居る。……ひよつとこの林を出て、「K村はどこでしたかね」と百姓に尋ねると、「え？K村そんなところはこの辺にありませんぜ」と言はれさうだぞ。さう思ふと私はふと早く家へ帰つて見やうと、変な気持になつた。そこで私は扉口のところへ歩いて行つて、口笛でフラテを呼ぶ。今まで一挙一動を注視して居たやうな気のするあの西班牙犬はぢつと私の帰るところを見送つて居る。私は怖れた。この犬は今までは柔和に見せかけて置いて、帰ると見てわつと後から咬みつきはしないだらうか。私は西班牙犬に注意しながら、フラテの出て来るのを待兼ねて、大急ぎで扉を閉めて出た。

　さて、帰りがけにもう一ぺん家の内部を見てやらうと、背のびをして窓から覗き込むと例の真黒な西班牙犬はのつそりと起き上つて、さて大机の方へ歩きながら、おれの居るのには気がつかないのか、

「あゝ、今日は妙な奴に駭かされた。」

　と、人間の声で言つたやうな気がした。はてな、と思つて居ると、よく犬がするやうにあくびをしたかと思ふと、私の瞬きした間に、奴は五十恰好の眼鏡をかけた黒服の中老人になり大机の前の椅子によりかゝつたまゝ、悠然と口には未だ火をつけぬ煙草をくわへて、あの大形の本の一冊を開いて頁をくつて居るのであつた。

　ぽか〳〵とほんとうに温い春の日の午後である。ひつそりとした山の雑木原のなかである。

○テキスト　初出は「星座」一九一七（大6）年一月。『病める薔薇』（天佑社、大7・11）に収録。テキストには『定本佐藤春夫全集』第3巻（臨川書店、平10・4）所収の本文を収録した。

○解説　柳田国男『遠野物語』（明43）にこんな話がある。昔、谷奥に迷い入ってしまった貧しい女が、黒い門の不思議な家にでくわした。人影もないのに、座敷では鉄瓶の湯がたぎっている。女は恐れて村に戻り、見てきたことを話す。が、だれも信じない。後のある日、洗い物をする女の前に赤い椀が流れてきた。拾って米や稗を測る器にしたところ、無尽蔵となり、家は幸運に向かった。遠野では山中の不思議な家を「マヨヒガ」といい、でくわしたら家の中のものを何かもってくる習いがあった。椀は、無欲な女が何も盗まず去ったので、流れてきたのだろうという（六三）。同種の話が続く六十四話にもある。そこでは「マヨヒガ」から戻った男を先に立て、村人が場所をつきとめようとした。しかしついに探せない。行こうとして行ける家ではないのだ。

『遠野物語』は一例にすぎない。「隠れ里」「うぐいすの里」「鼠浄土」など、有名な民話類にも同じ系統のものはある。限られた人だけが入っていくことになるその異空間のことは、さらにひとつの類型として、近現代の創作の中にもとりこまれてきた。泉鏡花の作品などにはわかりやすい例があろう。またそれは日本に限ったものでもない。

リップ・ヴァン・ウィンクル。彼もまた突然の異界にでくわした者である。独立戦争前のアメリカの古風な村に住む愚直な彼は、人には親切だが仕事を嫌うので女房に責められていた。ある日、妻の小言から逃れるために鳥銃をかつぎ、愛犬ヲルフとともに山に入る。狩りに疲れ、頂上近くで眠ったあと目を覚ますと、自分を呼ぶ声がした。手招きする異人に誘われ谷間をいけば、不思議な風貌の異人たちの遊ぶ岩窟に至る。彼らの飲む薬酒をリップも飲み、意識が遠のく。起きると元の丘の上にいた。ヲルフの姿はなく、銃も錆び、昨夜の岩窟も探せない。帰途につくが、人も村もまるで変わってしまっている。無理はない。山での一夜の間に、独立戦争すらはさむ二十年が経っていたのだ。妻は死に、小さかった娘にも子供がいた。

この話はワシントン・アーヴィングの「Sketch Book」（1819〜20）中の一章だが、それを「新浦島」と名づけて翻訳した（明22）のは森鷗外であった。鷗外を敬愛してやまない若き日の佐藤春夫であれば、この翻訳も眼にしていたかもしれない。

「西班牙犬の家」の終り近くに、そのリップの名が出てくる。「……待てよおれは、リップ・ヴンキンクルではないか知ら」。この台詞は、「おれ」が覚醒していて、この山中の家が紛れもない現実だということを示そうとするものだろうか。あるいは、夢の中でこれは夢ではないのかと思うことがあるのに似て、あやしい時間の中に「おれ」がいよいよ巻きこまれていることを示しているのだろうか。いずれにしろ、このリップの名の登場は、この短編自体が、かの物語を何かしら意識していることをあらわしている。

　また、知られているように、佐藤春夫はポオの仕事に強く惹かれていた。この小説にもその影は濃く、「ランダーの別荘」などとの類似が指摘されている。知らない道を犬を先導に無目的に歩いて行くこと、水音のすること、珍しい建物にでくわすこと、建物の外と内の描写のあること、そこにも犬のいること。設定も展開も確かによく似ている。

　すべてテクストは引用の織物であるというような言い方があるが、ここではもう少し直接的で意識的な方法として前時代テクストの影が小説生成に関わっていそうである。芥川龍之介が前時代を背負い続けることによって、初めて創作を可能にしていったように、それが大正期知識人のひとつの神経のありようなのかと思わせるほど、既成のテクストとの関係は必須かつ渾然としている。

　とはいえ、もちろんそれはたんなる翻案にとどまってはいない。引用され踏襲されつつ、ずらされ反転させられていく。内容面でも言説面でも語りの面でも、したたかなテクストとして再生され、たとえばさきの「ランダーの別荘」などとの差異も顕著である。模倣と創造の間の秘密がこの短編にはたくさん詰め込まれていることだろう。

　ところで、一般に向こう側の世界の話には、こちら側が関わっている。かのリップの物語では、村の先祖がオランダの移住民であったことや、いつも妻に責められていたこと、一夜の間に独立戦争のあったことなどのうちに、こちらの位置は見えてくる。「西班牙犬の家」の場合にも、こちらを知る糸口はあるだろうか。あるとすればそれは語り手の問題でもあろうし、「(夢見心地になることの好きな人々の為めの短篇)」という副題にも関わることだろう。また逆に、こちら側からではなく、異世界の図像のほうからこちら側を照らし出すことはできるのだろうか。夢の解読が現実の深層を知らせることがあるように。

　なおこの短編は「田園の憂鬱」の舞台となった地で書かれた。「追憶の『田園』」(「新潮」昭11・9)「うぬぼれかがみ」(「新潮」昭36・10)など、作品の成立事情に作者自身が触れた文章もある。

(高橋広満)

○参考文献　井上健「佐藤春夫とエドガア・ポオ」(「大谷女子大学紀要」昭52・9)。佐々木充「「西班牙犬の家」の本文について」(「千葉大学教育学部研究紀要」31巻、昭57・12。『日本文学研究資料新集23　佐藤春夫と室生犀星』有精堂、平4・11に収録)。野口武彦「雑木林の洋館——佐藤春夫『西班牙犬の家』」(「日本語学」昭59・10。『文化記号としての文体』ぺりかん社、昭62・9に収録)。芳賀徹「大正日本の小桃源——佐藤春夫作「西班牙犬の家」をめぐって——」(『文学における向う側』明治書院、昭60・6)。海老原由香「佐藤春夫「西班牙犬の家」論——夢〈見る〉心地——」(「日本近代文学」平10・10)。

奉教人の死

芥川龍之介

たとひ三百歳の齢《よはひ》を保ち、楽しみ身に余ると云ふとも、未来永々《えい〳〵》の果しなき楽しみに比ぶれば、夢幻《ゆめまぼろし》の如し。

——（慶長訳 Guia do Pecador）——

善の道に立ち入りたらん人は、御教《みをしへ》にこもる不可思議の甘味《かんみ》を覚ゆべし。——（慶長訳 Imitatione Christi）——

一

去《さ》んぬる頃、日本長崎の「さんた・るちや」と申す「えけれしや」（寺院）に、「ろおれんぞ」と申すこの国の少年がござつた。これは或年御降誕の祭の夜、その「えけれしや」の戸口に、餓《う》ゑ疲れてうち伏して居つたを参詣の奉教人衆が介抱し、それより伴天連《ばてれん》の憐みにて、寺中に養はれる事となつたげでござるが、何故かその身の素性《すじやう》を問へば、故郷《ふるさと》は「はらいそ」（天国）父の名は「でうす」（天主）などと、何時も事もなげな笑に紛らいて、とんとまことは明した事もござない。なれど親の代から「ぜんちよ」（異教徒）の輩《やから》であらなんだ事だけは、手くびにかけた青玉の「こんたつ」（念珠）を見ても、知れたと申す。されば伴天連はじめ、多くの「いるまん」衆（法兄弟）も、よも怪しいものではござるまいと、おぼされて、ねんごろに扶持《ふち》して置かれたが、その信心の堅固なは、幼いにも似ず「すぺりおれす」（長老衆）が舌を捲《ま》くばかりであつたれば、一同も「ろおれんぞ」は天童の生れがはりであらうずなど申し、いづくの生れ、たれの子とも知れぬものを、無下《むげ》にめでいつくしんで居つたげでござる。して又この「ろおれんぞ」は顔かたちが玉のやうに清らかであつたに、声ざまも女のやうに優しかつたれば、一しほ人々のあはれみを惹いたのでござらう。中でもこの国の「いるまん」に「しめおん」と申したは、「ろおれんぞ」を弟のやうにもてなし、「えけれしや」の出入りにも、必仲よう手を組み合せて居つた。この「しめおん」は元さる大名に仕へた、槍一すぢの家がらなものぢや。されば身のたけも抜群なに、性得《しやうとく》の剛力《がうりき》であつたに由《よ》つて、伴天連が「ぜんちよ」ばらの石瓦にうたるゝを、防いで進ぜた事も、一度二度の沙汰《さた》ではござない。それが「ろおれんぞ」と睦じうするさまは、とんと鳩になづむ荒鷲《あらわし》のやうであつたとも申さうか。或は「ればのん」山の檜《ひのき》に、葡萄かづらが纏《まと》ひついて、花咲いたやうであつたとも申さうず。

さる程に三年《みとせ》あまりの年月は、流るゝやうにすぎたに由つて、「ろおれんぞ」はやがて元服《げんぷく》もすべき時節となつた。したがその頃怪しげな噂が伝はつたと申すは「さんた・るちや」から遠からぬ町方の傘張《かさはり》の娘が、「ろおれんぞ」と親しうすると云ふ事ぢや。この傘張の翁《おきな》も天主の御教を奉ずる人故、娘ともども「えけれしや」へは参る慣であつたに、御祈の暇《いとま》にも、娘は香炉《かうろ》をさげた「ろおれんぞ」の姿から、眼を離したと申す事がござない。まして「えけれしや」への出入りには、必髪かたちを美しうして、「ろおれんぞ」のゐる方へ眼づかひをするが定《ぢやう》であつた。さればおのづと奉教人衆の人目にも止り、娘が行きずりに「ろおれんぞ」の足を踏んだと云ひ出すものもあれば、二人が艶書をとりかはすをしかと見とどけたと申すものも出て来たげでござる。

由つて伴天連にも、すて置かれず思されたのでござらう。或日「ろおれんぞ」を召されて、白ひげを噛みながら、

「その方、傘張の娘と兎角《とかく》の噂ある由を聞いたが、よもやまことではあるまい。どうぢや」ともの優しう尋ねられた。したが「ろおれんぞ」は、唯憂はしげに頭を振つて、「そのやうな事は一向に存じやう筈もござらぬ」と、涙声に繰返

すばかり故、伴天連もさすがに我を折られて、年配と云ひ、日頃の信心と云ひ、かうまで申すものに偽はあるまいと思されたげでござる。

さて一応伴天連の疑は晴れてぢやが、「さんた・るちや」へ参る人々の間では、容易に、とかうの沙汰が絶えさうもござない。されば兄弟同様にして居つた「しめおん」の気がかりは、又人一倍ぢや。始はかやうな淫《みだら》な事を、ものものしう詮議《せんぎ》立てするが、おのれにも恥しうて、うちつけに尋ねようは元より、「ろおれんぞ」の顔さへまさかとは見られぬ程であつたが、或時「さんた・るちや」の後の庭で、「ろおれんぞ」へ宛てた娘の艶書を拾うたに由つて、人気《ひとげ》ない部屋にゐたを幸、「ろおれんぞ」の前にその文をつきつけて、嚇《おど》しつ賺《すか》しつ、さま〴〵に問ひたゞいた。なれど「ろおれんぞ」は唯、美しい顔を赤らめて、「娘は私に心を寄せましたげでござれど、私は文を貰うたばかり、とんと口を利《き》いた事もござらぬ」と申す。なれど世間のそしりもある事でござれば、「しめおん」は猶も押して問《と》ひ詰《なじ》つたに、「ろおれんぞ」はわびしげな眼で、ぢつと相手を見つめたと思へば、「私はお主《ぬし》にさへ、嘘をつきさうな人間に見えるさうな」と咎《とが》めるやうに云ひ放つて、とんと燕《つばくら》か何ぞのやうに、その儘《まま》つと部屋を出て行つてしまうた。かう云はれて見れば、「しめおん」も己の疑深かつたのが恥しうもなつたに由つて、悄々《すご〳〵》その場を去らうとしたに、いきなり駈けこんで来たは、少年の「ろおれんぞ」ぢや。それが飛びつくやうに「しめおん」の頭《かしら》を抱くと、喘《あへ》ぐやうに「私が悪かつた。許して下されい」と、囁《さゝや》いて、こなたが一言も答へぬ間に、涙に濡れた顔を隠さう為か、相手をつきのけるやうに身を開いて、一散に又元来た方へ、走つて往んでしまうたと申す。さればその「私が悪かつた」と囁いたのも、娘と密通したのが、悪かつたと云ふのやら、或は「しめおん」につれなうしたのが悪かつたと云ふのやら、一円合点《がてん》の致さうやうがなかつたとの事でござる。

するとその後間《ま》もなう起つたのは、その傘張の娘が孕《みごも》つたと云ふ騒ぎぢや。しかも腹の子の父親は、「さんた・るちや」の「ろおれんぞ」ぢやと、正しう父の前で申したげでござる。されば傘張の翁は火のやうに憤つて、即刻伴天連のもとへ委細を訴へに参つた。かうなる上は「ろおれんぞ」も、かつふつ云ひ訳の致しやうがござない。その日の中に伴天連を始め、「いるまん」衆一同の談合に由つて、破門を申し渡される事になつた。元より破門の沙汰がある上は、伴天連の手もとを追ひ払はれる事でござれば、糊口《ここう》のよすがに困るのも目前ぢや。したがかやうな罪人を、この儘「さんた・るちや」に止めて置いては、御主の「ぐろおりや」（栄光）にも関る事ゆゑ、日頃親しう致いた人々も、涙をのんで「ろおれんぞ」を追ひ払つたと申す事でござる。

その中でも哀れをとゞめたは、兄弟のやうにして居つた「しめおん」の身の上ぢや。これは「ろおれんぞ」が追ひ出されると云ふ悲しさよりも、「ろおれんぞ」に欺《あざむ》かれたと云ふ腹立たしさが一倍故、あのいたいけな少年が、折からの凩《こがらし》が吹く中へ、しを〳〵と戸口を出かゝつたに、傍から拳をふるうて、したゝかその美しい顔を打つた。「ろおれんぞ」は剛力に打たれたに由つて、思はずそこへ倒れたが、やがて起きあがると、涙ぐんだ眼で、空を仰ぎながら、『御主も許させ給へ。「しめおん」は己が仕業《しわざ》もわきまへぬものでござる』と、わなゝく声で祈つたと申す事ぢや。「しめおん」もこれには気が挫けたのでござらう。暫くは唯戸口に立つて、拳《こぶし》を空にふるうて居つたが、その外の「いるまん」衆も、いろ〳〵ととりなしたれば、それを機会《しほ》に手を束ねて、嵐も吹き出でようず空の如く、凄じく顔を曇らせながら、悄々《すご〳〵》「さんた・るちや」の門《かど》を出る「ろおれんぞ」の後姿を、貪るやうにきつと見送つて居つた。その時居合はせた奉教人衆の話を伝へ聞けば、時しも凩《こがらし》にゆらぐ日輪《にちりん》が、うなだれて歩む「ろおれんぞ」の頭のかなた、長崎の西の空に沈まうず景色であつたに由つて、あの少年のやさしい姿は、とんと一天の火焔の中に、立ちきはまつたやうに見えたと申す。

その後の「ろおれんぞ」は、「さんた・るちや」の内陣に香炉をかざした昔とは打つて変つて、町はづれの非人小屋に起き伏しする、世にも哀れな乞食であつた。ましてその前身は、「ぜんちよ」の輩《ともがら》には穢多《えとり》のやうにさげしまるゝ、天主の御教を奉ずるものぢや。されば町を行けば、心ない童部《わらべ》に嘲らるゝは元より、刀杖瓦石《たうぢやうぐわせき》の難に遭うた事も、度々《どゞ》ござるげに聞き及んだ、いや、嘗つては、長崎の町にはびこつた、恐しい熱病にとりつかれて、七日七夜の間、道ばたに伏しまろんでは、苦み悶えたと申す事でござる。したが、「でうす」無量無辺の御愛憐は、その都度「ろおれんぞ」が一命を救はせ給うたのみか、施物《せもつ》の米銭のない折々には、山の木の実、海の魚貝など、その日の糧《かて》を恵ませ給ふのが常であつた。由つて「ろおれんぞ」も、朝夕の祈は「さんた・るちや」に在つた昔を忘れず、手くびにかけた「こんたつ」も、青玉の色を変へなかつたと申す事ぢや。なんのそれのみか、夜毎に更闌《かうた》けて人音も静まる頃となれば、この少年はひそかに町はづれの非人小屋を脱け出《いだ》いて、月を踏んで住み馴れた「さんた・るちや」へ、御主「ぜす・きりしと」の御加護を祈りまゐらせに詣でゝ居つた。

　なれど同じ「えけれしや」に詣づる奉教人衆も、その頃はとんと、「ろおれんぞ」を疎《うと》んじはてゝ、伴天連はじめ、誰一人憐みをかくるものもござらなんだ。ことわりかな、破門の折から所行無慚《しよぎやうむざん》の少年と思ひこんで居つたに由つて、何として夜毎に、独り「えけれしや」へ参る程の、信心ものぢやとは知られうぞ。これも「でうす」千万無量《せんまんむりやう》の御計らひの一つ故、よしない儀とは申しながら、「ろおれんぞ」が身にとつては、いみじくも亦哀れな事でござつた。

　さる程に、こなたはあの傘張の娘ぢや。「ろおれんぞ」が破門されると間もなく、月も満たず男の子を産み落《おと》いたが、さすがにかたくなしい父の翁も、初孫の顔は憎からず思うたのでござらう、娘ともども大切に介抱して、自ら抱きもし、かゝへもし、時にはもてあそびの人形などもとらせたと申す事でござる。翁は元よりさもあらうずなれど、ことに稀有《けう》なは「いるまん」の「しめおん」ぢや。あの「ぢやぼ」（悪魔）をも挫《ひし》がうず大男が、娘に子が産まれるや否や、暇ある毎に傘張の翁を訪れて、無骨な腕《かひな》に幼子を抱き上げては、にが〱しげな顔に涙を浮べて、弟と愛《いつく》しんだ、あえかな「ろおれんぞ」の優姿《やさすがた》を、思ひ慕つて居つたと申す。唯、娘のみは、「さんた・るちや」を出でてこの方、絶えて「ろおれんぞ」が姿を見せぬのを、怨めしう歎きわびた気色《けしき》であつたれば、「しめおん」の訪れるのさへ、何かと快からず思ふげに見えた。

この国の諺《ことわざ》にも、光陰に関守なしと申す通り、とかうする程に、一年あまりの年月は、瞬くひまに過ぎたと思召されい。こゝに思ひもよらぬ大変が起つたと申すは、一夜の中に長崎の町の半ばを焼き払つた、あの大火事のあつた事ぢや。まことにその折の景色の凄じさは、末期の御裁判《おんさばき》の喇叭《らつぱ》の音が、一天の火の光をつんざいて、鳴り渡つたかと思はれるばかり、世にも身の毛のよだつものでござつた。その時、あの傘張の翁の家は、運悪う風下にあつたに由つて、見る〱焔に包まれたが、さて親子眷族《おやこけんぞく》、慌《あわ》てふためいて、逃げ出《いだ》いて見れば、娘が産んだ女の子の姿が見えぬと云ふ始末ぢや。一定《いちぢやう》、一間《ひとま》どころに寝かいて置いたを、忘れてこゝまで逃げのびたのであらうず。されば翁は足ずりをして罵りわめく。娘も亦《また》、人に遮られずば、火の中へも馳《は》せ入つて、助け出さう気色に見えた。なれど風は益〱《ますく》加はつて、焔の舌は天上の星をも焦さうず吼《たけ》りやうぢや。それ故火を救ひに集つた町方の人々も、唯、あれよあれよと立ち騒いで、狂気のやうな娘をとり鎮めるより外に、せん方も亦あるまじい。所へひとり、多くの人を押しわけて、駈けつけて参つたは、あの「いるまん」の「しめおん」でござる。これは矢玉の下もくぐつたげな、逞しい大丈夫《だいぢやうぶ》でござれば、ありやうを見るより早く、勇んで焔の中へ向うたが、あまりの火勢に辟易《へきえき》致いたのでござらう。二三度煙をくぐつたと見る間に、背《そびら》をめぐらして、一散に逃げ出いた。して翁と娘とが佇《たゝず》んだ前へ来て、『これも「でうす」万事にかなはせたまふ御計らひの一つぢや。詮《せん》ない事とあきらめられい』と申す。その時翁の傍から、誰とも知らず、高らかに「御主、助け給へ」と叫ぶものがござつた。声ざまに聞き覚えもござれば、「しめおん」が頭《かうべ》をめぐらして、その声の主をきつと見れば、いかな事、これは紛ひもない「ろおれんぞ」ぢや。清らかに痩せ細つた顔は、火の光に赤うかがやいて、風に乱れる黒髪も、肩に余るげに思はれたが、哀れにも美しい眉目《みめ》のかたちは、一目見てそれと知られた。その「ろおれんぞ」が、乞食の姿のまゝ、群る人々の前に立つて、目もはなたず燃えさかる家を眺めて居《を》る。と思うたのは、まことに瞬く間もない程ぢや。一しきり焔を煽《あふ》つて、恐しい風が吹き渡つたと見れば、「ろおれんぞ」の姿はまつしぐらに、早くも火の柱、火の壁火の梁《うつばり》の中にはいつて居つた。「しめおん」は思はず遍身《へんしん》に汗を流いて、空高く「くるす」（十字）を描きながら、己も「御主、助け給へ」と叫んだが、何故かその時心の眼には、凩《こがらし》に揺るゝ日輪《にちりん》の光を浴びて、「さんた・るちや」の門に立ちきはまつた、美しく悲しげな、「ろおれんぞ」の姿が浮んだと申す。なれどあたりに居つた奉教人衆は、「ろおれんぞ」が健気《けなげ》な振舞に驚きながらも破戒の昔を忘れかねたのでもござらう。忽《たちまち》兎《と》角《かく》の批判は風に乗つて、人どよめきの上を渡つて参つた。と申すは、『さすが親子の情あひは争はれぬものと見えた。己が身の罪を恥ぢて、このあたりへは影も見せなんだ「ろおれんぞ」が、今こそ一人子《ひとりご》の命を救はうとて、火の中へいつたぞよ』と、誰ともなく罵りかはしたのでござる。これには翁さへ同心と覚えて、「ろおれんぞ」の姿を眺めてからは、怪しい心の騒ぎを隠さうず為か、立ちつ居つ身を悶えて、何やら愚しい事のみを、声高にひとりわめいて居つた。なれど当の娘ばかりは、狂ほしく大地に跪《ひざまづ》いて、両の手で顔をうづめながら、一心不乱に祈誓《きせい》を凝《こ》らいて、身動きをする気色さへもござない。その空には火の粉が雨のやうに降りかゝる。煙も地を掃《はら》つて、面《おもて》を打つた。したが、娘は黙然と頭《かうべ》を垂れて、身も世も忘れた祈り三昧でござる。

とかうする程に、再《ふたたび》火の前に群つた人々が、一度にどつとどよめくかと見れば、髪をふり乱いた「ろおれんぞ」が、もろ手に幼子をかい抱いて、乱れとぶ焔の中から、天くだるやうに姿を現いた。なれどその時、燃え尽きた梁《うつばり》の一つが、俄に半ばから折れたのでござらう。凄じい音と共に、一なだれの煙焔《えんえん》が半空《なかぞら》に迸《ほとばし》つたと思ふ間もなく、「ろおれんぞ」の姿ははたと見えずなつて、跡には唯火の柱が、珊瑚《さんご》の如くそば立つたばかりでござる。

あまりの凶事に心も消えて、「しめおん」をはじめ翁まで、居あはせた程の奉教人衆は、皆目の眩《くら》む思ひがござつた。中にも娘はけたゝましう泣き叫んで、一度は脛もあらはに躍《をど》り立つたが、やがて雷《いかづち》に打たれた人のやうに、そのまゝ大地にひれふしたと申す。さもあらばあれ、ひれふした娘の手には、何時かあの幼い女の子が、生死不定の姿ながら、ひしと抱かれて居つたをいかにしようぞ。ああ、広大無辺なる「でうす」の御知慧、御力は、何とたとへ奉る詞《ことば》だにござない。燃え崩れる梁《うつばり》に打たれながら、「ろおれんぞ」が必死の力をしぼつて、こなたへ投げた幼子《をさなご》は、折よく娘の足もとへ、怪我もなくまろび落ちたのでござる。

されば娘が大地にひれ伏して、嬉し涙に咽《むせ》んだ声と共に、もろ手をさしあげて立つた翁の口からは、「でうす」の御慈悲をほめ奉る声が、自らおごそかに溢れて参つた。いや、まさに溢れようずけはひであつたとも申さうか。それより先に「しめおん」は、さかまく火の嵐の中へ、「ろおれんぞ」を救はうず一念から、真一文字に躍りこんだに由つて、翁の声は再気づかはしげな、いたましい祈りの詞《ことば》となつて、夜空に高くあがつたのでござる。これは元より翁のみではござない。親子を囲んだ奉教人衆は、皆一同に声を揃へて、「御主、助け給へ」と、泣く泣く祈りを捧げたのぢや。して「びるぜん・まりや」の御子、なべての人の苦しみを己《おの》がもの〻如くに見そなはす、われらが御主「ぜす・きりしと」は、遂にこの祈りを聞き入れ給うた。見られい。むごたらしう焼けたゞれた「ろおれんぞ」は、「しめおん」が腕に抱かれて、早くも火と煙とのたゞ中から、救ひ出されて参つたではないか。

なれどその夜の大変は、これのみではござなんだ。息も絶え絶えな「ろおれんぞ」が、とりあへず奉教人衆の手に舁《かつ》がれて、風上にあつたあの「えけれしや」の門へ横へられた時の事ぢや。それまで幼子を胸に抱きしめて、涙にくれてゐた傘張の娘は、折から門へ出でられた伴天連の足もとに跪くと、並み居る人々の目前で、『この女子は「ろおれんぞ」様の種ではおじやらぬ。まことは妾《わらは》が家隣《いへどなり》の「ぜんちよ」の子と密通して、まうけた娘でおじやるわいの』と、思ひもよらぬ「こひさん」(懺悔)を仕つた。その思ひつめた声ざまの震へと申し、その泣きぬれた双《さう》の眼のかがやきと申し、この「こひさん」には、露ばかりの偽さへ、あらうとは思はれ申さぬ。道理かな、肩を並べた奉教人衆は、天を焦がす猛火も忘れて、息さへつかぬやうに声を呑んだ。

娘が涙ををさめて申し次いだは、『妾《わらは》は日頃「ろおれんぞ」様を恋ひ慕うて居つたなれど、御信心の堅固さからあまりにつれなくもてなされる故、つい怨む心も出て、腹の子を「ろおれんぞ」様の種と申し偽り、妾につらかつた口惜《くや》しさを思ひ知らさうと致いたのでおじやる。なれど「ろおれんぞ」様の御心の気高《けだか》さは、妾が大罪をも憎ませ給はいで、今宵は御身の危さをもうち忘れ、「いんへるの」(地獄)にもまがふ火焔の中から、妾が娘の一命を辱くも救はせ給うた。その御憐み、御計らひ、まことに御主「ぜす・きりしと」の再来かともをがまれ申す。さるにても妾が重々の極悪《ごくあく》を思へば、この五体は忽《たちまち》「ぢやぼ」の爪にかゝつて、寸々に裂かれようとも、中々怨む所はおじやるまい』娘は「こひさん」を致《いた》いも果てず、大地に身を投げて泣き伏した。

二重《へ》三重《へ》に群つた奉教人衆の間から、「まるちり」(殉教)ぢや、「まるちり」ぢやと云ふ声が、波のやうに起つたのは、丁度この時の事でござる。殊勝《けなげ》にも「ろおれんぞ」は、罪人を憐む心から、御主「ぜす・きりしと」の御行跡を踏んで、乞食にまで身を落いた。して父と仰ぐ伴天連も、兄とたのむ「しめおん」も、皆その心を知らなんだ。これが「まるちり」でなうて、何でござらう。

したが、当の「ろおれんぞ」は、娘の「こひさん」を聞きながらも、僅《わづか》に二三度頷いて見せたばかり、髪は焼け肌は焦げて、手も足も動かぬ上に、口をきかう気色さへも、今は全く尽きたげでござる。娘の「こひさん」に胸を破つた翁と「しめおん」とは、その枕がみに蹲《うづくま》つて、何かと介抱を致いて居つたが、「ろおれんぞ」の息は、刻々に短うなつて、最期ももはや遠くはあるまじい。唯、日頃と変らぬのは、遥に天上を仰いで居る、星のやうな瞳の色ばかりぢや。

やがて娘の「こひさん」に耳をすまされた伴天連は、吹き荒ぶ夜風に白ひげをなびかせながら、「さんた・るちや」の門を後にして、おごそかに申されたは、『悔い改むるものは、幸ぢや。何しにその幸なものを、人間の手に罰しようぞ。これより益《ます》〳〵、「でうす」の御戒を身にしめて、心静に末期の御裁判の日を待つたがよい。又「ろおれんぞ」がわが身の行儀を、御主「ぜす・きりしと」とひとしくし奉らうず志はこの国の奉教人衆の中にあつても、類《たぐひ》稀なる徳行でござる。別して少年の身とは云ひ――』あゝ、これは又何とした事でござらうぞ。こゝまで申された伴天連は、俄《にはか》にはたと口を噤んで、あたかも「はらいそ」の光を望んだやうに、ぢつと足もとの「ろおれんぞ」の姿を見守られた。

その恭《うや〳〵》しげな容子は、どうぢや。その両の手のふるへざまも、尋常《ただ》の事ではござるまい。おう、伴天連のからびた頬の上には、とめどなく涙が溢れ流れるぞよ。見られい。「しめおん」。見られい。傘張の翁。御主「ぜす・きりしと」の御血潮よりも赤い、火の光を一身に浴びて、声もなく「さんた・るちや」の門に横はつた、いみじくも美しい少年の胸には、焦《こ》げ破れた衣のひまから、清らかな二つの乳房が、玉のやうに露れて居るではないか。今は焼けたゞれた面輪《おもわ》にも、自らなやさしさは、隠れようすべもあるまじい。おう、「ろおれんぞ」は女ぢや。「ろおれんぞ」は女ぢや。見られい。猛火を後にして、垣のやうに佇んでゐる奉教人衆。邪淫の戒《いましめ》を破つたに由つて「さんた・るちや」を逐《お》はれた「ろおれんぞ」は、傘張の娘と同じ、眼《ま》なざしのあでやかなこの国の女ぢや。

　まことにその刹那の尊い恐しさは、あだかも「でうす」の御声が、星の光も見えぬ遠い空から、伝はつて来るやうであつたと申す。されば「さんた・るちや」の前に居並んだ奉教人衆は、風に吹かれる穂麦のやうに、誰からともなく頭を垂れて、悉《ことごとく》「ろおれんぞ」のまはりに跪いた。その中で聞えるものは、唯、空をどよもして燃えしきる、万丈の焔の響ばかりでござる。いや、誰やらの啜り泣く声も聞えたが、それは傘張の娘でござらうか。或は又自ら兄とも思うた、あの「いるまん」の「しめおん」でござらうか。やがてその寂寞《じやくまく》たるあたりをふるはせて、「ろおれんぞ」の上に高く手をかざしながら、伴天連の御経《おんきやう》を誦せられる声が、おごそかに悲しく耳にはいつた。して御経の声がやんだ時、「ろおれんぞ」と呼ばれた、この国のうら若い女は、まだ暗い夜のあなたに、「はらいそ」の「ぐろおりや」を仰ぎ見て、安らかなほゝ笑みを唇に止めたまゝ、静に息が絶えたのでござる。

　その女の一生は、この外に何一つ、知られなんだげに聞き及んだ。なれどそれが、何事でござらうぞ。なべて人の世の尊さは、何ものにも換へ難い、刹那の感動に極《きはま》るものぢや。暗夜《やみよ》の海にも譬へようず煩悩心の空に一波をあげて、未出ぬ月の光を、水沫《みなわ》の中へ捕へてこそ、生きて甲斐ある命とも申さうず。されば「ろおれんぞ」が最後を知るものは「ろおれんぞ」の一生を知るものではござるまいか。

二

予が所蔵に関る、長崎耶蘇会《やそくわい》出版の一書、題して「れげんだ・おうれあ」と云ふ。蓋し、LEGENDA AUREA の意なり。されど内容は必しも、西欧の所謂「黄金伝説」ならず。彼土の使徒聖人が言行を録すると共に、併せて本邦西教徒が、勇猛精進の事蹟をも採録し、以て福音伝道の一たらしめんとせしもの丶如し。

体裁は上下二巻美濃紙摺草体《みのがみずりさうたい》交り平仮名文にして、印刷甚しく鮮明を欠き、活字なりや否やを明にせず。上巻の扉には、羅甸字《らてんじ》にて書名を横書し、その下に漢字にて「御出世以来千五百九十六年、慶長二年三月上旬鏤刻也《るこくなり》」の二行を縦書す。年代の左右には喇叭を吹ける天使の画像あり。技巧頗《すこぶる》幼稚なれども、亦掬《またきく》す可き趣致《しゆち》なしとせず。下巻も扉に「五月中旬鏤刻也」の句あるを除いては、全く上巻と異同なし。

両巻とも紙数は約六十頁にして、載する所の《の》黄金伝説は、上巻八章、下巻十章を数ふ。その他各巻の巻首に著者不明の序文及羅甸字を加へたる目次あり。序文は文章雅馴《がじゆん》ならずして、間々欧文を直訳せる如き語法を交へ、一見その伴天連たる西人の手になりしやを疑はしむ。

以上採録したる「奉教人の死」は、該《がい》「れげんだ・おうれあ」下巻二章に依るものにして、恐らくは当時長崎の一西教寺院に起りし、事実の忠実なる記録ならんか。但、記事の大火なるものは、「長崎港草《ながさきみなとぐさ》」以下諸書に徴《ちよう》するも、その有無をすら明にせざるを以て、事実の正確なる年代に至つては、全くこれを決定するを得ず。

予は「奉教人の死」に於て、発表の必要上、多少の文飾を敢《あへ》てしたり。もし原文の平易雅馴なる筆致にして、甚《はなはだ》しく毀損《きそん》せらる丶事なからんか、予の幸甚とする所なりと云爾《しかいふ》。

○テキスト　初出は「三田文学」一九一八（大7）年九月。『傀儡師』（新潮社、大8・1）、『戯作三昧』（春陽堂、大10・9）、『沙羅の花』（改造社、大11・8）、『報恩記』（而立社、大13・10）、『現代小説全集第一巻・芥川龍之介集』（新潮社、大14・4）等に収録。新村出が「南蛮録（下）」（「芸文」大7・12）で、本文中の日付が史実に合わないことや主人公名などの読み方の不自然さについて指摘したことから、『傀儡師』所収の際に改稿が施された。また、初出以来、傘張りの娘の生んだ〈女の子〉を〈男の子〉とする誤りもあったが、作者の生前に訂正されることはなく、普及版『芥川龍之介全集』第二巻（岩波書店、昭9・11）でようやく全集の編者らによって改められた。諸本に所収の本文の異同については、森本修、清水康次編『近代文学初出復刻5　芥川龍之介集』第二巻（和泉書院、昭62・10）が詳しく、参考になる。なお、本書は『芥川龍之介全集』第三巻（岩波書店、平8・1）の本文を収録した。

○解説　〈或テエマを捉へてそれを小説に書くとするそして そのテエマを芸術的に最も力強く表現する為には、或異常な事件が必要になるとする。その場合、その異常な事件なるものは、異常なだけそれだけ、今日この日本に起つた事としては書きこなし悪い、もし強て書けば、多くの場合不自然の感を読者に起させて、その結果折角のテエマまでも犬死にをさせる事になつてしまふ。〉だから、〈不自然の障碍を避ける為に舞台を昔に求めた。〉

右は、芥川が「奉教人の死」発表の約十ヶ月前に「東京日日新聞」紙上に載せた文章の抜粋で、自作の中で〈「昔」がどんな役割を勤めてゐるか〉との問いに応えたものである。具体的には、この作者の実質的な処女作である「羅生門」や出世作でもある「鼻」のように日本の古典をその粉本としたような作品を念頭に置いての質問であり、それへの回答であるのだが、「奉教人の死」読解に際しても、看過出来ぬ一文と言えよう。

また、死の直前に執筆された「西方の人」（昭2）の冒頭で芥川は次のように記している。〈わたしは彼是十年ばかり前に芸術的にクリスト教を――殊にカトリツク教を愛してゐた。（中略）それから又何年か前にはクリスト教の為に殉じたクリスト教徒たちに或興味を感じてゐた。殉教者の心理はわたしにはあらゆる狂信者の心理のやうに病的な興味を与へたのである。〉後年、「奉教人の死」を〈全然自分の想像の作品〉（「風変わりな二つの作品」大15・1）と述べたが、実際には『聖人伝』（明27）所収の「聖マリナ」が主要な典拠であり、そこには〈殉教者〉の物語が綴られている。

「聖マリナ」は、男のみが入会を許された行者会に男装をして入会した娘が、その信仰の厚さゆえに悪魔に嫉まれ、策略によって苦難を強いられ、死に至らしめられるという筋を持つ。「奉教人の死」では、男装であることは最後まで隠蔽され、朋友となるしめおんが創作され、悪魔の存在が消され、主人公の死が大火事の中で赤ん坊を助け出したことによるものと置き換えられている。真の殉教者の死が〈刹那の感動〉を現出することに向けて作品のクライマックスは用意され、作品内に配されたさまざまな仕掛けがそこに関わる。〈人生の充実した瞬間を生きた幸福な人間と、その幸福な人間に対するおのれの感動を描いた〉とする三好行雄の指摘（後掲）は、首肯されよう。

ところで、芥川は、この作品の「一」における語りの文体を〈文禄慶長の頃、天草や長崎で出た日本耶蘇会出版の諸書の文体に倣つて創作〉、〈其宗徒の手になつた当時の口語訳平家物語にならつたもの〉と、「風変わりな二つの作品」（前出）に記している。「二」で「一」とは異なる文体が使用されていることによって、しかもそれが読者と共有する日常の言語であることによって、「一」の世界は完全に閉じられる。このことは、「エピグラフ」を掲げた効果と併せ、〈不自然な感を読者に起させ〉ることなく〈或異常な事件〉を描くことを可能にするための作者の周到な用意と考えたい。宮坂覺は、「エピグラフ」「一」「二」それぞれの時間を作品に内在させているという点から時間の〈三重構造〉を指摘し、「一」を〈語りの場〉、「二」を〈小説の場〉として位置づけることで、〈近代小説の体裁〉を有することになったのだと指摘した（後掲）。

芥川の作品には、「舞踏会」や「雛」を例に挙げるまでもなく、物語られた世界と物語る者の二つの時間を、作者がその作品の構造として唐突に分断することによって、物語られた世界の相対化を企図する作品が多く認められる。「物語」と「語り手」の距離を明らかにする叙述の方法の採用と言い換えても良いが、「奉教人の死」における偽書の提示などに見られるような仕掛けとも併せて、作者のどのような意図の中に取り込んでゆくのか、考究すべき課題の一つでもある。

（庄司達也）

○参考文献　三好行雄「奉教人の死（現代文学鑑賞）」（「解釈と鑑賞」昭36・11～昭37・4。『作品論の試み』至文堂、昭42・6、『三好行雄著作集　第五巻』筑摩書房、平5・2に収録）。平岡敏夫「『奉教人の死』論――「この国のうら若い女」のイメージ」（「湘南文学」昭47・3。『芥川龍之介――抒情の美学』大修館書店、昭57・11に収録）。藤田佐太夫「『奉教人の死』論――芥川版『黄金伝説』における虚構の悲劇」（「山形大学紀要（人文科学）」昭48・1）。宮坂覺「芥川龍之介『奉教人の死』――作品論の試み・〈語り〉の視点を中心に」（「香椎潟」昭57・3）。清水康次「『戯作三昧』と『奉教人の死』――願望と現実との背反」（「女子大文学・国文篇」昭60・3。『芥川文学の方法と世界』和泉書院、平6・4に収録）。石割透「『奉教人の死』――語ることと沈黙と」（「駒澤短大國文」平1・3。『〈芥川〉とよばれた藝術家――中期作品の世界』有精堂、平4・8に収録）。奥野政元「『地獄変』『奉教人の死』『藪の中』をめぐって」（『芥川龍之介論』翰林書房、平5・9に収録）。高橋博史「『奉教人の死』」（『芥川文学の達成と模索――『芋粥』から『元の宮の姫君』まで』至文堂、平9・5に収録）。

母を恋ふる記

谷崎潤一郎

いにしへに恋ふる鳥かもゆづる葉の
　三井の上よりなき渡り行く
　　――万葉集――

………空はどんよりと曇つて居るけれど、月は深い雲の奥に呑まれて居るけれど、それでも何処からか光が洩れて来るのであらう、外《と》の面《も》は白々と明るくなつて居るのである。その明るさは、明るいと思へば可なり明るいやうで、路ばたの小石までがはつきりと見えるほどでありながら、何だか眼の前がもや〳〵と霞んで居て、遠くをじつと見詰めると、瞳が擽《くすぐ》つたいやうに感ぜられる、一種不思議な、幻のやうな明るさである。何か、人間の世を離れた、遥かな〳〵無窮の国を想はせるやうな明るさである。その時の気持次第で、闇夜とも月夜とも孰方《どつち》とも考へられるやうな晩である。しろ〴〵とした中にも際立つて白い一とすぢの街道が、私の行く手を真直に走つて居た。街道の両側には長い〳〵松並木が眼のとゞく限り続いて、それが折々左の方から吹いて来る風のためにざわ〳〵と枝葉を鳴らして居た。風は妙に湿り気を含んだ、潮の香の高い風であつた。きつと海が近いんだなと、私は思つた。私は七つか八つの子供であつたし、おまけに幼い時分から極めて臆病な少年であつたから、こんな夜更けにこんな淋しい田舎路を独りで歩くのは随分心細かつた。なぜ乳母《ばあや》が一緒に来てくれなかつたんだらう。乳母はあんまり私がいぢめるので、怒つて家《うち》を出てしまつたのぢやないか知ら。さう思ひながらも、私はいつも程恐がらないで、其の街道をひたすら辿つて行つた。私の小さな胸の中は、夜路の恐ろしさよりももつと辛い遣るせない悲しみのために一杯になつて居た。私の家が、あの賑かな日本橋の真中《まんなか》にあつた私の家が、斯う云ふ辺僻《へんぴ》な片田舎へ引つ越さなければならなくなつてしまつたこと、昨日に変る急激な我が家の悲運、――それが子供心にも私の胸に云ひやうのない悲しみをもたらして居たのであつた。私は自分で自分のことを可哀さうな子供だと思つた。此の間までは黄八丈の綿入れに艶々とした糸織の羽織を着て、ちよいと出るにもキヤラコの足袋に表附きの駒下駄を穿いて居たものが、まあ何と云ふ浅ましい変りやうをしたのだらう。まるで寺小屋の芝居に出て来る涎くりのやうな、うすぎたない、見すぼらしい、人前に出るさへ恥かしい姿になつてしまつて居る。さうして私の手にも足にもひびやあかぎれが切れて軽石のやうにざら〳〵して居る。考へて見れば乳母が居なくなつたのも無理はない。私の家にはもう乳母を抱へて置く程のお金がなくなつたのだ。それどころか、私は毎日お父さんやお母さんを助けて、一緒に働かなければならない。水を汲んだり、火を起したり、雑巾がけをしたり、遠い所へお使ひに行つたり、いろ〳〵の事をしなければならない。

もう、あの美しい錦絵のやうな人形町の夜の巷をうろつく事は出来ないのか。水天宮の縁日にも、茅場町の薬師様にも、もう遊びに行く事は出来ないのか。それにしても米屋町の美代《みい》ちやんは今頃どうして居るだらう。鎧橋の船頭の忰の鉄公はどうしたゞらう。蒲鉾屋の新公や、下駄屋の幸次郎や、あの連中は今でも仲よく連れだつて、煙草屋の柿内の二階で毎日々々芝居ごつこをして居るだらうか。もうあの連中とは、大人になるまで恐らくは再び廻り遇ふ時はないらしい。それを考へると恨めしくもあり情なくもある。だが、私の胸を貫いて居る悲しみは単に其のためばかりではない。ちやうど此の松並木の月の色が訳もなく悲しいやうに、私の胸には理由の知れない無限の悲しみが、ひし〳〵と迫つて居るのである。なぜ此のやうに悲しいのだらう。さうして又、それ程悲しく思ひながらなぜ私は泣かないのだらう。私は不断の泣虫にも似合はず、涙一滴こぼしては居ないのである。たとへば哀音に充ちた三味線を聞く時のやうな、冴え〴〵とした、透き徹つた清水のやうに澄み渡つた悲しみが、何処からともなく心の奥に吹き込まれて来るのである。

長い〳〵松原の右の方には、最初は畑があるらしかつたが、歩きながらふと気が付いて見ると、いつの間にやら畑ではなくなつて、何だか真暗な海のやうな平面がひろ〴〵と展けて居る。さうして、平面のところ〴〵に青白いひら〳〵したものが見えたり隠れたりする。左の方から、例の磯ツ臭い汐風が吹いて来る度に、其の青白いひら〳〵は一層数が多くなつて、皺がれた、老人の力のない咳を想はせるやうな、かすれた音を立てながらざわ〳〵と鳴つて居る。海の表面に波頭が立つのか知らとも考へたが、どうもさうではないらしい。海があんなカサカサした声を出す訳がない。どうかした拍子には、魔者が白い歯をムキ出してにや〳〵笑つて居るやうにも見えるので、私は成るべく其の方へ眼をやらないやうに努めた。けれども、薄気味が悪いと思へば思ふほど、やつぱり見ずには居られなくなつて、時々ちらりと其の方を偸《ぬす》み視る。ちらり、ちらり、と、何度見ても容易に正体は分らない。ざあーツと云ふ松風の音の間から、カサカサと鳴る声がいよ〳〵繁く私の耳を脅かして居る。すると、そのうちに左の松原の向うの遠いところから、ど、ど、どゞん――――と云ふほんたうの海の音が聞えて来た。あれこそたしかに波の音だ。海が鳴つて居るのだ、と私は思つた。その海の音は、離れた台所で石臼を挽くやうに、微かではあるが重苦しく、力強く、殷々《いん〳〵》と轟いて居るのである。

浪の音、松風の音、カサカサと鳴るえたいの知れぬ物の音、――――私は時々ぴつたりと立ち止まつて、身に沁み渡るそれ等の音に耳を傾けては、又とぼ〳〵と歩いて行つた。折々、田圃の肥料《こやし》の臭ひのやうなものが何処からともなく匂つて来るのが感ぜられた。過ぎて来た路を振り返ると、やはり行く手と同じやうな松の縄手が果てしもなくつゞいて居る。孰方を向いても人家の灯らしいものは一点も認められない。それに、先《さつき》からもう一時間以上も歩いて居るのに人通りが全くない。たま〳〵出会ふのは左側の松原に並行して二十間置きぐらゐに立つて居る電信柱だけである。さうして其の電信柱も、あの波の音と同じやうにゴウゴウと鳴つて居る。私はしよざいなさに一本の電信柱を追ひ越すと、今度は次の電信柱を目標にして、一本、二本、三本、………と云ふ風に数へながら歩いて行くのであつた。三十本、三十一本、三十二本、………五十六本、五十七本、五十八本、………かう云ふやうにして、私が多分七十本目の電信柱を数へた時分であつたらう、遠い街道の彼方に始めて一点の灯影が、ぽつりと見え出したのである。自然と私の目標は電信柱から其の灯の方へ転じたが、灯は幾度か松並木の間にちら〳〵と隠れては又現れる。灯と私との間隔は電信柱の数にして十本ぐらゐ離れて居るらしく思はれたけれど、歩いて見るとなか〳〵そんなに近くではない。十本どころか、二十本目の柱を追ひ越しても、灯は依然として遠くの方でちら〳〵して居る。提灯の火ほどの明るさで、じつと一つ所に停滞して居るやうであるが、しかし或は私と同じ方角に向つて同じやうな速力で一直線に動きつゝあるのかも知れない。………

私が、やう〳〵其の灯のある所から半町ほど手前までやつて来たのは、それから何分ぐらゐ、或は何十分ぐらゐ後であつたらう。提灯の明るさほどに鈍く見えて居た其の光は、やがてだん〳〵強く鮮かになつて、その附近の街道の闇を昼間のやうにハツキリと照して居る。ほの白い地面と、黒い松の樹とを長い間見馴れて来た私は、その時やつと、松の葉と云ふものが緑色であつたことを想ひ出した。其の灯はとある電信柱の上に取り附けられたアーク燈であつたのである。ちやうど其の真下へ来た時に、私は暫く立ち止まつて、影をくつきりと地面に映して居る自分の姿を眺め廻した。ほんたうに、松の葉の色をさへ忘れて居たくらゐなのだから、若しも此の辺でアーク燈に出遇はなかつたら、私は自分の姿までも忘れてしまつたかも知れない。かうして光の中に這入つて見ると、今通つて来た松原も、此れから行かうとする街道も、私の周囲五六間ばかりの圏の内を除いては、総べて真黒な闇の世界である。あんな暗い処を自分はよく通つて来たものだと思はれる。恐らくあの暗闇を歩いた折には自分は魂ばかりになつて居たかも分らない。

さうして、此の明るみへ出ると共に肉体が魂の所へ戻つて来たのかも分らない。

其の時私はふつと、例のカサカサと云ふ皺嗄れた物の音が未だに右手の闇の中から聞えて居るのに心付いた。白いヒラヒラしたものが、アーク燈の光を受けて、先よりは余計まざ〳〵と暗中に動いて居るやうである。其の動くのが薄ぼんやりとした明りを帯びてゐるだけに、却つて一層気味悪く感ぜられる。私は思ひ切つて、松並木の間から暗い方へ首を出して、そのヒラヒラした物をじつと視詰めた。一分……二分……暫く私はさうして視詰めてゐたけれど、矢張正体は分らなかつた。白い物がつい私の足の下から遠い向うの真暗な方にまで無数の燐が燃えるやうにぱつと現れては又消えてしまふ。私はあまり不思議なので、ぞつと総身に水を浴びたやうになりながらも、猶暫くは凝視を続けてゐた。さうしてゐるうちに次第々々に、ちやうど忘れかゝつてゐたものが記憶に蘇生《よみがへ》つてくるやうな工合に、或は又ほの〴〵と夜が明けかゝるやうな塩梅に、その不思議な物の正体がふいつと分つて来たのである。その真暗な茫々たる平地は一面の古沼であつて、其処に沢山の蓮が植わつてゐたのである。蓮はもう半分枯れかゝつて、葉は紙屑か何ぞのやうに乾涸《ひから》びてゐる。その葉が風の吹く度にカサカサと云ふ音を立てゝ、葉の裏の白いところを出しながら戦《そよ》いでゐるのであつた。

それにしても其の古沼は非常に大きなものに違ひない。もう余程前から私を脅かしてゐるのである。全体これから先何処まで続いてゐるのかしらん。――――さう思つて、私は沼の向うの行く手の方を眺めやつた。沼と蓮とは眼の届くかぎり何処までも何処までも横はつてゐて、遥かにどんよりと曇つた空に連なつてゐる。まるで暴風雨の夜の大海原を見渡すやうである。が、その中にたつた一点、沖の漁《いさ》り火のやうに赤く小さく瞬くものがある。

「あ、彼処に灯が見える。彼処に誰かゞ住んでゐるのだ。あの人家が見え出したからには、もう直き町へ着くだらう」

私は何がなしに嬉しくなつて、アーク燈の光の中から暗い方へと、更に勇を鼓して道を急いだ。

五六町ばかり行くうちに、灯はだん〳〵近くなつて来る。其処には一軒の茅葺の百姓家があつて、その家の窓の障子から灯が洩れて来るらしい。彼処には誰が住んでゐるのだらう。事によると、あのわびしい野中の一軒家には、私のお父さんとお母さんがゐるのではないかしら。彼処が私の家なのではないかしら。あの灯の点つてゐる懐かしい窓の障子を明けると、年をとつたお父さんとお母さんとが囲炉裏の傍で粗朶《そだ》を焚いてゐて、

「おゝ潤一か、よくまあお使ひに行つて来てくれた。さあ上つて火の傍にお出で。ほんたうに夜路は淋しかつたらうに、感心な子だねえ」

さう云つて、私をいたはつて下さるのではないかしら。

街道の一と筋路は百姓家のあたりで少しく左の方へ折れ曲つてゐるらしく、右側にあるその家の明りが、ちやうど松並木のつきあたりに見えてゐる。家の表には四枚障子が締め切つてあつて、障子の横の勝手口には、縄暖簾《なはのれん》が下つてゐるらしい。暖簾を洩れる台所の火影が街道の地面をぼんやりと照して、向う側の大木の松の根本にまで微かにとゞいてゐる。………もうその家の一間ばかり手前まで私はやつて来た。暖簾の蔭の流し元で何かを洗つてゐるらしい水の音が聞える。軒端の小窓からは細い煙がほの〴〵と立ち昇つて、茅葺の軒先に燕の巣のやうにもく〳〵と固まつてゐる。今時分何をしてゐるのだらう。こんな遅い時刻に夕餉《ゆふげ》の支度をしてゐるのだらうか。さう思つたとたんに、嗅ぎ馴れた味噌汁の匂がぷーんと私の鼻をおそつて来た。それから魚を焼くらしいぢく〳〵と脂の焦げる旨さうな匂がした。

「あゝお母さんは大好きな秋刀魚《さんま》を焼いてゐるんだな。きつとさうに違ひない」

私は急に腹が減つて来た。早く彼処に行つて、お母さんと一緒に秋刀魚と味噌汁で御膳を喰べたいと思つた。

もう私はその家の前まで来た。縄暖簾の中を透かして見ると、やつぱり私の思つた通り、お母さんが後向きになつて手拭を姐《ねえ》さん冠りにして竈《へつゝひ》の傍にしやがんでゐる。さうして火吹竹を持つて、煙さうに眼をしばたゝきながら、頻りに竈の下を吹いてゐる。其処には二三本の薪がくべてあつて、火が蛇の舌のやうに燃え上る度毎に、お母さんの横顔

がほんのりと赤く照つて見える。東京で何不足なく暮してゐた時分には、つひぞ御飯なぞを炊いたことはなかつたのに、さだめしお母さんは辛いことだらう。………ぶく〳〵と綿の這入つた汚れた木綿の二子《ふたこ》の上に、ぼろ〳〵になつた藍微塵《あゐみぢん》のちやんちやんを着てゐるお母さんの背中は、一生懸命に火を吹いてゐるせゐか、傴僂《せむし》のやうに円くなつてゐる。まあいつの間にこんな田舎のお媼《ばあ》さんになつてしまつたんだらう。

「お母さん、お母さん、私ですよ、潤一が帰つて来たんですよ」

私はかう云つて門口のところから声をかけた。するとお母さんは徐《しづ》かに火吹竹を置いて、両手を腰の上に組んで体を屈めながらゆつくりと立ち上つた。

「お前は誰だつたかね。お前は私の忰だつたかね」

私の方をふり向いてさう云つた声は、あの古沼の蓮の音よりももつと皺嗄れて微かである。

「えゝさうです、私はお母さんの忰です。忰の潤一が帰つて来たんです」

が、母はじーつと私の姿を見詰めたきり黙つてゐる。姐さん冠りの下から見える白毛交りの髪の毛には竈の灰が積つてゐる。頬にも額にも深い皺が寄つて、もうすつかり耄碌《まうろく》してしまつたらしい。

「私はもう長い間、十年も二十年もかうして忰の帰るのを待つてゐるんだが、しかしお前さんは私の忰ではないらしい。私の忰はもつと大きくなつてゐる筈だ。さうして今にこの街道のこの家の前を通る筈だ。私は潤一なぞと云ふ子は持たない」

「あゝさうでしたか。あなたは余所のお媼さんでしたか」

さう云はれて見れば成程そのお媼さんは確に私の母ではない。たとひどんなに落ちぶれたにしても、私のお母様はまだこんなに年を取つては居ない筈である。――――だがさうすると、一体私のお母様の家は何処にあるのだらう。

「ねえお媼さん、私は又わたしのお母さんに会ひたさに、かうして此の街道を先から歩いて居るんですが、お媼さんは私のお母さんの家《うち》が何処にあるか知らないでせうか。知つてゐるなら後生だから教へて下さい」

「お前さんのおふくろの家かい？」

さう云つて、お媼さんは眼脂《めやに》だらけな、しよぼ〳〵とした眼を見張つた。

「お前さんのおふくろの家なんぞを私が何で知るもんかね」

「そんならお媼さん、私は夜路を歩いて来て大変お腹が減つてゐるんですが、何か喰べさしてくれませんか」

するとお媼さんはむつつりとした顔つきで、私の姿を足の先から頭の上までずつと見上げた。

「まあお前さんは、年も行かない癖に、何と云ふづう〳〵しい子供だらう。お前はおふくろがゐるなんて、大方嘘を云ふのだらう。そんな穢いなりをして、お前は乞食ぢやないのかい？」

「いえ〳〵お媼さん、そんなことはありません。私にはちやんとお父《とツ》つあんもあればおツ母《か》さんもあるのです。私の家《うち》は貧乏ですから、穢いなりをしてゐますけれど、それでも乞食ぢやないんです」

「乞食でなければ自分の家へ帰つておまんまを喰べるがいゝ。私のところにはなんにも喰べるものなんかありやしないよ」

「だつてお媼さん、其処にそんなに喰べるものがあるぢやありませんか。お媼さんは今御飯を炊いてゐたんでせう。そのお鍋の中にはおみおつけも煮えてゐるし、その網の上にはお魚も焼けてゐるぢやありませんか」

「まあお前は厭な児だ。家の台所のお鍋の中にまで眼を付けるなんて、ほんたうに厭な児だ。このおまんまやお魚やおみおつけはね、お気の毒だがお前さんにはやれないのだよ。今に忰が帰つて来たらば、きつとおまんまを喰べるだらうと思つて、それで拵へてゐるのだよ。可愛い〳〵忰のために拵へたものを、どうしてお前なんかにやれるもんか。さあ〳〵、こんなところにゐないで早く表へ出て行つておくれ。私は用があるんだよ。お釜の御飯が噴いてゐるのに、お前のお蔭で焦げ臭くなつたぢやないか」

お嫗さんは面を膨らせてこんな事を云ひながら、そつけない風で竈の傍へ戻つて行つた。

「お嫗さん〳〵、そんな無慈悲な事を云はないで下さい。私はお腹が減つて倒れさうなんです」

さう云つて見たけれど、もうお嫗さんは背中を向けたきり返辞もせずに働いてゐる。………

「仕方がない。お腹が減つても我慢をするとしよう。さうして早く家のおツ母さんの処へ行かう」

私は独りで思案をして縄暖簾の外へ出た。

そこで左へ曲つてゐる街道の五六町先には、一つの丘があるらしい。路はその丘の麓までほの白く真直ぐに伸びてゐるけれど、丘に突き当つてそれから先はどうなるのだか、此処からはよく分らない。丘には此の街道の松並木と同じやうな真黒な大きな松の木の林が頂上までこんもりと茂つてゐるやうである。暗いのでハツキリは見えないが、さあツ〳〵と云ふ松風の音が丘全体を揺がしてゐるので、それと想像がつくのである。だん〳〵近づくに随つて、路は丘の裾を縫つて松の間を右の方へ迂廻してゐる。私の周囲には木の下闇がひた〳〵と拡がつて、あたりは前よりも一層暗さが濃くなつてゐる。私は首を上げて空を仰いだ。が、鬱蒼とした松の枝に遮られて空は少しも見えない。頭の上では例の松風の音が颯々と聞えてゐる。私はもう、腹の減つてゐることも何も忘れて、ひたすら恐ろしいばかりであつた。電信柱のごう〳〵と云ふ唸りも蓮沼のカサカサと云ふ音も聞えなくなつて、たゞ海の轟きばかりが未だに地響きをさせて鳴つてゐる。何だか足の下が馬鹿に柔かになつて、歩く度毎にぽくり〳〵と凹むやうな心地がする。きつと路が砂地になつたのであらう。さうだとすれば別に不思議はない訳だが、しかしやつぱり気持が悪い。いくら歩いても一つ所を踏んでゐるやうである。砂地と云ふものがこんなに歩きにくいとは今迄嘗て感じなかつた。おまけに、前とは違つて僅かの間に路が何遍も左へ曲つたり右へ折れたりする。うつかりすると松林へ紛れ込んでしまひさうである。私は次第に興奮して来た。額にはじいツと冷汗が滲み出て、胸の動悸と息づかひの激しさを自分の耳で明瞭に聞き取ることが出来た。

うつむいて、足下を見詰めながら歩いてゐた私は其の時ふと、洞穴のやうな狭い所からひろ〲した所へ出かゝつてゐるやうな気がしたので、何気なく顔を擡《もた》げた。まだ松林は尽きないけれど、其のずつと向うに、遠眼鏡を覗いた時のやうに、円い小さい明るいものがある。尤もそれは燈火《ともしび》のやうな明るさではなく、銀が光つてゐるやうな鋭い冷たい明るさである。

「あゝ月だ〱、海の面に月が出たのだ」

私は直ぐとさう思つた。ちやうど正面の松林が疎らになつて、窓の如く隙間を作つてゐる向うから、その冴え返つた銀光がピカピカと、練絹《ねりきぬ》のやうに輝いてゐる。私の歩いてゐる路は未だに暗いけれど、海上の空は雲が破れて、其処から皎々たる月がさしてゐるのだらう。見てゐるうちに海の輝きはいよ〱増して来て、此の松林の奥へまでも眩しいほどに反射する。何だか斯う、きら〱と絶え間なく反射しながら、水の表面がふつくらと膨れ上つて、澎湃と湧き騒いでゐるやうに感ぜられる。

海の方から晴れて来る空は、だん〱と此の山陰の林の上にも押し寄せて、私の歩く路の上も刻一刻に明るくなつて来る。しまひには私自身の姿の上にも、青白い月が松の葉影をくつきりと染め出すやうになる。丘の突角は次第に左の方へ遠退いて行つて、私は知らず識らずの間に、殆ど不意に林の中から渺茫たる海の前景のほとりに立たされてしまつた。

あゝ何と云ふ絶景だらう。——私は暫く恍惚として其処に佇《たゝず》んでゐた。私の歩いて来た街道は、白泡の砕けてゐる海岸に沿うて長汀《ちやうてい》曲浦《きよくほ》の続く限り続いてゐる。此処は三保の松原か、田子の浦か、住江の岸か、明石の浜か、——兎にも角にも、其れ等の名所の絵ハガキで見覚えのある枝振りの面白い磯馴松《そなれまつ》が、街道のところ〲に、鮮かな影を斜に地面へ印してゐる。街道と波打ち際との間には、雪のやうに真白な砂地が、多分凸凹に起伏してゐるのであらうけれど、月の光があんまり限なく照つてゐるために、その凸凹が少しも分らないで唯平べつたくなだらかに見える。その向うは、大空に懸つた一輪の明月と地平線の果てまで展開してゐる海との外に、一点の眼を遮るものもない。先刻松林の奥から見えたのは、ちやうど其の月の真下に方《あた》つて、最も強く光つてゐる部分なのである。其の海の部分は、単に光るばかりでなく、光りつゝ針金を捩《ね》ぢるやうに動いてゐるのが分る。或は動いてゐるために、一層光が強いのだと云つてもよい。其処が海の中心であつて、其処から潮が渦巻き上るために、海が一面に膨れ出すのかも知れない。何しろ其の部分を真中《まんなか》にして、海が中高に盛り上つて見えるのは事実である。盛り上つた所から四方へ拡がるに随つて、反射の光は魚鱗の如く細々と打ち砕かれ、さゞれ波のうねりの間にちら〳〵と交り込みながら、汀《みぎは》の砂浜までしめやかに寄せて来る。どうかすると、汀で崩れてひた〳〵と砂地へ這ひ上る水の中にまでも、交り込んで来るのである。

その時風はぴつたりと止んで、あれほどざわ〳〵と鳴つてゐた松の枝も響きを立てない。渚《なぎさ》に寄せて来る波までが此の月夜の静寂を破つてはならないと力《つと》めるかの如く、かすかな、遠慮がちな、囁くやうな音を聞かせてゐるばかりである。それは例へば女の忍び泣きのやうな、蟹が甲羅の隙間からぶつ〳〵と吹く泡のやうな、消え入るやうにかすかではあるが、綿々として尽きることを知らない、長い悲しい声に聞える。その声は「声」と云ふよりも、寧ろ一層深い「沈黙」であつて、今宵の此の静けさを更に神秘にする情緒的な音楽である。……

誰でもこんな月を見れば、永遠と云ふことを考へない者はない。私は子供であつたから、永遠と云ふはつきりした観念はなかつたけれども、しかし何か知ら、それに近い感情が胸に充ち満ちて来るのを覚えた。――私は前にもこんな景色を何処かで見た記憶がある。而も其れは一度ではなく、何度も〳〵見たのである。或は、自分が此の世に生れる以前の事だつたかも知れない。前世の記憶が、今の私に蘇生つて来るのかも知れない。其れとも亦、実際の世界でゞはなく、夢の中で見たのだらうか。夢の中で、此れとそつくりの景色を、私は再三見たやうな心地がする。さうだ、碓かに夢に見た事があるのだ。二三年前にも、つい此の間も見た事があつた。さうして実際の世界にも、其の夢と同じ景色が、何処かに存在してゐるに違ひないと思つてゐた。此の世の中で、いつか一度は其の景色に出遇ふことがある。夢は私に其れを暗示してゐたのだ。其の暗示が今や事実となつて私の眼の前に現れて来たのだ。――

波さへ遠慮がちに打ち寄せてゐるのだから、私も成る可くなら静かな足取りで、ゆつくりと、盗むが如く歩いて行きたかつた。が、どう云ふ訳か私は妙に興奮して、海岸線に沿うた街道を、急ぎ足で逃げるが如く歩を運んだ。周囲の物象があまりしーんとしてゐるので、何だか恐ろしかつたのでもあらう。うつかりしてゐると、自分もあの磯馴松や砂浜のやうに、じつとしたきり凍つたやうになつて、動けなくなるかも知れない。さうして此の海岸の石と化して、何年も何年も、あの冷たい月光を頭から浴びてゐなければなるまい。実際今夜のやうな景色に遇ふと、誰でもちよいと死んで見たくなる。此の場で死ぬならば、死ぬと云ふ事がそんなに恐ろしくはないやうになる。――多分此の考が、私を興奮させるのであつたらう。

「限ない月の光が天地に照り渡つてゐる。さうして其の月に照される程の者は、悉く死んでゐる。たゞ私だけが生きてゐるのだ。私だけが生きて動いてゐるのだ」

さう云ふ気持が私を後から追ひ立てるやうにした。追ひ立てられゝば追ひ立てられるほど私はいよ〳〵急《せ》き込んで歩いた。すると今度は、私独りが急き込んでゐると云ふ事が、それが恐怖の種になつた。息切れがして苦しいので、ひよいと立ち止まると、否でも応でもあたりの景色が眼に這入つて来る。総べての物は依然として閑寂に、空も水も遠い野山も、漂渺たる月の光に蕩《とろ》け込んで、其の青白い静かさと云つたら、活動写真のフイルムが中途で止まつたやうである。街道の地面は、さながら霜が降つた如く真白で、其の上に鮮かな磯馴松の影が、路端から這ひ出した蛇のやうに横はつてゐる。松と影とは根元のところで一つになつてゐるが、松は消えても影は到底消えさうもないほど、影の方がハツキリしてゐる。影が主で、松は従であるかのやうに感ぜられる。其の関係は私自身の影に於いても同じであつた。じつと佇んで自分の影を長く〳〵視詰めてゐると、影の方でも地べたに臥転《ねころ》んでじつと私を見上げてゐる。

私の外に動くものは此の影ばかりである。

「私はお前の家来ではない。私はお前の友達だ。あんまり月が好いもんだから、ついうか〳〵と此処へ遊びに出て来たのだ。お前も独りで淋しからうから、道連れになつて上げよう」

と、影はそんな事を話しかけてゐるやうにも思はれる。

私はさつき電信柱を数へたやうに、今度は松の影を数へながら歩いて行つた。街道と波打際との距離は、折々遠くなつたり近くなつたりする。或る時は浜辺をひたひたと浸蝕する波が、もう少しで松の根方を濡らしさうに押し寄せて来る。遠くを這つてゐる時はうすい白繻子を展《の》べたやうに見えるが、近くに寄せて来る時は一二寸の厚みを持つて、湯に溶けたシヤボンの如くに盛上つてゐる。月は其の一二寸の盛上りに対してさへも、ちやんと正直に其の波の影を砂地へ写して見せてゐる。実際こんな月夜には、一本の針だつて影を写さずにはゐないだらう。

遥かな沖の方からか、それとも行くての何本も〳〵先の磯馴松の奥の方からか、孰方だかよく分らないが、ふと、私の耳に這入つて来た不思議な物の音があつた。或は私の空耳《そらみゝ》であるかも知れないけれど、兎に角それは三味線の音のやうであつた。ふつと跡絶えては又ふつと聞えて来る音色の工合が、どうも三味線に違ひない。日本橋にゐた時分、乳母の懐に抱かれて布団の中に睡りかけてゐると、私はよくあの三味線の音を聞いた。——

「天ぷら喰ひたい、天ぷら喰ひたい」

と、乳母はいつも其の三味線の節に合はせて吟《くちずさ》んだ。

「ほら、ね、あの三味線の音を聞いてゐると、天ぷら喰ひたい、天ぷら喰ひたい、と云つてゐるやうに聞えるでしよ、ねえ、聞えるでございましよ」

さう云つて乳母は、彼女の胸に手をあてゝ乳首をいぢくつてゐる私の顔を覗き込むのが常であつた。気のせゐか知らぬが、成る程乳母の云ふやうに「天ぷら喰ひたい、天ぷら喰ひたい」と悲しい節で唄つてゐる。私と乳母とは、長い間眼と眼を見合はせて、猶も静かに其の三味線の音に耳を澄ましてゐる。人通りの絶えた、寒い冬の夜の凍つた往来に、カラリ、コロリと下駄の歯を鳴らしながら、新内語りは人形町の方から私の家の前を通り過ぎて、米屋町の方へ流して行く。三味線の音が次第々々に遠のいて微かに消えてしまひさうになる。「天ぷら喰ひたい、天ぷら喰ひたい」と、ハツキリ聞えてゐたものが、だん〳〵薄くかすれて行つて、風の工合で時々ちらりと聞えたり全く聞えなくなつたりする。………

「天ぷら……天ぷら喰ひたい。……喰ひたい。天ぷら……天ぷら……天……喰ひ……ぷら喰ひ……」

果てはこんな風にぽつり〳〵とぼやけてしまふ。其れでも私は、トンネルの奥へ小さく〳〵隠れて行く一点の火影を視詰めるやうな心持で、まだ一心に耳を澄ましてゐる。三味線の音が途切れても、暫くの間はやつぱり「天ぷら喰ひたい、天ぷら喰ひたい」と、囁く声が私の耳にこびり附いてゐる。

「おや、まだ三味線が聞えてゐるのかな。………それとも自分の空耳かな」

私はひとりそんな事を考へながら、いつとはなしにすや〳〵と眠りの底へ引き込まれて行く。

その覚えのある新内の三味線が、今宵も相変らず「天ぷら喰ひたい、天ぷら喰ひたい」と悲しい音色を響かせつゝ、此の街道へちらほらと聞えて来るのである。カラリコロリと云ふ下駄の音を伴はないのが、いつもと違つてゐるけれど、その音色だけはたしかに疑ふ余地がない。初めのうちは「天ぷら……天ぷら……」と、「天ぷら」の部分ばかりが明瞭であつたが、少しづゝ近づいて来るのであらう、やがて「喰ひたい」の部分の方も正しく聞き取れるやうになつた。しかし、地上には私と松の影より外に、新内語りらしい人影は何処にも見えない。月の光のとゞく限りを、果から果までずつと眺め渡しても、私の外に此の街道を行く者は小犬一匹ゐないのである。事に依つたら、月の光があんまり明る過ぎるので、却つて物が見えないのではないだらうか。――私はさう思つたりした。

私がとう〳〵、其の三味線を弾く人影を一二町先に認めたのは、あれからどのくらゐ過ぎた時分だつたらう。其処へ辿り着くまでの長い間、私はどんなに月の光と波の音とに浸されたゞらう。「長い間」と云つたゞけでは、実際其の長さの感じを云ひ現はす事は出来ない。人はよく夢の中で、二年も三年もの長い間の心持を味はふ事がある。私の其の時の感じはちやうど其れに似てゐた。空には月があつて、路には磯馴松があつて、浜には波が砕けてゐる街道を、二年も三年も、ひよつとしたら十年も、私は歩いて行つたのかも知れない。歩きながら、私はもう此の世の人間ではないのかと思つた。人間が死んでから長い旅に上る、其の旅を私は今してゐるのぢやないかとも思つた。兎に角其のくらゐに長い感じがした。

「天ぷら喰ひたい、天ぷら喰ひたい」

今や其の三味線の音は間近くはつきりと聞えてゐる。さら〳〵と砂《いさご》を洗ふ波の音の伴奏に連れて、冴えた撥《ばち》のさばきが泉の涓滴《けんてき》のやうに、銀の鈴のやうに、神々しく私の胸に沁み入るのである。三味線を弾いてゐる人は、疑ひもなくうら若い女である。昔の鳥追ひが被つてゐるやうな編笠を被つて、少し俯向いて歩いてゐる其の女の襟足が月明りのせゐもあらうけれど、驚くほど真白である。若い女でなければあんなに白い筈がない。時々右の袂の先からこぼれて出る、転軫《てんじん》を握つてゐる手頸も同じやうに白い。まだ私とは一町以上も離れてゐるので、着てゐる着物の縞柄などは分らないのに、其の襟足と手頸の白さだけが、沖の波頭が光るやうに際立つてゐる。

「あ、分つた。あれは事に依ると人間ではない。きつと狐だ。狐が化けてゐるのだ」

私は俄に臆病風に誘はれて、成る可く跫音を立てないやうに恐る〳〵其の人影に附いて行つた。人影は相変らず三味線を弾きながら、振り向きもせずにとぼ〳〵と歩いてゐる。が、其れが若しも狐だとすれば、私がうしろから歩いて行くのをよもや知らない筈はなからう。知つてゐる癖にわざと空惚《そらとぼ》けてゐるのだらう。さう云へば何だか、あの真白な肌の色が、どうも人間の皮膚ではなくて、狐の毛のやうに思はれる。毛でない物が、あんなに白くつや〳〵とねこ〳〵柳のやうに光る訳がない。

私がゆつくりと歩いて行くにも拘はらず、女の後姿は次第々々に近づいて来る。二人の距離は既に五間とは隔たつてゐない。もう少しで地面に映つてゐる私の影が彼女の踵に追ひ着きさうである。私が一尺も歩く間に影はぐい〳〵と二尺も伸びる。影の頭と女の踵とは見る〳〵うちに擦れ〳〵になる。女の踵は、――此の寒いのに女は素足で麻裏草履を穿いてゐる。――此れも襟足や手頸と同じやうに真白である。其れが遠くから見えなかつたのは、大方長い着物の裾に隠されてゐたゝめであらう。

何しろ恐ろしく長い裾である。其れはお召とか縮緬とか云ふものでもあらうか、芝居に出て来る色女や色男の着てゐるやうなぞろりとした裾が、足の甲を包んで、ともすると砂地へべつたりと引き摺るほどに垂れ下つてゐる。けれども、砂地がきれいであるせゐか足にも裾にも汚れ目はまるで附いてゐない。ぱたり、ぱたりと、草履を挙げて歩く度毎に、舐めてもいゝと思はれるほど真白な足の裏が見える。狐だか人間だかまだ正体は分らないが、肌は紛ふべくもない人間の皮膚である。月の光が編笠を滑り落ちて寒さうに照らしてゐる襟足から、前屈みに屈んでゐる背筋の方へかけて、きやしやな背骨の降起してゐるのまでがあり〳〵と分る。背筋の両側には細々とした撫肩が、地へ曳く衣と共にすんなりとしてゐる。左右へ開いた編笠の庇《ひさし》よりも狭いくらゐに、其の肩幅は細いのである。折々ぐつと俯向く時に、びつしより水に濡れたやうな美しい髱《たぼ》の毛と、其の毛を押へてゐる笠の緒の間から、耳朶の肉の裏側が見える。しかし、見えるのは其の耳朶までゞ、其れから先にはどんな顔があるのだか、笠の緒が邪魔になつてまるつきり分らない。なよ〳〵とした、風にも堪へぬ後姿を、視詰めれば視詰めるほど、ます〳〵人間離れがしてゐるやうに感ぜられて、やつぱり狐の化けてゐるのではないかと訝しまれる。いかにも優しい、か弱い美女の後姿を見せて置いて、傍へ近寄ると、「わつ」と云つて般若《はんにゃ》のやうな物凄い顔を此方へ向けるのぢやないか知らん。………
もう私の跫音は、明かに彼女の耳に聞えてゐるに違ひない。私がうしろにゐると知つたら、一遍ぐらゐ振り向いてもよさゝうなものだのに、知らん顔をしてゐるところを見るといよ〳〵怪しい。嚇かされてもいゝ積りで用心して行かないと、どんな目に遇ふか分らない。………地に伸びて行く私の影はもう彼女の踵に追ひ着いて、着物の裾を一尺二尺と這ひ上つてゐる。ちやうど彼女の腰のあたりに映つてゐる私の首が、だん〳〵と帯の方へ移つて行つて、今や背筋を伝はらうとしてゐる。私の影の向うには、女の影が倒れてゐる。私は思ひ切つてちよいと横路へ外《そ》れて見た。すると私の影は忽ち女の腰を離れて、彼女の影と肩を並べつゝ前の地面にくつきりと印せられた。最早何と云つても、其れが女に見えないと云ふ筈はない。が、依然として女は此方を振り向きもしない。たゞ一生懸命に、とは云へ極めてしとやかに、落ち着き払つて新内の流しを弾いてゐる。

影と影とはいつの間にやら一寸《いつすん》の出入りもなく並び合つた。私は始めて、ちらりと女の横顔を覗き込んだ。笠の緒の向うにやつと彼女のふつくらとした頰の線の持ち上りが見えた。頰の線だけはたしかに般若の相ではない。般若の頰ぺたがあんなに膨らんでゐる訳はない。

膨らんだ頰ぺたの蔭から、少しづゝ、実に少しづゝ、鼻の頭の尖りが見えて来る。ちやうど汽車の窓で景色を眺めてゐる時に、とある山の横腹から岬が少しづゝ現れて来るやうな工合である。私は其の鼻が、高い、立派な、上品な鼻であつてくれゝばいゝと思つた。こんな月夜にこんな風流な姿をして歩いてゐる女を、醜い女だとは思ひたくなかつた。さう思つてゐるうちに、鼻の頭はだん〳〵余計に頰の向うから姿を現はして来る。尖つた部分の下につゞく小鼻の線のなだらかなのが窺はれる。もう其れだけでも、鼻の形の大体は想像することが出来る。たしかに其れは高い鼻に違ひない。高い、而も立派な鼻に違ひない。もう大丈夫だ。………

私はほんたうにうれしかつた。殊に其の鼻が、私の想像したよりも遥かに見事な、絵に書いたやうに完全な美しさを持つてゐることが明かになつた時、私のうれしさはどんなであつたらう。今や彼女の横顔は、その端厳な鼻梁の線を始めとして、包むところなく現れ出でつゝ、私の顔とぴつたり並んでゐるのである。それでも女は、やつぱり私の方を振り向かない。横顔以上のものを私に見せようとしない。鼻の線を境にした向う側の半面は、山陰に咲く花のやうに隠れてゐるのである。女の顔は絵のやうに美しいと共に、「絵のやうに」表ばかりで裏がないかの如く感ぜられる。

「小母《をば》さん、小母さん、小母さんは何処まで歩いて行くのですか」

私は斯う云つて女に尋ねたが、そのおづ〳〵した声は、冴えた撥音に掻き消されて彼女の耳へは這入らなかつた。

「小母さん、小母さん、……」

私はもう一遍呼んで見た。「小母さん」と云ふよりは、私は実は「姉さん」と呼んで見たかつた。姉と云ふ者を持たない私は、美しい姉を持ちたいと云ふ感情が、始終心の中にあつた。美しい姉を持つてゐる友達の境遇が、私には常に羨しかつた。で、此の女を呼びかける時の私の胸には、姉に対するやうな甘い懐しい気持が湧き上つてゐた。「小母さん」と呼ぶのは何だか嫌であつた。けれど、いきなり「姉」と呼んでは余り馴れ〳〵しいやうに思はれたので、據んどころなく「小母さん」にしてしまつたのである。

二度目には大きな声を出したつもりであつたが、女はそれでも返辞をしない。横顔を動かさない。ひたすら新内の流しを弾いて、さらり、さらり、と長い着物の裾を砂に敷きながら俯向いて真直に歩いて行く。女の眼は偏《ひとへ》に三味線の糸の上に落ちてゐるやうである。恐らく彼女は、自分の奏でゝゐる音楽を、一心に聞き惚れてゐるのでもあらう。

私は一歩前に踏み出して、横顔だけしか見えなかつた女の顔を、今度は正面からまともに覗き込んだ。顔は暗い編笠の蔭になつてゐるのだけれど、それだけに一層色の白さが際だつて感ぜられる。蔭は彼女の下唇のあたりまでを蔽つてゐて、笠の緒の喰ひ入つてゐる頤の先だけが、纔かにちよんびりと月の光に曝されてゐる。その頤は花びらのやうに小さく愛らしい。さうして、唇には紅がこつてりとさゝれてゐる。その時まで私は気が付かなかつたが、女はたしかに厚化粧をしてゐるのである。あんまり色が白すぎると思つたのも道理、顔にも襟にも濃いお白粉がくつきりと毒々しいまでに塗られてゐる。――――けれど、そのために彼女の美貌が少しでも割引されると云ふのではない。度強《どぎつ》い電燈の明りや太陽の光線の下でこそ、お白粉の濃いのは賤しく見える事もあらうが、今夜のやうな青白い月光の下に、飽くまで妖艶な美女の厚化粧をした顔は、却つて神秘な、魔者のやうな物凄さを覚えさせずには措かないのであつた。まことに其のお白粉は、美しいと云ふよりも、若しくは花やかと云ふよりも、寒いと云ふ感じの方が一層強かつたのである。

どうしたのか、女はふと立ち止まつて、俯向いてゐた顔を擡《もた》げて、大空の月を仰いだ。暗い笠の影の中でほの白く匂つてゐた頬は、その時急にあの沖合の海の潮の如く銀光を放つかと疑はれた。すると、その皎々たる頬の上からきらり〳〵と閃きながら、蓮の葉をこぼれる露の玉のやうに転がり落ちるものがあつた。きらりと輝いて何処かへ消えてしまつたかと思ふと、又きらりと輝いては消える。

「小母さん、小母さん、小母さんは泣いてゐるんですね。小母さんの頬ぺたに光つてゐるのは涙ではありませんか」

私が斯う云ふと、女は猶も大空を見上げながら答へた。

「涙には違ひないけれど、私が泣いてゐるのではない」

「そんなら誰が泣いてゐるのですか。その涙は誰の涙なのですか」

「これは月の涙だよ。お月様が泣いてゐて、その涙が私の頬の上に落ちるのだよ。あれ御覧、あの通りお月様は泣いていらつしやる」

さう云はれて、私も同じやうに大空の月を仰いだ。しかし、果してお月様が泣いてゐるのかどうかよくは分らなかつた。私は多分、自分は子供であるから其れが分らないのであらうと思つた。それにしても、月の涙が女の頬の上にばかり落ちて来て、私の頬に降りかゝらないのは何故であらう。

「あ、やつぱり小母さんが泣いてゐるんだ。小母さんは嘘を云つたのだ」

私は突然、さう云はずにはゐられなかつた。なぜかと云ふのに、女は首を擡げたまゝ、その泣き顔を私に悟られないやうにして、しきりにしく〳〵としやくり上げてゐたのである。

「いゝえ、いゝえ、何で私が泣いてゐるものか。私はどんなに悲しくつても泣きはしない」

さう云ひながらも、女は明かにさめ〴〵と泣いてゐるのである。項《うなじ》を上げてゐる顔の、眼瞼《まぶた》の蔭から湧き出る涙が、鼻の両側を伝はつて頤の方へ縷《いと》を引きながら流れてゐる。声を殺してしやくり上げるたびごとに、咽喉の骨が皮膚の下から傷々《いた〳〵》しく現れて、息が詰まりはしないかと思はれる程切なげにびく〳〵と凹んでゐる。初めは露の玉の如く滴々とこぼれてゐたものが、見るうちに頰一面を水のやうに濡らして、鼻の孔へも口の中へも容赦なく侵入して行くらしい。と、女は水洟をすゝると一緒に唇から沁み入る涙をぐつと嚥みこんだらしかつたが、同時に激しくごほん〳〵と咳に咽《むせ》んだ。

「それ御覧なさい。小母さんは其の通り泣いてゐるぢやありませんか。ねえ小母さん、何がそんなに悲しくつて泣いてゐるんです」

私はさう云つて、身を屈めて咳き入つてゐる女の肩をさすつてやつた。

「お前は何が悲しいとお云ひなのかい？　こんな月夜に斯うして外を歩いて居《を》れば、誰でも悲しくなるぢやないか。お前だつて心の中ではきつと悲しいに違ひない」

「それはさうです。私も今夜は悲しくつて仕様がないのです。ほんたうにどう云ふ訳でせう」

「だからあの月を御覧と云ふのさ。悲しいのは月のせゐなのさ。――――お前もそんなに悲しいのなら、私と一緒に泣いておくれ。ね、後生だから泣いておくれ」

女の言葉はあの新内の流しにも劣らない、美しい音楽のやうに聞えた。不思議なことには、こんな工合に語りつゞけてゐる間にも、女は三味線の手を休めず弾いてゐるのである。

「それぢや小母さんも泣き顔を隠さないで、私の方を向いて下さい。私は小母さんの顔が見たいのです」

「あゝさうだつたね、泣き顔を隠したのはほんとに私が悪かつたね。いゝ子だから堪忍しておくれよ」

空を仰いでゐた女は、その時さつと頭を振り向けて、編笠を傾けながら私の方を覗き込んだ。

「さあ、私の顔を見たければとつくりと見るがいゝ。私は此の通り泣いてゐるのだよ。私の頬ぺたはこんなに涙で濡れてゐるのだよ。さあお前も私と一緒に泣いておくれ。今夜の月が照つてゐる間は、何処までゞも一緒に泣きながら此の街道を歩いて行かう」

女は私に頬を擦り寄せて更にさめ〴〵と涙に掻きくれた。悲しいには違ひなからうけれど、さうして泣いてゐる事が、いかにも好い心持さうであつた。その心持は私にもはつきりと感ぜられた。

「えゝ、泣きませう、泣きませう。小母さんと一緒にならいくらだつて泣きませう。私だつて先《さつき》から泣きたいのを我慢してゐたんです」

かう云つた私の声も、何だか歌の調のやうに美しい旋律を帯びて聞えた。此の言葉と共に、私は私の頬を流れる涙を感じた。私の眼の球の周りは一時に熱くなつたやうであつた。

「おゝ、よく泣いておくれだねえ。お前が泣いておくれだと、私は一層悲しくなる。悲しくつて〳〵たまらなくなる。だけど私は悲しいのが好きなんだから、いつそ泣けるだけ泣かしておくれよ」

さう云つて、女は又私に頬擦りをした。いくら涙が流れても、女の顔のお白粉は剝げようともしなかつた。濡れた頬ぺたは却つて月の面のやうにつや〳〵と光つてゐた。

「小母さん、小母さん、私は小母さんの云ふ通りにして、一緒に泣いてゐるんです。だから其の代り小母さんの事を姉さんと呼ばしてくれませんか。ねえ、小母さん、此れから小母さんの事を姉さんと云つたつていゝでせう」

「なぜだい？　なぜお前はそんな事を云ふのだい？」

その時女は、すゝきの穂のやうに細い眼をしみ〴〵と私の顔に注いで云つた。

「だつて私には姉さんのやうな気がしてならないんですもの。きつと小母さんは私の姉さんに違ひない。ねえ、さうでせう？　さうでなくつても、此れから私の姉さんになつてくれてもいゝでせう」

「お前には姉さんがある訳はないぢやないか。お前には弟と妹があるだけぢやないか。――お前に小母さんだの姉さんだのと云はれると、私は猶更悲しくなるよ」

「それぢや何と云つたらいゝんです」

「何と云ふつて、お前は私を忘れたのかい？　私はお前のお母様《ツかさん》ぢやないか」

かう云ひながら、女は顔を出来るだけ私の顔に近づけた。その瞬間に私ははつと思つた。云はれて見れば成る程母に違ひない。母がこんなに若く美しい筈はないのだが、それでもたしかに母に違ひない。どう云ふ訳か私はそれを疑ふことが出来なかつた。私はまだ小さな子供だ。だから母が此のくらゐ若くて美しいのは当り前かも知れない、と思つた。

「あゝお母さん、お母さんでしたか。私は先からお母さんを捜してゐたんです」

「おゝ潤一や、やつとお母さんが分つたかい。分つてくれたかい。――」

母は喜びに顫へる声でかう云つた。さうして私をしつかりと抱きしめたまゝ立ちすくんだ。私も一生懸命に抱き附いて離れなかつた。母の懐には甘い乳房の匂が暖かく籠つてゐた。……

が、依然として月の光と波の音とが身に沁み渡る。新内の流しが聞える。二人の頰には未だに涙が止めどなく流れてゐる。

私はふと眼を覚ました。夢の中でほんたうに泣いてゐたと見えて、私の枕には涙が湿つてゐた。自分は今年三十四歳になる。さうして母は一昨年の夏以来此の世の人ではなくなつてゐる。――此の考が浮かんだ時、更に新しい涙がぽたりと枕の上に落ちた。

「天ぷら喰ひたい、天ぷら喰ひたい。……」

あの三味線の音が、まだ私の耳の底に、彼《あ》の世からのおとづれの如く遠く遥けく響いてゐた。

○テキスト　初出は「東京日日新聞」一九一九（大8）年一月十九日〜二月二十二日（うち十八回の休載。「大阪毎日新聞」にも併行して連載）。『小さな王国』（天佑社、大8・6）。テキストは『愛読愛蔵版　谷崎潤一郎全集』第六巻（中央公論新社、昭56・10）に拠った。

○解説　比較的成功作が少ないとされる大正期の谷崎作品の中でも、もっとも完成度の高い傑作のひとつで、「吉野葛」（昭6・1、2）、「蘆刈」（昭7・11、12）、「少将滋幹の母」（昭24・11〜25・2）、「夢の浮橋」（昭34・10）等に至る母恋いの系譜の嚆矢ともいうべき位置を占めている。

　この種の解説に細かい分析は無用であろうが、考えられるいくつかのポイントをあげておこう。まず冒頭にエピグラフ風に記された歌は、万葉集巻二にみえる弓削皇子の歌で、詞書に「吉野の宮に幸《いでま》し時、額田王に贈《おく》る歌一首」とある。弓削皇子は大江皇女を母とする天武帝の第六皇子。この歌でいう「いにしへ」とは天武帝在世の時代をさすと考えられ、いわば「父恋い」の歌だが、ここではむしろ昔を恋い慕いつつ泉の上を鳴きわたる「鳥」の飛翔のイメージと、夢の中で母を求めて一筋の白道を歩き続ける少年の像とのオーバーラップに意味があるだろう。

　この作品は、七、八歳の少年の母恋いの物語だが、それが「一昨年の夏」母をなくした「今年三十四歳」になる男の夢語りであることが重要だ。それは作品の中の若く美しい母と年老いた母とに対応している。子供を書いて失敗しない作家といわれた谷崎は、また夢を好んで書く作家でもあったことに注意しよう。少年が歩く「白い一とすぢの街道」を、仏教にいう「二《に》河白道《がびゃくどう》」（南に火の河、北には水の河があり、その間を西方に向かう狭く白い一本の道）になぞらえる読み方もある。それもさることながら夢の中の道には左手に海が、右手には枯蓮のはえた古沼があるらしい。「老人の力のない咳を想はせる」音をたてる蓮沼は、明らかに動かない死んだ水だが、そのほとりの一軒家に母と思われる老婆がいる。「あの古沼の蓮よりももつと皺嗄れ」た声のこの老婆は、いわば蓮沼の精霊のような存在である。「私」はその老婆に拒絶されるのだが、これは逆に三十四歳の「私」の老いた母に対する無意識の否認を示すものともいえよう。

　老婆の家を出て「洞穴のやうな狭い所」を通過すると、月に照らされた海のほとりに出る。作品の世界はここを境界にして、前半と後半にはっきりわかれている。暗い闇から月明の世界へ。あるいは古く澱んだ水から「澎湃と湧き騒いでゐる」生きた水へ。ここから先を照らす月光こそ、「夢」の世界としてのこの作品の基調となる光度である。

　この月光については、谷崎自身「私の『母を恋ふる記』は、佐藤の月の美しさを描いた短篇「月かげ」に影響されて、書いたものである」（「佐藤春夫と芥川龍之介」昭39・5）と語っていることはよく知られている。特に大正八年には「西湖の月」（大8・6）「天鵞絨の夢」（大8・11〜12）など月光をモティーフとした作品を書いている。後者におけるヴァイオリン弾きは「若し月と云ふものがまん円い形のものでなく、人間の姿を備へた女神であるとしたならば、その屍骸こそ月であると云ふことが出来ませう」というが、谷崎における月は死んだ美しい女性の象徴であるともいえる。死んだ母の夢をいろどるのが月光であるのは偶然ではない。

そこへ聞こえて来るのが、「三味線」の音である。視覚的イメージとしての月光と、聴覚的イメージの三味線とは、この作品の文学的本質を規定している。なかでも本作の情調を支配しているのは、三味線をはじめとして、蓮沼の音や、松風、海の音など、聴覚的なるものの喚起力である。特に三味線は谷崎にとって幼少年時の悲しみに結びついた音であった。作品冒頭で早くも少年の「理由のわからぬ無限の悲しみ」が「たとへば哀音に充ちた三味線を聞く時のやうな」と形容されていた。「生まれた家」(大10・9)にも、幼い時初めて「悲しい」という気持を知ったのは、寝つけない夜に新内流しの「天ぷら喰ひたい」というふうに聞こえる三味線をきいた夜であったと語られている。まさに三味線は谷崎の主人公を幼時回帰へと誘うキイ・ノートであった。谷崎は近代作家の中でもすぐれて聴覚型の作家であったが、それは不可視のもの――盲目的なものへの志向と無関係ではない。

最後に重要なのは「狐」だ。三味線をひいているのは色の真白い鳥追い姿の女だが、少年はあんなに色が白いのは「きつと狐」だと考える。戯曲「白狐の湯」(大12・1)でも西洋的美女に化ける狐が描かれているが、「吉野葛」の主人公津村がいうように「母――狐――美女――恋人――と云ふ連想」は、谷崎の中に早くから胚胎していたイメージである。「幼少時代」(昭30・4～31・3)「雪後庵夜話」(昭38・6～9)によれば、それは幼時に母とみた五代目菊五郎の「義経千本桜」によってうえつけられたものであるらしい。谷崎にとって、狐は他界の妻であり、母である。周知のように谷崎作品には、母を恋人・妻にしたいというインセスト的願望がみえかくれする。「私」が女に「お姉さん」と呼びかけて「私はお前のお母様ぢやないか」といわれた瞬間、「はつと思つた」のは、単に「母」と知らずに「お姉さん」と呼んでしまった驚きだけではあるまい。眼覚めてからも、三味線の音は「彼の世からのおとづれ」のごとく響き続ける。あたかも幽界の母の呼び声のように。

(東郷克美)

○**参考文献**　千葉俊二「「母を恋ふる記」とその前後」(紅野敏郎編著『論考谷崎潤一郎』桜楓社、昭55・5)。遠藤祐「「母を恋ふる記」――ひとすじの白い道」(『谷崎潤一郎――小説の構造――』明治書院、昭62・9)。宮内淳子「白い道を行く少年たち――『身毒丸』と『母を恋ふる記』」(『谷崎潤一郎――異郷往還――』図書刊行会、平3・1)。アンソニー・V・リーマン『母を恋ふる記』における母体の風景」(『谷崎潤一郎国際シンポジウム』中央公論社、平9・7)。

Kの昇天
——或はKの溺死

梶井基次郎

お手紙によりますと、あなたはK君の溺死に就て、それが過失だつたらうか、自殺だつたらうか、自殺ならば、それが何に原因してゐるのだらう、或は不治の病をはかなんで死んだのではなからうかと様ざまに思ひ悩んでゐられるやうであります。そして僅か一と月程の間に、あの療養地のN海岸で偶然にも、K君と相識つたといふやうな、一面識もない私にお手紙を下さるやうになつたのだと思ひます。私はあなたのお手紙ではじめてK君の彼地での溺死を知つたのです。私は大層おどろきました。と同時に「K君はたうとう月世界へ行つた」と思つたのです。どうして私がそんな奇異なことを思つたか、それを私は今ここでお話しようと思つてゐます。それは或はK君の死の謎を解く一つの鍵であるかも知れないと思ふからです。

それは何時頃だつたか、私がNへ行つてはじめての満月の晩です。私は病気の故でその頃夜がどうしても眠れないのでした。その晩もたうとう寝床を起きて仕舞ひまして、幸ひ月夜でもあり、旅館を出て、錯落とした松樹の影を踏みながら砂浜へ出て行きました。引きあげられた漁船や、地引網を捲く轆轤などが白い砂に鮮かな影をおとしてゐる外、浜には何の人影もありませんでした。干潮で荒い浪が月光に砕けながらどうどうと打寄せてゐました。私は煙草をつけながら漁船のともに腰を下して海を眺めてゐました。夜はもうかなり更けてゐました。

暫くして私が眼を砂浜の方に転じましたとき、私は砂浜に私以外のもう一人の人を発見しました。それがK君だつたのです。然しその時はK君といふ人を私は未だ知りませんでした。その晩、それから、はじめて私達は互に名乗り合つたのですから。

私は折をりその人影を見返りました。そのうちに私は段々奇異の念を起してゆきました。といふのは、その人影――K君――は私と三四十歩も距つてゐたでせうか、海を見るといふのでもなく、全く私に背を向けて、砂浜を前に進んだり、後に退いたり、と思ふと立留つたり、そんなことばかりしてゐたのです。私はその人がなにか落し物でも捜してゐるのだらうかと思ひました。首は砂の上を視凝めてゐるらしく、前に傾いてゐたのですから。然しそれにしては跼むこともしない、足で砂を分けて見ることもしない。満月で随分明るいのですけれど、火を点けて見る様子もない。

私は海を見ては合間合間に、その人影に注意し出しました。奇異の念は増ます募つてゆきました。そして遂には、その人影が一度も此方を見返らず、全く私に背を向けて動作してゐるのを幸ひ、ぢつとそれを見続けはじめました。不思議な戦慄が私を通り抜けました。その人影のなにか魅かれてゐるやうな様子が私に感じたのです。私は海の方に向き直つて口笛を吹きはじめました。それがはじめは無意識にだつたのですが、或は人影になにかの効果を及ぼすかも知れないと思ふやうになり、それは意識的になりました。私ははじめシユーベルトの「海辺にて」を吹きました。御存じでせうが、それはハイネの詩に作曲したもので、私の好きな歌の一つなのです。それからやはりハイネの詩の「ドツペルゲンゲル」。これは「二重人格」と云ふのでせうか。これも私の好きな歌なのでした。口笛を吹きながら、私の心は落ちついて来ました。やはり落し物だ、と思ひました。さう思ふより外、その奇異な人影の動作を、どう想像することが出来ませう。そして私は思ひました。あの人は煙草を喫まないから燐寸がないのだ。それは私が持つてゐる。とにかくなにか非常に大切なものを落したのだらう。私は燐寸を手に持ちました。そしてその人影の方へ歩きはじめました。

その人影に私の口笛は何の効果もなかつたのです。相変らず、進んだり、退いたり、立留つたり、の動作を続けてゐるのです。近寄つてゆく私の足音にも気がつかないやうでした。ふと私はビクツとしました。あの人は影を踏んでゐる。若し落し物なら影を背にして此方を向いて捜す筈だ。

天心をややに外れた月が私の歩いて行く砂の上にも一尺程の影を作つてゐました。私はきつとなにかだとは思ひましたが、やはり人影の方へ歩いてゆきました。そして二三間手前で、思ひ切つて、

「何か落し物をなさつたのですか」

とかなり大きい声で呼びかけて見ました。手の燐寸を示すやうにして。

「落し物でしたら燐寸がありますよ」

次にはさう言ふ積りだつたのです。然し落し物ではなささうだと悟つた以上、この言葉はその人影に話しかける私の手段に過ぎませんでした。

最初の言葉でその人は私の方を振り向きました。「のつぺらぼー」そんなことを不知不識の間に思つてゐましたので、それは私にとつて非常に怖ろしい瞬間でした。

月光がその人の高い鼻を滑りました。私はその人の深い瞳を見ました。と、その顔は、なにか極り悪る気な貌に変つてゆきました。

「なんでもないんです」

澄んだ声でした。そして微笑がその口のあたりに漾ひました。

私とK君とが口を利いたのは、こんな風な奇異な事件がそのはじまりでした。そして私達はその夜から親しい間柄になつたのです。

暫くして私達は再び私の腰かけてゐた漁船のともへ返りました。そして、

「本当に一体何をしてゐたんです」

といふやうなことから、K君はぽつぽつそのことを説き明かして呉れました。でも、はじめの間はなにか躊躇してゐたやうですけれど。

K君は自分の影を見てゐた、と申しました。そしてそれは阿片の如きものだ、と申しました。

あなたにもそれが突飛でありませうやうに、それは私にも実に突飛でした。

夜光虫が美しく光る海を前にして、K君はその不思議な謂はれをぽちぽち話して呉れました。

影程不思議なものはないとK君は言ひました。君もやつて見れば、必ず経験するだらう。影をぢーつと視凝めてをると、そのなかに段々生物の相があらはれて来る。外でもない自分自身の姿なのだが。それは電燈の光線のやうなものでは駄目だ。月の光が一番いい。何故といふことは云はないが、――といふ訳は、自分は自分の経験でさう信じるやうになつたので、或は私自身にしかさうであるのに過ぎないかも知れない。またそれが客観的に最上であるにしたところで、どんな根拠でさうなのか、それは非常に深遠なことと思ひます。どうして人間の頭でそんなことがわかるものですか。――これがK君の口調でしたね。何よりもK君は自分の感じに頼り、その感じの由つて来たる所を説明の出来ない神秘のなかに置いてゐました。

ところで、月光による自分の影を視凝めてゐるとそのなかに生物の気配があらはれて来る。それは月光が平行光線であるため、砂に写つた影が、自分の形と等しいといふことがあるが、然しそんなことはわかり切つた話だ。その影も短いのがいい。一尺二尺位のがいいと思ふ。そして静止してゐる方が精神が統一されていいが、影は少し揺れ動く方がいいのだ。自分が行つたり戻つたり立留つたりしてゐたのはそのためだ。雑穀屋が小豆の屑を盆の上で捜すやうに、影を揺つて御覧なさい。そしてそれをぢーつと視凝めてゐると、そのうちに自分の姿が段々見えて来るのです。さうです、それは「気配」の域を越えて「見えるもの」の領分へ入つて来るのです。――かうK君は申しました。そ

して、

「先刻あなたはシユーベルトの『ドツペルゲンゲル』を口笛で吹いてはゐなかつたですか」

「ええ。吹いてゐましたよ」

と私は答へました。やはり聞えてはゐたのだ、と私は思ひました。

「影と『ドツペルゲンゲル』。私はこの二つに、月夜になれば憑かれるんですよ。この世のものでないといふやうな、そんなものを見たときの感じ。――その感じになじんでゐると、現実の世界が全く身に合はなく思はれて来るのです。だから昼間は阿片喫煙者のやうに倦怠です」

と K 君は云ひました。

自分の姿が見えて来る。不思議はそればかりではない。段々姿があらはれて来るに随つて、影の自分は彼自身の人格を持ちはじめ、それにつれて此方の自分は段々気持が杳かになつて、或る瞬間から月へ向つて、スースーツと昇つて行く。それは気持で何物とも云へませんが、まあ魂とでも云ふのでせう。それが月から射し下ろして来る光線を溯つて、それはなんとも云へぬ気持で、昇天してゆくのです。

K 君はここを話すとき、その瞳はぢつと私の瞳に魅り非常に緊張した様子でした。そして其処で何かを思ひついたやうに、微笑でもつてその緊張を弛めました。

「シラノが月へ行く方法を並べたてるところがありますね。これはその今一つの方法ですよ。でも、ジユール・ラフオルグの詩にあるやうに

哀れなる哉、イカルスが幾人も来ては落つこちる。

私も何遍やつてもおつこちるんですよ」

さう云つてK君は笑ひました。

その奇異な初対面の夜から、私達は毎日訪ね合つたり、一緒に散歩したりするやうになりました。月が欠けるに随つて、K君もあんな夜更けに海へ出ることはなくなりました。

ある朝、私は日の出を見に海辺に立つてゐたことがありました。そのときK君も早起きしたのか、同じくやつて来ました。そして、恰度太陽の光の反射のなかへ漕ぎ入つた船を見たとき、

「あの逆光線の船は完全に影絵ぢやありませんか」

と突然私に反問しました。K君の心では、その船の実体が、逆に影絵のやうに見えるのが、影が実体に見えることの逆説的な証明になると思つたのでせう。

「熱心ですね」

と私が云つたら、K君は笑つてゐました。

K君はまた、朝海の真向から昇る太陽の光で作つたのだといふ、等身のシルウエツトを幾枚か持つてゐました。

そしてこんなことを話しました。

「私が高等学校の寄宿舎にゐたとき、よその部屋でしたが、一人美少年がゐましてね、それが机に向つてゐる姿を誰が描いたのか、部屋の壁へ、電燈で写したシルウエツトですね。その上を墨でなすつて描いてあるのです。それがとてもヴイヴイツドでしてね、私はよくその部屋へ行つたものです」

そんなことまで話すK君でした。聞きただしては見なかつたのですが、或はそれがはじまりかも知れませんね。

私があなたの御手紙で、K君の溺死を読んだとき、最も先に私の心象に浮んだのは、あの最初の夜の、奇異なK君の後姿でした。そして私は直ぐ、

「K君は月へ登つてしまつたのだ」

と感じました。そしてK君の死体が浜辺に打ちあげられてあつた、その前日は、まちがひもなく満月ではありませんか。私は唯今本暦を開いてそれを確めたのです。

私がK君と一緒にゐました一と月程の間、その外にこれと云つて自殺される原因になるやうなものを、私は感じませんでした。でも、その一と月程の間に私が稍〻健康を取戻し、此方へ帰る決心が出来るやうになつたのに反し、K君の病気は徐々に進んでゐたやうに思はれます。K君の瞳は段々深く澄んで来、頰は段々こけ、あの高い鼻柱が目に立つて硬く秀でて参つたやうに覚えてゐます。

K君は、影は阿片の如きものだ、と云つてゐました。若し私の直感が正鵠を射抜いてゐましたら、影がK君を奪つたのです。然し私はその直感を固執するのでありません。私自身にとつてもその直感は参考にしか過ぎないのです。本当の死因、それは私にとつても五里霧中であります。

然し私はその直感を土台にして、その不幸な満月の夜のことを仮に組立てて見ようと思ひます。

その夜の月齢は十五・二であります。月の出が六時三十分。十一時四十七分が月の南中する時刻と本暦には記載されてゐます。私はK君が海へ歩み入つたのはこの時刻の前後ではないかと思ふのです。私がはじめてK君の後姿を、あの満月の夜に砂浜に見出したのもほぼ南中の時刻だつたのですから。そしてもう一歩想像を進めるならば、月が少し西へ傾きはじめた頃と思ひます。若しさうとすればK君の所謂一尺乃至二尺の影は北側といつても稍〻東に偏した方向に落ちる訳で、K君はその影を追ひながら海岸線を斜に海へ歩み入つたことになります。

K君は病と共に精神が鋭く尖り、その夜は影が本当に「見えるもの」になつたのだと思はれます。肩が現はれ、頸が顕はれ、微かな眩暈の如きものを覚えると共に、「気配」のなかから遂に頭が見えはじめ、そして或る瞬間が過ぎて、K君の魂は月光の流れに逆らひながら徐々に月の方へ登つてゆきます。K君の身体は段々意識の支配を失ひ、無意識な歩みは一歩一歩海へ近づいて行くのです。影の方の彼は遂に一箇の人格を持ちました。K君の魂はなほ高く昇天してゆきます。そしてその形骸は影の彼に導かれつつ、機械人形のやうに海へ歩み入つたのではないでせうか。次いで干潮時の高い浪がK君を海中へ仆します。若しそのとき形骸に感覚が蘇つてくれば、魂はそれと共に元へ帰つたのであります。

哀れなる哉、イカルスが幾人も来ては落つこちる。

K君はそれを墜落と呼んでゐました。若し今度も墜落であつたなら、泳ぎの出來るK君です。溺れることはなかつた筈です。

K君の身体は仆れると共に沖へ運ばれました、感覚はまだ蘇りません。次の浪が浜辺へ引摺りあげました。感覚はまだ帰りません。また沖へ引去られ、また浜辺へ叩きつけられました。然も魂は月の方へ昇天してゆくのです。

遂に肉体は無感覚で終りました。干潮は十一時五十六分と記載されてゐます。その時刻の激浪に形骸の翻弄を委ねたまま、K君の魂は月へ月へ、飛翔し去つたのであります。

○テキスト　初出は「青空」一九二六（大15）年十月。作品集『檸檬』（武蔵野書房、昭6・5）に収録。テキストには『梶井基次郎全集』第一巻（筑摩書房、昭41・4）所収の本文を収録した。

○解説　われわれは人工的な照明の明るさになれ切ってしまい、月の光を意識することはほとんどない。光は空気のような存在になってしまって、光に導かれていることさえ忘れがちである。そんな私たちに梶井基次郎の作品は、闇があるからこそ光が存在するのだということを気づかせてくれる。果物屋の「裸の電燈が細長い螺旋棒をきりきり眼の中へ刺し込んでくる」という「檸檬」の記述や「闇の絵巻」で語られる温泉地の暗闇の中で孤独に光る電燈は、そうしたものの一例である。

「Kの昇天」は、月の光が作り出す影絵の世界に取り憑かれた一人の孤独な青年の話である。彼は月へと昇天することを夢想する。

　哀れなる哉、イカロスが幾人も来ては落つこちる。

K君は、ジュール・ラフォルグの詩の一節をひいて、月へと到達することのできない悲しみを「私」に語る。「月光」という詩の一節だが、梶井基次郎は自らの愛読書である上田敏の訳詩集『牧羊神』（一九二〇）から引用している。イカロスとは、父ダイダロスの作った翼でミノス島を脱出するが、浮かれて高く飛び過ぎたため太陽の熱によって翼の接着がはがれ墜死したとされる人物である。月とピエロの詩人として知られるラフォルグは、そうしたイカロスを月に憧れる詩人自身の分身として歌い上げる。ラフォルグは地球上を去って、月面で暮らすことができない悲しみを墜落するイカロスにこめたのだ。

月へのあこがれ、そして空中への飛翔と墜落。ここで「Kの昇天」のプレテクストとして、稲垣足穂の名前を挙げることが可能だろう。足穂の『一千一秒物語』（一九二三）には実にたくさんの月に関する話が収められている。その月はブリキ製であったり、時には擬人化されたお月さんが酒場で乱闘したりする。まるで映画の乱闘シーンのようだ。足穂の作品には大きな砲弾によって月へと打ち出されるメリエス映画の匂いがする。と同時に足穂における飛行機へのあこがれは、しばしば墜落という悲劇に結びついている。あたかもイカロスの墜落のように。

つまりわれわれは未だイカロスの一人なのだろう。「Kの昇天」に戻れば、本文中に登場するシラノもその一人だ。文中のシラノはロスタンの戯曲『シラノ・ド・ベルジュラック』の主人公を示しているが、そのモデルとなった実在のシラノには、『日月両世界旅行記』の作がある（K君は「高い鼻」を持つがこれはシラノの特徴でもある）。ロスタンの戯曲の中で、シラノは月へ行く方法として六つの方法を示す。これらは全て『日月両世界旅行記』に書かれたものだが、ロスタンのシラノは七番目の方法を取ったという。それは引潮の海に飛び込み、海水に濡れた髪が月によって引き寄せられるというもの。海岸を舞台にした「Kの昇天」は、この七番目の方法に近い。

さてK君は、月へ行く手段として自らの影を見つめることで、影が人格を持って昇天していく方法について熱心に話をする。ドッペルゲンゲル——「私」は「二重人格」と訳しているが、これは一人の人物に複数の人格が宿る多重人格症のことではなく、もう一人の自分＝分身が現れることである。エドガー・アラン・ポオの「ウイリアム・ウイルソン」やドイツ映画「プラーグの大学生」などが思い浮かぶ。そもそも夏目漱石の「こころ」の登場人物を思い起こさせるKというイニシャルは、梶井基次郎自身のイニシャルでもあるし、なによりもK君の「溺死」を「昇天」として語る「私」はこの両者の分身関係を暗示している。

このように「Kの昇天」はドッペルゲンゲル小説であるとともに、自らの分身の働きによって理想の世界である月にたどり着こうとするユートピア小説である。そしてこれはユートピア文学の常套手段なのだが、過去の作品からの借り物——引用が多く見られる。ラフォルグ、シラノの他にも、例えばK君が振り向く場面での「のっぺらぽー」が、小泉八雲の「怪談」の中でも有名な「むじな」という作品を思い起こさせる、といった具合である。

こうした引用と関連して、最後に音楽との関わりに触れておこう。「Kの昇天」にはシューベルトの「海辺にて」「ドッペルゲンゲル」といった曲が登場する。レコードが高価であり、コンサートも少なかった時代に、梶井基次郎はせっせと楽譜を集めていた。シューベルトも彼の愛聴する作曲家であったろう。「Kの昇天」では「ドッペルゲンゲル」という曲（現在、一般的には「影法師」と訳されている）がきっかけになってモチーフが展開していく——ちなみにハイネの詩は女性に対する恋愛をうたっている。影の存在について、K君は「阿片の如きもの」と形容しているが、それはまた音楽が聴き手を陶酔へと誘うのと同じであろう。梶井基次郎の作品には、コンサート会場での不可思議な経験を綴った「器楽的幻覚」という作品もある。ここでは音楽そのものへの陶酔というよりは、音楽が主人公の「涯もない孤独」と響き合い、演奏者を離れて会場全体が音楽そのものになってしまったような錯覚が語られている。梶井はそれに「石化」という語を宛てているのだが、それはK君の死の真相を暗示する言葉でもあろう。

（中沢　弥）

○**参考文献**　福永武彦「梶井基次郎、その主題と位置」（『近代文学鑑賞講座18　中島敦・梶井基次郎』角川書店、昭34・12）。吉田健一「梶井基次郎」（『日本の現代文学』雪華社、昭35・3）。五十嵐誠毅「梶井基次郎と上田敏」（『解釈と鑑賞』昭57・4）。

瓶詰の地獄

夢野久作

拝呈、時下益々御清栄、奉慶賀候、陳者、予てより御通達の、潮流研究用と覚しき、赤封蠟付き麦酒瓶、拾得次第届告仕る様、島民一般に申渡置候処、此程、本島南岸に、別小包の如き樹脂封蠟付きの麦酒瓶が三個漂着致し居るを発見、届出申候。右は何れも約半里、乃至、一里余を隔てたる個所に、或は砂に埋もれ、又は岩の隙間に固く挟まれ居りたるものにて、よほど以前に漂着致したるものらしく、中味も、御高示の如き、官製端書とは相見えず、雑記帳の破片様のものらしく候為め、御下命の如き漂着の時日等の記入は不可能と被為存候。然れ共尚何かの御参考と存じ、三個とも封瓶のまま、村費にて御送付申上候間、何卒御落手相願度、此段得貴意候　敬具

月　日

××島村役場㊞

海洋研究所御中

◇第一の瓶の内容

ああ……この離れ島に、救いの舟がとうとう来ました。

大きな二本エントツの舟から、ボートが二艘、荒浪の上におろされました。舟の上から、それを見送っている人々の中にまじって、私達のお父さまや、お母さまと思われる、なつかしいお姿が見えます。そうして……おお……私達

の方に向って、白いハンカチを振って下さるのが、ここからよくわかります。お父さまや、お母さまたちはきっと、私達が一番はじめに出した、ビール瓶の手紙を御覧になって、助けに来て下すったに違いありませぬ。

大きな船から真白い煙が出て、今助けに行くぞ……と言うように、高い高い笛の音が聞こえて来ました。その音がこの小さな島の中の、禽鳥や昆虫を一時に飛び立たせて、遠い海中《わだなか》に消えて行きました。

けれども、それは、私達二人に取って、最後の審判の日の菰《らっぱ》よりも怖ろしい響でございました。私達の前で天と地が裂けて、神様のお眼の光りと、地獄の火焔が一時に閃めき出たように思われました。

ああ、手が慄えて、心が倉皇《あわ》て書かれませぬ。涙で眼が見えなくなります。

私達二人は、今から、あの大きな船の真正面に在る高い崖の上に登って、お父様や、お母様や救いに来て下さる水夫さん達によく見えるように、シッカリと抱き合ったまま、深い淵の中へ身を投げて死にます。そうしたら、いつも、あそこに泳いでいるフカが、間もなく、私達を喰べてしまってくれるでしょう。そうして、あとには、この手紙を詰めたビール瓶が一本浮いているのを、ボートに乗っている人々が見つけて、拾い上げて下さるでしょう。

ああ。お父様。お母様。すみません。すみません、すみません、すみません。私達は、初めから、あなた方の愛子《いとしご》でなかったと思って諦らめて下さいませ。

又、せっかく遠い故郷から、私達二人を、わざわざ助けに来て下すった皆様の御親切に対しても、こんなことをすると私達二人はホントにホントに済みません。どうぞどうぞお赦し下さい。そうして、お父様と、お母様に懐かれて、人間の世界へ帰る喜びの時が来ると同時に、死んで行かねばならぬ不幸な私達の運命をお矜恤《あわれみ》下さいませ。

私達はこうして私達の肉体と霊魂を罰せねば、犯した罪の報償《つぐない》が出来ないのです。この離れ島の中で、私達二人が犯した、それはそれは恐ろしい悖戻の報償なのです。

どうぞ、これより以上に懺悔することを、おゆるし下さい。私達二人はフカの餌食になる価打《ねうち》しかない、狂妄だったのですから……。

ああ。さようなら。

神様からも人間からも救われ得ぬ

哀しき二人より

お父様　お母様　皆々様

◇第二の瓶の内容

ああ。隠微たるに鑒たまう神様よ。

この困難から救われる道は、私が死ぬよりほかに、どうしてもないので御座いましょうか。

私達が、神様の足発《あしだい》と呼んでいる、あの高い崖の上に私がたった一人で登って、いつも二、三匹のフカが遊び泳いでいる、あの底なしの淵の中を、のぞいてみた事は、今までに何度あったかわかりませぬ。そこから今にも身を投げようと思ったことも、いく度であったか知れませぬ。けれどもそのたんびに、あの憐憫なアヤ子の事を思い出しては、霊魂を滅亡《ほろぼ》す深いため息をしいしい、岩の圭角を降りて来るのでした。私が死にましたならば、あとから、きっと、アヤ子も身を投げるであろうことが、わかり切っているからでした。

×

私と、アヤ子の二人が、あのボートの上で付添いの乳母夫婦や、センチョーサンや、ウンテンシュさん達を波に浚われたまま、この小さな離れ島に漂れついてから、もう何年になりましょうか。この島は年中夏のようで、クリスマスもお正月も、よくわかりませぬが、もう十年ぐらい過《た》っているように思います。

その時に、私達が持っていたものは、一本のエンピツと、ナイフと、一冊のノートブックと、一個のムシメガネと、水を入れた三本のビール瓶と、小さな新約聖書が一冊と……それだけでした。

けれども、私達は幸福でした。

この小さな緑色に繁《しげ》茂り栄えた島の中には、稀に居る大きな蟻のほかに、私達を憂患《わずらわ》す禽獣、昆虫は一匹も居ませんでした。そうして、その時、十一歳であった私と、七ツになったばかりのアヤ子と二人のために、余るほどの豊饒な食物が、みちみちて居りました。キュウカンチョウだの、鸚鵡だの、絵でしか見たことのないゴクラク鳥だの、見たことも聞いたこともない華麗な蝶だのが居りました。おいしいヤシの実だの、パイナプルだの、バナナだの、赤と紫の大きな花だの、香気のいい草だの、または、大きい小さい鳥の卵だのが、一年中、どこかにありました。鳥や魚なぞは、棒切れでたたくと、何ほどでも取れました。

私達は、そんなものを集めて来ると、ムシメガネで、天日を枯れ草に取って、流れ木に燃やしつけて焼いて食べました。

そのうちに島の東に在る岬と磐の間から、キレイな泉が潮の引いた時だけ湧いているのを見つけましたから、その近くの砂浜の岩の間に、壊れたボートで小舎を作って、柔らかい枯れ草を集めて、アヤ子と二人で寝られるようにしました。それから小舎のすぐ横の岩の横腹を、ボートの古釘で四角に掘って、小さな倉庫みたようなものを作りました。しまいには、外衣《うわぎ》も裏衣《したぎ》も、雨や、風や、岩角に破られてしまって、二人ともホントのヤバン人のように裸体になってしまいましたが、それでも朝と晩には、キット二人で、あの神様の足発の崖に登って、聖書を読んで、お父様やお母様のためにお祈りをしました。

私達は、それから、お父様とお母様にお手紙を書いて大切なビール瓶の中の一本に入れて、シッカリと樹脂で封じて、二人で何遍も何遍も接吻をしてから海の中に投げ込みました。そのビール瓶は、この島のまわりを環る、潮の流れに連れられて、ズンズンと海中遠く出て行って、二度とこの島に帰って来ませんでした。私達はそれから、誰かが助けに来て下さる目標になるように、神様の足跫の一番高い所へ、長い棒切れを樹てて、いつも何かしら、青い木の葉を吊して置くようにしました。

私達は時々争論《いさかい》をしました。けれどもすぐに和平《なかなおり》をして、学校ゴッコや何かをするのでした。私はよくアヤ子を生徒にして、聖書の言葉や字の書き方を教えてやりました。そうして二人とも、聖書を、神様とも、お父様とも、お母様とも、先生とも思って、ムシメガネや、ビール瓶よりもズット大切にして、岩の穴の一番高い棚の上に上げて置きました。私達は、ホントに幸福で、平安でした。この島は天国のようでした。

×

かような離れ島の中の、たった二人切りの幸福の中に、恐しい悪魔が忍び込んで来ようと、どうして思われましょう。

けれども、それは、ホントウに忍び込んで来たに違いないのでした。

それは何時からとも、わかりませんが、月日の経つのにつれて、アヤ子の肉体が、奇蹟のように美しく麗沢《つややか》に育って行くのが、アリアリと私の眼に見えて来ました。ある時は花の精のようにまぶしく、又ある時は悪魔のようになやましく……そうして私はそれを見ていると、何故かわからずに思念が朦昧《くら》く、哀しくなって来るのでした。

「お兄さま……」

とアヤ子が叫びながら、何の罪穢《けが》れもない瞳を輝かして、私の肩へ飛びついて来るたんびに、私の胸が今までとはまるで違った気持でワクワクするのが、わかって来ました。そうして、その一度その一度ごとに、私の心は沈淪の患《な》難《やみ》に付されるかのように、畏懼れ、慄えるのでした。

けれども、そのうちにアヤ子の方も、いつとなく態度がかわって来ました。やはり私と同じように、今までとはまるで違った……もっともっとなつかしい、涙にうるんだ眼で私を見るようになりました。そうして、それにつれて何となく私の身体に触るのが恥かしいような、悲しいような気持ちがするらしく見えて来ました。

二人はちっとも争論をしなくなりました。その代り、何となし憂容《うれいがお》をして、時々ソッと嘆息をするようになりました。それは二人切りでこの離れ島にいるのが、何ともいいようのないくらい、なやましく、嬉しく、淋しくなって来たからでした。それればかりでなく、お互いに顔を見合っているうちに、眼の前が見る見る死陰のように暗くなって来ます。そうして神様のお啓示か、悪魔の戯弄かわからないままに、ドキンと、胸が轟くと一緒にハット吾に帰るような事が、一日のうちに何度となくあるようになりました。

二人は互いに、こうした二人の心をハッキリと知り合っていながら、神様の責罰を恐れて、口に出し得ずに居るのでした。万一《もし》、そんなことをし出かしたアトで、救いの舟が来たらどうしよう……という心配に打たれていることが、何にもいわないまんまに、二人同士の心によくわかっているのでした。

けれども、ある静かに晴れ渡った午後の事、ウミガメの卵を焼いて食べたあとで、二人が砂原に足を投げ出して、はるかの海の上を辷《すべ》って行く白い雲を見つめているうちにアヤ子はフイと、こんなことをいい出しました。

「ネエ。お兄様。あたし達二人のうち一人が、もし病気になって死んだら、あとは、どうしたらいいでしょうネエ」

そういううちにアヤ子は、面を真赤にしてうつむきまして、涙をホロホロと焼け砂の上に落しながら、何ともいえない悲しい笑い顔をして見せました。

×

その時に私が、どんな顔をしたか、私は知りませぬ。ただ死ぬ程息苦しくなって、張り裂けるほど胸が轟いて、唖のように何の返事もし得ないまま立ち上りますと、ソロソロとアヤ子から離れて行きました。そうしてあの神様の足凳の上に来て、頭を掻き拶《むし》り掻き拶りひれ伏しました。

「ああ。天にまします神様よ。アヤ子は何も知りませぬ。ですから、あんな事を私にいったのです。どうぞ、あの処女を罰しないで下さい。そうして、いつまでもいつまでも清浄にお守り下さいませ。そうして私も……。ああ。けれども……けれども……ああ。神様よ。私はどうしたら、いいのでしょう。どうしたらこの患難《なやみ》から救われるのでしょう。私が生きて居りますのは、アヤ子のためにこの上もない罪悪《つみ》です。けれども私が死にましたならば、尚更深い、悲しみと、苦しみをアヤ子に与えることになります。ああ、どうしたらいいでしょう私は……。

おお、神様よ……。

私の髪毛は砂にまみれ、私の腹は岩に押しつけられて居ります。もし私の死にたいお願いが聖意《みこころ》にかないましたならば、ただ今すぐに私の生命を、燃ゆる閃電《いなづま》にお付し下さいませ。ああ、隠微《かくれ》たるに鑒給う神様よ。どうぞどうぞ聖名を崇めさせ給え。み体徴《しるし》を地上にあらわし給え……」

けれども神様は、何のお示しもなさいませんでした。藍色の空には、白く光る雲が、糸のように流れているばかり……崖の下には、真青く、真白く渦巻きどよめく波の間を、遊び戯れているフカの尻尾やヒレが、時々ヒラヒラと見えているだけです。

その青澄んだ、底無しの深淵を、いつまでもいつまでも見つめているうちに、私の目は、いつになくグルグルと、眩暈《くる》めき始めました。思わずヨロヨロとよろめいて、漂い砕ける波の泡の中に落ち込みそうになりましたが、やっとの思いで崖の端に踏み止まりました。……と思う間もなく私は崖の上の一番高い処まで一跳びに引き返しました。その絶頂に立って居りました棒切れと、その尖端に結びつけてあるヤシの枯れ葉を、一思いに引きたおして、眼の下はるかの淵に投げ込んでしまいました。

「もう大丈夫だ。こうして置けば、救いの船が来ても通り過ぎて行くだろう」

こう考えて、何かしらゲラゲラと嘲り笑いながら、残狼のように崖を駈け降りて、小舎の中へ馳け込みますと、詩篇の処を開いてあった聖書を取り上げて、ウミガメの卵を焼いた火の残りの上に載せ、上から枯れ草を投げかけて焔を吹き立てました。そうして声のある限り、アヤ子の名を呼びながら、砂浜の方へ馳け出して、そこいらを見まわしました……が……。

見るとアヤ子は、はるかに海の中に突き出ている岬の大磐の上に跪いて、大空を仰ぎながらお祈りをしているようです。

×

私は二足、三足うしろへ、よろめきました。荒浪に取り巻かれた紫色の大磐の上に、夕日を受けて血のように輝いている処女の背中の神々しさ……。

ズンズンと潮が高まって来て、膝の下の海藻を洗い漂わしているのも気づかずに、黄金色の滝浪を浴びながら一心に祈っている、その姿の崇高さ……まぶしさ……。

私は身体を石のように固ばらせながら、暫くの間、ボンヤリと眼をみはって居りました。けれども、そのうちにフイッと、そうしているアヤ子の決心がわかりますと、私はハッとして飛び上りました。夢中になって馳け出して、貝殻ばかりの岩の上を、傷だらけになって辷りながら、岬の大磐の上に這い上りました。キチガイのように暴れ狂い、哭き喚ぶアヤ子を、両腕にシッカリと抱えて身体中血だらけになって、やっとの思いで、小舎の処へ帰って来ました。

けれども私達の小舎は、もうそこにはありませんでした。聖書や枯草と一緒に、白い煙となって、青空のはるか向うに消え失せてしまっているのでした。

×

それから後の私達二人は、肉体も霊魂も、ホントウの幽暗に逐い出されて、夜となく昼となく哀哭み、切歯しなければならなくなりました。そうしてお互いに相抱き、慰さめ、励まし、祈り悲しみ合うことはおろか、同じ処に寝る事さえも出来ない気もちになってしまったのでした。

それは、おおかた、私が聖書を焼いた罰なのでしょう。

夜になると星の光りや、浪の音や、虫の声や、風の葉ずれや、木の実の落ちる音が、一ツ一ツに聖書の言葉を囁きながら、私達二人を取り巻いて、一歩一歩と近づいて来るように思われるのでした。そうして、身動き一つ出来ず、微睡《まどろ》むことも出来ないままに、離れ離れになって悶えている私達二人の心を、窺視《うかがい》に来るかのように物怖ろしいのでした。

こうして長い長い夜が明けますと、今度は同じように長い長い昼が来ます。そうするとこの島の中に照る太陽も、唄う鸚鵡も、舞う極楽鳥も、玉虫も、蛾も、ヤシも、パイナプルも、花の色も、草の芳香も、海も、雲も、風も、虹も、みんなアヤ子の、まぶしい姿や、息苦しい肌の香とゴッチャになって、グルグルグルグルと渦巻き輝やきながら、四方八方から私を包み殺そうとして、襲いかかって来るように思われるのです。その中から、私とおんなじ苦しみに囚われているアヤ子の、なやましい瞳が、神様のような悲しみと悪魔のようなホホエミを別々に籠めて、いつまでもいつまでも私を、ジィッと見つめているのです。

×

鉛筆がなくなりかけていますから、もうあまり長く書かれません。

私はこれだけの虐遇と迫害に会いながら、なおも神様の禁責を恐れている私達のまごころをこの瓶に封じこめて、海に投げ込もうと思っているのです。

明日にも悪魔の誘惑に負けるような事がありませぬうちに……。せめて二人の肉体だけでも清浄で居りますうちに……。

ああ神様……私達二人は、こんな苛責に会いながら、病気一つせずに、日に増し丸々と肥って、康強に、美しく育って行くのです。この島の清らかな風と、水と、豊穣な食物と、美しい、楽しい、花と鳥とに護られて……。

ああ。何という恐しい責め苦でしょう。この美しい、美しい島はもうスッカリ地獄です。

神様。神様。

あなたはなぜ私達二人を、一思いに虐殺して下さらないのですか……。


——太郎記す……

◇第三の瓶の内容

オ父サマ、オ母サマ。ボクタチ兄ダイハ、ナカヨク、タッシャニコノシマニ、クラシテイマス。ハヤク、タスケニ、キテクダサイ。

市川太郎
イチカワアヤコ

○テキスト　初出は「猟奇」第一巻五号、一九二八（昭3）年十月号。『日本探偵小説全集　第十一篇　夢野久作』（改造社、昭4・12）、日本小説文庫『瓶詰地獄』（春陽堂、昭8・5）、『日本探偵小説全集第四巻　夢野久作集』（創元推理文庫、昭59・11）、『夢野久作全集』第八巻（ちくま文庫、平4・1）に収録。テキストには『夢野久作全集』第一巻（三一書房、昭44・6）所収の本文を収録した。

○解説　夢野久作は地獄が好きである。語る＝騙ることの過剰性と狂気を描いた「キチガイ地獄」（「改造」昭7・11）、少女たちが自殺に至る悲劇を描いた連作『少女地獄』（黒白書房、昭11・3）など、地獄をタイトルに用いた作品が他にもある。さらに、久作が一番最初に読んだ探偵小説は、黒岩涙香の「活地獄《いきじごく》」であったという（「涙香・ポー・それから」）。

　それでは久作は本編において、どのような地獄を描いたのであろうか。兄の市川太郎と妹のアヤ子がそれぞれ十一歳、七歳の時に漂流して以来、二人は幸福な時を過ごすのであるが、成長するにつれて二人は恋をし、結ばれる。神話の時代から、近親相姦は人間の無意識の夢として繰り返しテーマ化されてきた。この人類のタブーを物語の主人公たちは破ることで、共同体を活性化する。創世神話の多くが兄妹の近親相姦を語るのはそのためである。例えば、東南アジア各地には、洪水の後に兄妹だけが生き残り、近親相姦によって多くの子孫をもうけることで、その部族が始まったという伝承がたくさんある。だが、本編は神話とは異なり、あたかも瓶詰のように兄妹は二人だけの閉じられた世界で完結し、小説的手法が駆使されている。

　「瓶詰の地獄」は、海洋研究所宛の手紙と漂着した三つの瓶に封じ込まれていた三通の手紙だけで構成されている。久作が影響を受けたE・A・ポーの「壜のなかの手記」（1833）などからヒントを得たと思われる。そして久作は、「押絵の奇蹟」（「新青年」昭4・1）、「氷の涯」（「新青年」昭8・2）などでも好んでこのような一人称による手紙形式を採用している。聖書を信じる兄は、「罪」「懺悔」「罰」といった言葉からも分かるように、手紙によって自らの罪を告白する。手紙とは、自己暴露の方法として選ばれている。だが兄が暴露した兄妹相姦は、本当に罪であり、二人は救済を願ったのだろうか。兄妹幻想をより美しくするためだけに、聖書を利用し、罪が強調されているだけなのではないのか。タブーは破られるから美しい。

　その三通の手紙は、直線的な時間の経過とは逆に配列されている。だからあたかも兄妹が次第に幼児化・退行していくかのような印象を与える。第一の手紙の身投げ心中を予告する自己処罰的な罪意識から、第二の兄の妹への許されぬ恋慕の情、そして第三のたどたどしい幼い手紙へと逆行していく。兄妹の近親相姦幻想は地獄からあの漂流した美しい南島の楽園へと変貌していく。性差未分のユートピアへ。

しかし、最後に二人は、「シッカリと抱き合ったまま、深い淵の中に身を投げて死」ぬことを決意する。初期の童話「ルルとミミ」（「九州日報」大15・3・16〜4・1）では、妹は臍の緒を連想させる花の鎖をつたって湖の底に向い、兄を捜し求める。再会し陸に上がったものの、兄は母の面影のある女王様を求めて、再び湖の底へと沈んでいき、妹もまた兄を求めて湖に身を投げる。そして湖には、兄と抱きあった少女の亡きがらが浮かぶ。両作品とも、水は兄妹を死へと導くと同時に、母胎の羊水のように二人を包み込む。あたかも時間のない頃の胎児へと回帰していくかのようである。さらに、本作品の場合、結末から発端へと逆行する円環構造自体が、子宮の隠喩ともなっている。

ところで、手紙の入った瓶は、「三個とも封瓶のまま」海洋研究所に届けられたはずなのに、なぜ救助の船が二人のいる無人島に差し向けられたのか。最初に書かれた手紙の瓶がまず漂着し、それによって救出船が来たのでないならば、最後の手紙の「お父さまや、お母さまたちはきっと、私達が一番はじめに出した、ビール瓶の手紙を御覧になって、助けに来て下すったに違いありませぬ。」という記述と矛盾してしまう。由良君美は、その点に関して、兄妹が目にした救助の船は二人の「脳髄の地獄」に映じた幻影であったと指摘している。

兄が小舎も聖書も焼き払い、「白い煙となって、青空のはるか向うに消え失せて」しまったように、二人のいた南島もまた幻影なのかもしれない。とすれば、やはり二人のユートピアは、瓶詰の手紙のなかにこそあったのだ。この手紙が読まれる頃には、二人はもはやこの世界には存在しない。不在の存在証明のように、手紙だけが残される。そのような形によってのみ、神話的世界に接続された異界は示唆され続ける。

瓶詰の手紙の内容は、地獄というよりも、兄妹の甘美な一つの夢のようなものであった。しかしこのような美しい兄妹幻想は、『ドグラ・マグラ』（松柏館書店、昭10・1）においては、まさに地獄の様相を呈し、胎児の夢は、おどろおどろしい先祖の狂気の歴史を刻むことになる。久作にとって地獄としての異界は、究極的には脳という人間の内部にこそあったのである。

（押野武志）

○参考文献　大下宇陀児「美しい久作の夢・「瓶詰地獄」解説」（「宝石」昭29・4。西原和海編『夢野久作の世界』平河出版社、昭和50・12に収録）。曾根忠穂「狂った美学――「瓶詰地獄」論」（「みすてりい」第4号、昭和39・10。『夢野久作の世界』に収録）。澁澤龍彦「夢野久作の不思議」（『夢野久作全集』三巻月報、三一書房、昭44・8）。由良君美「自然状態と脳髄地獄・夢野久作ノオト」（「現代詩手帖」昭45・5、『夢野久作の世界』に収録）。鎌田東二「夢野久作・地獄の季節」（「ユリイカ」昭64・1）。

押絵と旅する男

江戸川乱歩

この話が私の夢か私の一時的狂気の幻でなかったなら、あの押絵と旅をしていた男こそ狂人であったに違いない。だが、夢が時として、どこかこの世界と喰いちがった別の世界をチラリとのぞかせてくれるように、また、狂人が、われわれのまったく感じえぬものごとを見たり聞いたりすると同じに、これは私が、不可思議な大気のレンズ仕掛けを通して、一刹那、この世の視野のそとにある別の世界の一隅を、ふと隙見したのであったかもしれない。

いつともしれぬ、ある暖かい薄曇った日のことである。それは、わざわざ魚津へ蜃気楼を見に出掛けた帰り途であった。私がこの話をすると、お前は魚津なんかへ行ったことはないじゃないかと、親しい友だちに突っ込まれることがある。そういわれてみると、私はいつの幾日に魚津へ行ったのだと、ハッキリ証拠を示すことができぬ。それではやっぱり夢であったのか。だが私はかつて、あのように濃厚な色彩を持った夢を見たことがない。夢の中の景色は、白黒の映画と同じに、まったく色彩をともなわぬものであるのに、あの折の汽車の中の景色だけは、それもあの毒々しい押絵の画面が中心になって、紫と臙脂《えんじ》の勝った色彩で、まるで蛇の眼のように、生々しく私の記憶に焼きついている。着色映画の夢というものがあるのであろうか。

私はその時、生れてはじめて蜃気楼というものを見た。蛤の息の中に美しい竜宮城の浮かんでいる、あの古風な絵を想像していた私は、本ものの蜃気楼を見て、膏汗のにじむような、恐怖に近い驚きにうたれた。

魚津の浜の松並木に、豆粒のような人間がウジャウジャと集まって、息を殺して、眼界いっぱいの大空と海面とをながめていた。私はあんな静かな、啞のようにだまっている海を見たことがない。日本海は荒海と思いこんでいた私には、それもひどく意外であった。その海は、灰色で、まったく小波ひとつなく、無限の彼方にまでうちつづく沼かと思われた。そして、太平洋の海のように、水平線はなくて、海と空とは、同じ灰色に溶け合い、厚さの知れぬ靄におおいつくされた感じであった。空だとばかり思っていた上部の靄の中を、案外にもそこが海面であって、フワフワと幽霊のような大きな白帆がすべって行ったりした。

蜃気楼とは、乳色のフィルムの表面に墨汁をたらして、それが自然にジワジワとにじんで行くのを、途方もなく巨大な映画にして、大空にうつし出したようなものであった。

はるかな能登半島の森林が、喰いちがった大気の変形レンズを通して、すぐ眼の前の大空に、焦点のよく合わぬ顕微鏡の下の黒い虫みたいに、曖昧に、しかもばかばかしく拡大されて、見る者の頭上におしかぶさってくるのであった。それは、妙な形の黒雲と似ていたけれど、黒雲なればその所在がハッキリわかっているのに反し、蜃気楼は不思議にも、それと見る者との距離が非常に曖昧なのだ。遠くの海上にただよう大入道のようでもあり、ともすれば、眼前一尺にせまる異形の靄かと見え、はては、見る者の角膜の表面にポッツリと浮かんだ、一点の曇りのようにさえ感じられた。この距離の曖昧さが、蜃気楼に想像以上の無気味な気違いめいた感じを与えるのだ。

曖昧な形の、まっ黒な巨大な三角形が、塔のように積み重なって行ったり、またたく間にくずれたり、横に延びて長い汽車のように走ったり、それがいくつかにくずれ、立ち並ぶアラビヤ杉の梢と見えたり、じっと動かぬようでいながら、いつとはなく、まったく違った形に化けて行った。

蜃気楼の魔力が、人間を気ちがいにするものであったなら、おそらく私は、少なくとも帰り途の汽車の中までは、その魔力を逃れることができなかったであろう。二時間の余も立ちつくして、大空の妖異をながめていた私は、その夕がた魚津をたって、汽車の中に一夜を過ごすまで、まったく日常と異った気持でいたことは確かである。もしかしたら、それは通り魔のように、人間の心をかすめおかすところの、一時的狂気のたぐいでもあったのであろうか。

魚津の駅から上野への汽車に乗ったのは、夕がたの六時頃であった。不思議な偶然であろうか、あの辺の汽車はいつでもそうなのか、私の乗った二等車（注、当時は三等まであった）は、教会堂のようにガランとしていて、私のほかにたった一人の先客が、向こうの隅のクッションにうずくまっているばかりであった。

汽車は淋しい海岸の、けわしい崖や砂浜の上を、単調な機械の音を響かせて、はてしもなく走っている。沼のような海上の靄の奥深く、黒血の色の夕焼が、ボンヤリと漂っていた。異様に大きく見える白帆が、その中を、夢のようにすべっていた。少しも風のない、むしむしする日であったから、ところどころひらかれた汽車の窓から、進行につれて忍び込むそよ風も、幽霊のように尻切れとんぼであった。たくさんの短かいトンネルと雪除けの柱の列が、広漠たる灰色の空と海とを、縞目に区切って通り過ぎた。

親不知の断崖を通過するころ、車内の電燈と空の明かるさとが同じに感じられたほど、夕闇がせまってきた。ちょうどその時分、向こうの隅のたった一人の同乗者が、突然立ち上がって、クッションの上に大きな黒繻子の風呂敷をひろげ、窓に立てかけてあった、二尺に三尺ほどの扁平な荷物を、その中へ包みはじめた。それが私になんとやら奇妙な感じを与えたのである。

その扁平なものは多分絵の額《がく》に違いないのだが、それの表側の方を、何か特別の意味でもあるらしく、窓ガラスに向けて立てかけてあった。いちど風呂敷に包んであったものをわざわざ取り出して、そんなふうにそとに向けて立てかけたものとしか考えられなかった。それに、彼が再び包む時にチラと見たところによると、額の表面にえがかれた極彩色の絵が、妙になまなましく、なんとなく世の常ならず見えたことであった。

私はあらためて、この変てこな荷物の持ち主を観察した。そして、持ち主その人が、荷物の異様さにもまして、一段と異様であったことに驚かされた。

彼は非常に古風な、われわれの父親の若い時分の色あせた写真でしか見ることのできないような、襟の狭い、肩のすぼけた、黒の背広服を着ていたが、しかしそれが、背が高くて足の長い彼に、妙にシックリ似合って、はなはだ意気にさえ見えたのである。顔は細面で、両眼が少しギラギラしすぎていたほかは、一体によく整っていて、スマートな感じであった。そして、きれいに分けた頭髪が、豊かに黒々と光っているので、一見四十前後であったが、よく注意してみると、顔じゅうにおびただしい皺があって、ひと飛びに六十ぐらいにも見えぬことはなかった。その黒々とした頭髪と、色白の顔面を縦横にきざんだ皺との対照が、はじめてそれに気づいた時、私をハッとさせたほども、非常に無気味な感じを与えた。

彼は丁寧に荷物を包み終ると、ひょいと私の方に顔を向けたが、ちょうど私の方でも熱心に相手の動作をながめていた時であったから、二人の視線がガッチリとぶっつかってしまった。すると、彼は何か恥かしそうに唇の隅を曲げて、かすかに笑ってみせるのであった。私も思わず首を動かして挨拶を返した。

それから、小駅を二、三通過するあいだ、私たちはお互の隅にすわったまま、遠くから、時々視線をまじえては、気まずくそっぽを向くことを繰り返していた。そとはすっかり暗やみになっていた。窓ガラスに顔を押しつけてのぞいて見ても、時たま沖の漁船の舷燈が遠くポッツリと浮かんでいるほかには、まったくなんの光もなかった。はてしのない暗やみの中に、私たちの細長い車室だけが、たったひとつの世界のように、いつまでもいつまでも、ガタンガタンと動いて行った。ほの暗い車室の中に、私たち二人だけを取り残して、全世界が、あらゆる生き物が、跡方もなく消えうせてしまった感じであった。私たちの二等車には、どの駅からも一人の乗客もなかったし、列車ボーイや車掌も一度も姿を見せなかった。そういうことも今になって考えてみると、はなはだ奇怪に感じられるのである。

私は、四十歳にも六十歳にも見える、西洋の魔術師のような風采のその男が、だんだんこわくなってきた。こわさというものは、ほかにまぎれる事柄のない場合には、無限に大きく、からだじゅういっぱいにひろがって行くものである。私はついには、産毛《うぶげ》の先までもこわさにみちて、たまらなくなって、突然立ち上がると、向こうの隅のその男の方へツカツカと歩いて行った。その男がいとわしく、恐ろしければこそ、私はその男に近づいて行ったのであった。私は彼と向き合ったクッションへ、そっと腰をおろし、近寄ればいっそう異様に見える彼の皺だらけの白い顔を、私自身が妖怪でもあるような一種不可思議な顛倒した気持で、眼を細め息を殺して、じっと覗きこんだものである。

男は、私が自分の席を立った時から、ずっと眼で私を迎えるようにしていたが、そうして私が彼の顔をのぞきこむと、待ち受けていたように、顎でかたわらの例の扁平な荷物を指し示し、なんの前おきもなく、さもそれが当然の挨拶でもあるように、

「これでございますか」

といった。その口調が、あまりあたりまえであったので、私はかえってギョッとしたほどであった。

「これがごらんになりたいのでございましょう」

私がだまっているので、彼はもう一度同じことを繰り返した。

「見せてくださいますか」

私は相手の調子に引き込まれて、つい変なことをいってしまった。私は決してその荷物を見たいために席を立ったわけではなかったのだけれど。

「喜んでお見せいたしますよ。わたくしは、さっきから考えていたのでございます。あなたはきっとこれを見にお出でなさるだろうとね」

男は——むしろ老人といった方がふさわしいのだが——そう言いながら、長い指で、器用に大風呂敷をほどいて、その額《がく》みたいなものを、今度は表を向けて、窓のところへ立てかけたのである。

私は一と眼チラッとその表面を見ると、思わず眼をとじた。なぜであったか、その理由は今でもわからないのだが、なんとなくそうしなければならぬ感じがして、数秒のあいだ眼をふさいでいた。再び眼をひらいた時、私の前に、かつて見たことのないような、奇妙なものがあった。といって、私はその「奇妙」な点をハッキリと説明する言葉を持たぬのだが。

額《がく》には、歌舞伎芝居の御殿の背景みたいに、いくつもの部屋を打ち抜いて、極度の遠近法で、青畳と格天井がはるか向こうの方までつづいているような光景が、藍を主とした泥絵具で毒々しく塗りつけてあった。左手の前方には、墨黒々と不細工な書院風の窓が描かれ、おなじ色の文机が、その前に角度を無視した描き方で据えてあった。それらの背景は、あの絵馬札の絵の独特な画風に似ていたといえば、いちばんよくわかるであろうか。

その背景の中に、一尺ぐらいの背丈の二人の人物が浮き出していた。浮き出していたというのは、その人物だけが、押絵細工でできていたからである。黒ビロードの古風な洋服を着た白髪の老人が、窮屈そうにすわっていると（不思議なことには、その容貌が髪の白いのをのぞくと、額《がく》の持ち主の老人にそのままなばかりか、着ている洋服の仕立方までそっくりであった）、緋鹿の子の振袖に黒繻子の帯のうつりのよい、十七、八の水のたれるような結い綿の美少女が、なんともいえぬ嬌羞を含んで、その老人の洋服の膝にしなだれかかっている、いわば芝居の濡れ場に類する画面であった。

洋服の老人と色娘の対照が、はなはだ異様であったことはいうまでもないが、だが、私が「奇妙」に感じたというのはそのことではない。

背景の粗雑に引きかえて、押絵の細工の精巧なことは驚くばかりであった。顔の部分は、白絹に凹凸を作って、こまかい皺までひとつひとつ現わしてあったし、娘の髪は、ほんとうの毛髪を一本々々植えつけて、人間の髪を結うように結ってあり、老人の頭は、これも多分本ものの白髪を、丹念に植えたものに違いなかった。洋服には正しい縫い目があり、適当な場所に粟粒ほどのボタンまでつけてあるし、娘の乳のふくらみといい、腿のあたりのなまめいた曲線といい、こぼれた緋縮緬、チラと見える肌の色。指には貝殻のような爪が生えていた。虫目がねでのぞいてみたら、毛穴や産毛まで、ちゃんとこしらえてあるのではないかと思われたほどである。

私は押絵といえば、羽子板の役者の似顔細工しか見たことがなかったが、そして、羽子板の細工にはずいぶん精巧なものもあるのだけれど、この押絵は、そんなものとはまるで比較にならぬほど、巧緻をきわめていたのである。おそらくその道の名人の手になったものであろうが。だが、それが私のいわゆる「奇妙」な点ではなかった。

額《がく》全体がよほど古いものらしく、背景の泥絵具はところどころはげ落ちていたし、娘の緋鹿の子も老人のビロードも、見る影もなく色あせていたけれど、はげ落ち色あせたなりに、名状し難き毒々しさを保ち、ギラギラと、見る者の眼底に焼きつくような生気を持っていたことも、不思議といえば不思議であった。だが、私の「奇妙」という意味はそれでもない。

それは、強いていうならば、押絵の人物が二つとも生きていたことである。

文楽の人形芝居で、一日の演技のうちに、たった一度か二度、それもほんの一瞬間、名人の使っている人形が、ふと神の息吹をかけられでもしたように、ほんとうに生きていることがあるものだが、この押絵の人物は、その生きた瞬間の人形を、命の逃げ出す隙を与えず、とっさのあいだに、そのまま板にはりつけたという感じで、永遠に生きながらえているかと見えたのである。

私の表情に驚きの色を見てとったからか、老人はいともたのもしげな口調で、ほとんど叫ぶように、

「ああ、あなたはわかってくださるかもしれません」

と言いながら、肩から下げていた、黒革のケースを、丁寧に鍵でひらいて、その中から、いとも古風な双眼鏡を取り出して、それを私の方へ差し出すのであった。

「これを、この遠目がねで一度ごらんくださいませ。いえ、そこからでは近すぎます。失礼ですが、もう少しあちらの方から。さよう、ちょうどその辺がようございます」

まことに異様な頼みではあったけれど、私は限りなき好奇心のとりこになって、老人のいうがままに席を立って、額《がく》から五、六歩遠ざかった。老人は私の見やすいように、両手で額を持って、電燈にかざしてくれた。今から思うと、実に変てこな気違いめいた光景であったに違いないのである。

遠目がねというのは、おそらく三、四十年も以前の舶来品であろうか、私たちが子供の時分よく目がね屋の看板で見かけたような、異様な形のプリズム双眼鏡であったが、それが手ずれのために、黒い覆い皮がはげて、ところどころ真鍮の生地が現われているという、持ち主の洋服と同様に、いかにも古風な、ものなつかしい代物であった。

私は珍らしさに、しばらくその双眼鏡をひねくり廻していたが、やがて、それを覗くために、両手で眼の前に持って行った時である。突然、実に突然、老人が悲鳴に近い叫び声をたてたので、私は危うく目がねを取り落とすところであった。

「いけません。いけません。それはさかさですよ。さかさでのぞいてはいけません、いけません」

老人は、まっさおになって、眼をまんまるに見ひらいて、しきりに手を振っていた。双眼鏡を逆にのぞくことが、なぜそれほど大へんなのか。私は老人の異様な挙動を理解することができなかった。

「なるほど、さかさでしたっけ」

私は双眼鏡をのぞくことに気をとられていたので、この老人の不思議な表情を、さして気にもとめず、目がねを正しい方向に持ちなおすと、急いでそれを眼にあてて、押絵の人物をのぞいたのである。

焦点が合って行くに従って、二つの円形の視野が、徐々にひとつに重なり、ボンヤリとした虹のようなものが、だんだんハッキリしてくると、びっくりするほど大きな娘の胸から上が、それが全世界ででもあるように、私の眼界一杯にひろがった。

あんなふうなものの現われ方を、私は後にも先にも見たことがないので、読む人にわからせるのが難儀なのだが、それに近い感じを思い出してみると、たとえば舟の上から海にもぐった海女《あま》の、或る瞬間の姿に似ていたとでも形容すべきであろうか、海女の裸身が、底の方にある時は、青い水の層の複雑な動揺のために、そのからだがまるで海草のように、不自然にクネクネと曲がり、輪郭もぼやけて、白っぽいお化けみたいに見えているが、それが、スーッと浮き上がってくるにしたがって、水の層の青さがだんだん薄くなり、形がハッキリしてきて、ポッカリと水上に姿を現わすその瞬間、ハッと眼が覚めたように、水中の白いお化けが、たちまち人間の正体を暴露するのである。ちょうどそれと同じ感じで、押絵の娘は、双服鏡の中で私の前に姿を現わし、実物大の一人の生きた娘としてうごきはじめたのである。

十九世紀の古風なプリズム双眼鏡の玉の向こう側には、まったく私たちの思いも及ばぬ別世界があって、そこに結い綿の色娘と、古風な洋服のしらが男とが、奇怪な生活をいとなんでいる。のぞいては悪いものを、私は今、魔法使いにのぞかされているのだといったような、形容のできない変てこな気持で、しかし、私は憑かれたようにその不可思議な世界に見入ってしまった。

娘は動いていたわけではないが、その全身の感じが、肉眼で見た時とは、ガラリと変って、生気に満ち、青白い顔がやや桃色に上気し、胸は脈打ち（実際私は心臓の鼓動をさえ聞いた）肉体からは縮緬の衣裳を通して、むしむしと若い女の生気が蒸発しているように思われた。

私はひとわたり女の全身を、双眼鏡の先で舐め廻してから、その娘がしなだれかかっている仕合わせなしらが男の方へ目がねを転じた。

老人も、双眼鏡の世界で生きていたことは同じであったが、見たところ四十も違う若い女の肩に手を廻して、さも幸福そうな形でありながら、妙なことには、レンズいっぱいの大きさに写った彼の皺の多い顔が、その何百本の皺の底で、いぶかしく苦悶の相を現わしていたのである。それは、老人の顔がレンズのために眼前一尺の近さに、異様に大きくせまっていたからでもあったろうが、見つめていればいるほど、ゾッとこわくなるような、悲痛と恐怖とのまじり合った一種異様の表情であった。

それを見ると、私はうなされたような気分になって、双眼鏡をのぞいていることが、耐え難く感じられたので、思わず眼を離して、キョロキョロとあたりを見廻した。すると、それはやっぱり淋しい夜の汽車の中で、押絵の額も、それをささげた老人の姿も元のままで、窓のそとはまっ暗だし、単調な車輪の響きも、変りなく聞こえていた。悪夢からさめた気持であった。

「あなた様は、不思議そうな顔をしておいでなさいますね」

老人は、額《がく》を元の窓のところへ立てかけて、席につくと、私にもその向こう側へ坐るように、手まねをしながら、私の顔を見つめてそんなことをいった。

「私の頭が、どうかしているようです。いやに蒸しますね」

私はてれ隠しみたいな挨拶をした。すると老人は、猫背になって、顔をぐっと私の方へ近寄せ、膝の上で細長い指を、合図でもするようにヘラヘラと動かしながら、低い低いささやき声になって、

「あれらは、生きておりましたろう」

といった。そして、さも一大事を打ち明けるという調子で、いっそう猫背になって、ギラギラした眼をまん丸に見ひらいて、私の顔を穴のあくほど見つめながら、こんなことをささやくのであった。

「あなたは、あれらの、ほんとうの身の上話を聞きたいとはおぼしめしませんかね」

私は汽車の動揺と、車輪の響きのために、老人の低い、つぶやくような声を、聞き違えたのではないかと思った。

「身の上話とおっしゃいましたか」

「身の上話でございますよ」老人はやっぱり低い声で答えた。「ことに、一方の、しらがの老人の身の上話をで、ございますよ」

「若い時分からのですか」

私も、その晩は、なぜか妙に調子はずれなものの言い方をした。

「はい、あれが二十五歳の時の、お話でございますよ」

「ぜひ伺いたいものですね」

私は、普通の生きた人間の身の上話をでも催促するように、ごくなんでもないことのように、老人をうながしたのである。すると、老人は顔の皺を、さもうれしそうにゆがめて、「ああ、あなたは、やっぱり聞いてくださいますね」と言いながら、さて、次のような世にも不思議な物語をはじめたのであった。

「それはもう、生涯の大事件ですから、よく記憶しておりますが、明治二十八年四月の、兄があんなに（といって押絵の老人をゆびさし）なりましたのが、二十七日の夕方のことでございました。当時、私も兄も、まだ部屋住みで、住居は日本橋通三丁目でして、おやじは呉服商を営んでおりましたがね。なんでも浅草の十二階ができて間もなくのことでございましたよ。だもんですから、兄なんぞは、毎日のようにあの凌雲閣へ登って喜んでいたものです。と申しますのが、兄は妙に異国物《いこくもの》が好きな新しがり屋でござんしたからね。この遠目がねにしろ、やっぱりそれで、兄が外国船の船長の持ちものだったというやつを、横浜のシナ人町の、変てこな道具屋の店先で、めっけてきましてね。当時にしちゃあ、ずいぶん高いお金を払ったと申しておりましたっけ」

老人は「兄が」というたびに、まるでそこにその人がすわってでもいるように、押絵の老人の方に眼をやったり、ゆびさしたりした。老人は彼の記憶にあるほんとうの兄と、その押絵の白髪の老人とを混同して、押絵が生きて彼の話を聞いてでもいるような、すぐそばに第三者を意識したような話し方をした。だが、不思議なことに、私はそれを少しもおかしいとは感じなかった。私たちはその瞬間、自然の法則を超越して、われわれの世界とどこかでくいちがっているところの、別の世界に住んでいたらしいのである。

「あなたは、十二階へお登りなすったことがおありですか。ああ、おありなさらない。それは残念ですね。あれは一体、どこの魔法使いが建てましたものか、実に途方もない変てこれんな代物でございましたよ。表面はイタリーの技師のバルトンと申すものが設計したことになっていましたがね。まあ考えてごらんなさい。その頃の浅草公園といえば、名物がまず蜘蛛男の見世物、娘剣舞に、玉乗り、源水のコマ廻しに、のぞきからくりなどで、せいぜい変ったところが、お富士さまの作りものに、メーズといって、八陣隠れ杉の見世物ぐらいでございましたからね。そこへあなた、ニョキニョキと、まあとんでもない高い煉瓦造りの塔ができちまったんですから、驚くじゃござんせんか。高さが四十六間と申しますから、一丁に少し足りないぐらいの、べらぼうな高さで、八角型の頂上が唐人の帽子みたいにとんがっていて、ちょっと高台へ登りさえすれば、東京中どこからでも、その赤いお化けが見られたものです。

　今も申す通り明治二十八年の春、兄がこの遠目がねを手にいれて間もないころでした。兄の身に妙なことが起こって参りました。おやじなんぞ、兄め気でも違うのじゃないかって、ひどく心配しておりましたが、私もね、お察しでしょうが、ばかに兄思いでしてね、兄の変てこれんなそぶりが、心配でたまらなかったものです。どんなふうかと申しますと、兄はご飯もろくろくたべないで、家内の者とも口をきかず、家にいる時はひと間にとじこもって考えごとばかりしている。からだは痩せてしまい、顔は肺病やみのように土気色で、眼ばかりギョロギョロさせている。もっとも、ふだんから顔色のいい方じゃあござんせんでしたがね、それが一倍青ざめて、沈んでいるのですから、ほんとうに気の毒なようでした。その癖ね、そんなでいて、毎日欠かさず、まるで勤めにでも出るように、おひるっから日暮れ時分まで、フラフラとどっかへ出かけるんです。どこへ行くのかって聞いてみても、ちっとも言いません。母親が心配して、兄のふさいでいるわけを、手をかえ品をかえて尋ねても、少しも打ち明けません。そんなことが一と月ほどもつづいたのですよ。

あんまり心配だものだから、私はある日、兄はいったいどこへ出かけるのかと、ソッとあとをつけました。そうするように母親が私に頼むもんですからね。その日も、ちょうどきょうのようにどんよりした、いやな日でござんしたが、おひるすぎから、兄はそのころ自分の工夫で仕立てさせた、当時としてはとびきりハイカラな、黒ビロードの洋服を着ましてね、この遠目がねを肩から下げ、ヒョロヒョロと日本橋通りの馬車鉄道の方へ歩いて行くのです。私は兄に気どられぬように、そのあとをつけて行ったわけですよ。よござんすか。しますとね、兄は上野行きの馬車鉄道を待ち合わせて、ヒョイとそれに乗り込んでしまったのです。当今の電車と違って、次の車に乗ってあとをつけるというわけにはいきません。何しろ車台が少のうござんすからね。私は仕方がないので、母親にもらったお小遣をふんぱつして、人力車に乗りました。人力車だって、少し威勢のいい挽き子なれば、馬車鉄道を見失なわないようにあとをつけるなんぞ、わけなかったものでございますよ。

兄が馬車鉄道を降りると、私も人力車を降りて、またテクテクと跡をつける。そうして、行きついたところが、なんと浅草の観音様じゃございませんか。兄は仁王門からお堂の前を素通りして、お堂裏の見世物小屋のあいだを、人波をかき分けるようにして、さっき申し上げた十二階の前まできますと、石の門をはいって、お金を払って『凌雲閣』という額のあがった入口から、塔の中へ姿を消してしまいました。まさか兄がこんなところへ、毎日々々通っていようとは、夢にも存じませんので、私はあきれはてて、子供心にね、私はその時まだはたちにもなってませんでしたので、兄はこの十二階の化物に魅入られたんじゃないかなんて、変なことを考えたものですよ。

私は十二階へは、父親につれられて、一度登ったきりで、その後行ったことがありませんので、なんだか気味がわるいように思いましたが、兄が登って行くものですから、仕方がないので、私も一階ぐらいおくれて、あの薄暗い石の段々を登って行きました。窓も大きくございませんし、煉瓦の壁が厚うございますので、穴蔵のように冷え冷えといたしましてね。それに日清戦争の当時ですから、その頃は珍らしかった戦争の油絵が、一方の壁にずらっとかけ並べてあります。まるで狼みたいにおっそろしい顔をして、吠えながら突貫している日本兵や、剣つき鉄砲に脇腹をえぐられて、ふき出す血のりを両手で押えて、顔や唇を紫色にしてもがいているシナ兵や、ちょんぎられた弁髪の頭が風船玉のように空高く飛び上がっているところや、なんとも言えない毒々しい、血みどろの油絵が、窓からの薄暗い光線でテラテラと光っているのでございますよ。そのあいだを、陰気な石の段々が、カタツムリの殻みたいに、上へ上へと際限もなくつづいておるのでございます。

頂上は八角形の欄干だけで、壁のない、見晴らしの廊下になっていましてね、そこへたどりつくと、にわかにパッと明かるくなって、今までの薄暗い道中が長うございましただけに、びっくりしてしまいます。雲が手の届きそうな低いところにあって、見渡すと、東京中の屋根がごみみたいにゴチャゴチャしていて、品川のお台場が、盆石のように見えております。眼まいがしそうなのを我慢して、下をのぞきますと、観音様のお堂だって、ずっと低いところにありますし、小屋掛けの見世物が、おもちゃのようで、歩いている人間が、頭と足ばかりに見えるのです。

頂上には、十人あまりの見物がひとかたまりになって、おっかなそうな顔をして、ボソボソ小声でささやきながら、品川の海の方をながめておりましたが、兄はと見ると、それとは離れた場所に、一人ぼっちで、遠目がねを眼にあてて、しきりと観音様の境内を眺め廻しておりました。それをうしろから見ますと、白っぽくどんよりとした雲ばかりの中に、兄のビロードの洋服姿が、クッキリと浮き上がって、下の方のゴチャゴチャしたものが何も見えぬものですから、兄だということはわかっていましても、なんだか西洋の油絵の中の人物みたいな気持がして、神々しいようで、言葉をかけるのもはばかられたほどでございましたっけ。

でも、母のいいつけを思い出しますと、そうもしていられませんので、私は兄のうしろに近づいて『兄さん何を見ていらっしゃいます』と声をかけたのでございます。兄はビクッとして振り向きましたが、気まずい顔をして何も言いません。私は『兄さんのこの頃のご様子には、お父さんもお母さんも大へん心配していらっしゃいます。毎日毎日どこへお出掛けなさるのかと不思議に思っておりましたら、兄さんはこんなところへきていらしったのでございますね。どうかそのわけをいってくださいまし。日頃仲よしの私にだけでも打ち明けてくださいまし』と近くに人のいないのを幸いに、その塔の上で、兄をかきくどいたものですよ。

なかなか打ち明けませんでしたが、私が繰り返し繰り返し頼むものですから、兄も根負けをしたとみえまして、とうとう一ヵ月来の胸の秘密を私に話してくれました。ところが、その兄の煩悶《はんもん》の原因と申すものが、これがまた、まことに変てこれんな事柄だったのでございます。兄が申しますには、一と月ばかり前に、十二階へ登りまして、この遠目がねで観音様の境内をながめておりました時、人ごみのあいだに、チラッと、ひとりの娘の顔を見たのだそうでございます。その娘が、それはもうなんともいえない、この世のものとは思えない美しい人で、日頃女にはいっこう冷淡であった兄も、その遠目がねの中の娘だけには、ゾッと寒気がしたほども、すっかり心を乱されてしまったと申します。

そのとき兄は、ひと眼見ただけで、びっくりして、遠目がねをはずしてしまったものですから、もう一度見ようと思って、同じ見当を夢中になって探したそうですが、目がねの先が、どうしてもその娘の顔にぶっつかりません。遠目がねでは近くに見えても、実際は遠方のことですし、たくさんの人ごみの中ですから、一度見えたからといって、二度目に探し出せるときまったものではございませんからね。

それからと申すもの、兄はこの目がねの中の美しい娘が忘れられず、ごくごく内気な人でしたから、古風な恋わずらいをわずらいはじめたのでございます。今のお人はお笑いなさるかもしれませんが、そのころの人間は、まことにおっとりしたものでして、行きずりにひと眼見た女を恋して、わずらいついた男なども多かった時代でございますからね。いうまでもなく、兄はそんなご飯もろくろくたべられないような、衰えたからだを引きずって、またその娘が観音様の境内を通りかかることもあろうかと、悲しい空頼みから、毎日々々、勤めのように、十二階に登っては、目がねをのぞいていたわけでございます。恋というものは不思議なものでございますね。

兄は私に打ち明けてしまうと、また熱病やみのように目がねをのぞきはじめましたっけが、私は兄の気持にすっかり同情いたしましてね、千にひとつも望みのないむだな探しものですけれど、およしなさいと止めだてする気も起こらず、あまりのことに涙ぐんで、兄のうしろ姿をじっと眺めていたものですよ。するとその時……ああ、私は、あの妖しくも美しかった光景を、いまだに忘れることができません。三十五、六年も昔のことですけれど、こうして眼をふさぎますと、その夢のような色どりが、まざまざと浮かんでくるほどでございます。

さっきも申しました通り、兄のうしろに立っていますと、見えるものは空ばかりで、モヤモヤした、むら雲のなかに、兄のほっそりとした洋服姿が絵のように浮き上がって、むら雲の方で動いているのを、兄のからだが宙に漂うかと見誤まるばかりでございましたが、そこへ、突然花火でも打ち上げたように、白っぽい大空の中を、赤や青や紫の無数の玉が、先を争って、フワリフワリと昇って行ったのでございます。お話ししたのではわかりますまいが、ほんとうに絵のようで、また何かの前兆のようで、私はなんとも言えない妖しい気持になったものでした。なんであろうと、急いで下をのぞいてみますと、どうかしたはずみで、風船屋が粗相をして、ゴム風船を一度に空へ飛ばしたものとわかりましたが、その時分は、ゴム風船そのものが、今よりはずっと珍らしゅうござんしたから、正体がわかっても、私はまだ妙な気持がしておりましたものですよ。

妙なもので、それがきっかけになったというわけでもありますまいが、ちょうどその時、兄が非常に興奮した様子で、青白い顔をポッと赤らめ、息をはずませて、私の方へやって参り、いきなり私の手をとって『さあ行こう。早く行かぬと間に合わぬ』と申して、グングン私を引っぱるのでございます。引っぱられて、塔の段々をかけ降りながら、わけを訊ねますと、いつかの娘さんが見つかったらしいので、青畳を敷いた広い座敷にすわっていたから、これから行っても大丈夫元のところにいると申すのでございます。

兄が見当をつけた場所というのは、観音堂の裏手の、大きな松の木が目印で、そこに広い座敷があったと申すのですが、さて、二人でそこへ行って、探してみましても、松の木はちゃんとありますけれど、その近所には、家らしい家もなく、まるで狐につままれたあんばいなのですよ。兄の気の迷いだと思いましたが、しおれ返っている様子が、あんまり気の毒なものですから、気休めに、その辺の掛茶屋などを尋ね廻ってみましたけれども、そんな娘さんの影も形もありません。

探しているあいだに、兄と別かれ別かれになってしまいましたが、掛茶屋を一巡して、しばらくたって元の松の木の下へ戻って参りますとね、そこにはいろいろな露店が並んで、一軒の覗きからくり屋が、ピシャンピシャンと鞭の音を立てて、商売をしておりましたが、見ますと、その覗きの目がねを、兄が中腰になって、一所懸命のぞいていたじゃございませんか。兄さん何をしていらっしゃる、といって肩をたたきますと、ビックリして振り向きましたが、その時の兄の顔を、私はいまだに忘れることができませんよ。なんと申せばよろしいか、夢を見ているようなとでも申しますか、顔の筋がたるんでしまって、遠いところを見ている眼つきになって、私に話す声さえも、変にうつろに聞こえたのでございます。そして、『お前、私たちが探していた娘さんはこの中にいるよ』と申すのです。

そういわれたものですから、私も急いでおあしを払って、覗きの目がねをのぞいてみますと、それは八百屋お七の覗きからくりでした。ちょうど吉祥寺の書院で、お七が吉三にしなだれかかっている絵が出ておりました。忘れもしません、からくり屋の夫婦者はしわがれ声を合わせて、鞭で拍子を取りながら『膝でつっつらついて、眼で知らせ』と申す文句を歌っているところでした。ああ、あの『膝でつっつらついて、眼で知らせ』という変な節廻しが、耳についているようでございます。

のぞき絵の人物は押絵になっておりましたが、その道の名人の作であったのでしょうね。お七の顔の生き生きとしてきれいであったこと。私の眼にさえほんとうに生きているように見えたのですから、兄があんなことを申したのもまったく無理はありません。兄が申しますには『たとえこの娘さんがこしらえものの押絵だとわかっていても、私はどうもあきらめられない。悲しいことだがあきらめられない。たった一度でいい、私もあの吉三のように、押絵の中の男になって、この娘さんと話がしてみたい』と、ぼんやりとそこに突っ立ったまま、動こうともしないのでございます。考えてみますと、その覗きからくりの絵は、光線をとるために上の方があけてあるので、それがななめに十二階の頂上からも見えたものに違いありません。

その時分には、もう日が暮れかけて、人足《ひとあし》もまばらになり、覗きの前にも、二、三人のおかっぱの子供が、未練らしく立ち去りかねてウロウロしているばかりでした。昼間からどんよりと曇っていたのが、日暮れには、今にも一と雨きそうに雲が下がってきて、一そう抑えつけられるような、気でも狂うのじゃないかと思うような、いやな天候になっておりました。そして、耳の底にドロドロと太鼓の鳴っているような音が聞こえてくるのですよ。その中で、兄はじっと遠くの方を見据えて、いつまでも立ちつくしておりました。そのあいだが、たっぷり一時間はあったように思われます。

もうすっかり暮れきって、遠くの玉乗りの花ガスがチロチロと美しく輝き出した時分に、兄は、ハッと眼がさめたように、突然私の腕をつかんで『ああ、いいことを思いついた。お前、お頼みだから、この遠目がねをさかさにして、大きなガラス玉の方を眼にあてて、そこから私を見ておくれでないか』と、変なことを言い出しました。なぜですって尋ねても、『まあいいから、そうしておくれな』と申して聞かないのでございます。私はいったい目がね類をあまり好みません。遠目がねにしろ、顕微鏡にしろ、遠いところのものが眼の前にとびついてきたり、小さな虫けらが、けだものみたいに大きくなる、お化けじみた作用が薄気味わるいのですよ。で、兄の秘蔵の遠目がねも、あまりのぞいたことがなく、のぞいたことが少ないだけに、余計それが魔性の器械に思われたものです。しかも、日が暮れて人顔もさだかに見えぬ、うすら淋しい観音堂の裏で、遠目がねをさかさまにして兄をのぞくなんて、気ちがいじみてもいますれば、薄気味わるくもありましたが、兄がたって頼むものですから、仕方なく、言われた通りにしてのぞいたのですよ。さかさにのぞくのですから、二、三間むこうに立っている兄の姿が、二尺くらいに小さくなって、小さいだけに、ハッキリと薄闇の中に浮き出して見えるのです。ほかの景色は何もうつらないで、小さくなった兄の洋服姿だけが、目がねのまん中にチンと立っているのです。それが、多分兄があとじさりに歩いて行ったのでしょう、みるみる小さくなって、一尺くらいの人形みたいなかわいらしい姿になってしまいました。そして、その姿が、スーッと宙に浮いたかと見ると、アッと思う間に、闇の中へ溶け込んでしまったのでございます。

私はこわくなって（こんなことを申すと、年甲斐もないとおぼしめしましょうが、その時は、ほんとうにゾッと、こわさが身にしみたものですよ）、いきなり目がねを離して、『兄さん』と呼んで、兄の見えなくなった方へ走り出しました。どうしたわけか、探しても探しても兄の姿が見えません。時間から申しても、遠くへ行ったはずはないのに、どこを尋ねてもわかりません。なんと、あなた、こうして私の兄は、それっきりこの世から姿を消してしまったのでございますよ……それ以来というもの、私はいっそう遠目がねという魔性の器械を恐れるようになりました。ことに、このどこの国の船長ともわからぬ、異人の持ちものであった遠目がねが、特別にいやでして、ほかの目がねは知らず、この目がねだけは、どんなことがあっても、さかさに見てはならぬ、さかさにのぞけば凶事が起こると、固く信じているのでございます。あなたがさっき、これをさかさにお持ちなすった時、私があわててお止め申したわけがおわかりでございましょう。

ところが、長いあいだ探し疲れて、元の覗き屋の前へ戻って参った時でした。私はハタとあることに気がついたのです。と申すのは、兄は押絵の娘に恋こがれたあまり、魔性の遠目がねの力を借りて、自分のからだを押絵の娘と同じくらいの大きさに縮めて、ソッと押絵の世界へ忍び込んだのではあるまいかということでした。そこで、私はまだ店をかたづけないでいた覗き屋に頼みまして、吉祥寺の場を見せてもらいましたが、なんとあなた、案の定《あんじょう》、兄は押絵になって、カンテラの光の中で、吉三のかわりに、うれしそうな顔をして、お七を抱きしめていたではありませんか。

でもね、私は悲しいとは思いませんで、そうして本望を達した兄の仕合わせが、涙の出るほどうれしかったものですよ。私はその絵をどんなに高くてもよいから、必ず私に売ってくれと、覗き屋に固い約束をして（妙なことに、小姓吉三のかわりに洋服姿の兄がすわっているのを、覗き屋は少しも気がつかない様子でした）、家へ飛んで帰って、いちぶしじゅうを母に告げましたところ、父も母も、何をいうのだ、お前は気でも違ったのじゃないかと申して、なんといっても取り上げてくれません。おかしいじゃありませんか。ハハ、ハハハハハ」

老人は、そこで、さも滑稽だといわぬばかりに笑い出した。そして、変なことには、私もまた老人に同感して、いっしょになってゲラゲラと笑ったのである。

「あの人たちは、人間は押絵なんぞになるものじゃないと思いこんでいたのですよ。でも押絵になった証拠には、その後、兄の姿がふっつりと、この世から見えなくなってしまったではありませんか。それをも、あの人たちは、家出したのだなんぞと、まるで見当違いなあて推量をしているのですよ。おかしいですね。結局、私はなんといわれても構わず、母にお金をねだって、とうとうその覗き絵を手に入れ、それを持って、箱根から鎌倉の方へ旅をしました。それはね、兄に新婚旅行がさせてやりたかったからですよ。こうして汽車に乗っておりますと、その時のことを思い出してなりません。やっぱり、きょうのように、この絵を窓に立てかけて、兄や兄の恋人に、そとの景色を見せてやったのですからね。兄はどんなに仕合わせでございましたろう。娘の方でも、兄のこれほどの真心を、どうしていやに思いましょう。二人はほんとうの新婚者のように、恥かしそうに顔を赤らめ、お互の肌と肌とを触れ合って、さもむつまじく、つきぬ睦言を語り合ったものでございますよ。

その後、父は東京の商売をたたみ、富山近くの故郷に引っ込みましたので、それにつれて、私もずっとそこに住んでおりますが、あれからもう三十年の余になりますので、久々で兄にも変った東京を見せてやりたいと思いましてね、こうして兄といっしょに旅をしているわけでございますよ。

ところが、あなた、悲しいことには、娘の方は、いくら生きているとはいえ、もともと人のこしらえたものですから、年をとるということがありませんけれど、兄の方は、押絵になっても、それは無理やり姿を変えたまでで、根が寿命のある人間のことですから、私たちと同じように年をとって参ります。ごらんくださいまし、二十五歳の美少年であった兄が、もうあのようにしらがになって、顔にはみにくい皺が寄ってしまいました。兄の身にとっては、どんなに悲しいことでございましょう。相手の娘はいつまでも若くて美しいのに、自分ばかりが汚なく老い込んで行くのですもの。恐ろしいことです。兄は悲しげな顔をしております。数年以前から、いつもあんな苦しそうな顔をしております。

それを思うと、私は兄が気の毒でしようがないのでございますよ」

老人は黯然として押絵の中の老人を見やっていたが、やがて、ふと気がついたように、

「ああ、とんだ長話をいたしました。しかし、あなたはわかってくださいましたでしょうね。ほかの人たちのように、私を気ちがいだとはおっしゃいませんでしょうね。ああ、それで私も話し甲斐があったと申すものですよ。どれ兄さんたちもくたびれたでしょう。それに、あなたを前において、あんな話をしましたので、さぞかし恥かしがっておいででしょう。では、今、やすませてあげますよ」

と言いながら、押絵の額《がく》を、ソッと黒い風呂敷に包むのであった。その刹那、私の気のせいだったのか、押絵の人形たちの顔が、少しくずれて、ちょっと恥かしそうに、唇の隅で、私に挨拶の微笑を送ったように見えたのである。

老人はそれきりだまり込んでしまった。私もだまっていた。汽車はあいも変らず、ゴトンゴトンと鈍い音を立てて闇の中を走っていた。

十分ばかりそうしていると、車輪の音がのろくなって、窓のそとにチラチラと、二つ三つの燈火が見え、汽車は、どことも知れぬ山間の小駅に停車した。駅員がたった一人、ポッツリとプラットフォームに立っているのが見えた。

「ではお先へ、私はひと晩ここの親戚へ泊りますので」

老人は額の包みをかかえてヒョイと立ち上がり、そんな挨拶を残して、車のそとへ出て行ったが、窓から見ていると、細長い老人のうしろ姿は（それがなんと押絵の老人そのままの姿であったことか）簡略な柵のところで、駅員に切符を渡したかと見ると、そのまま、背後の闇の中へ溶けこむように消えていったのである。

○テキスト　初出は「新青年」一九二九（昭4）年六月。『江戸川乱歩集』（『探偵小説全集第一巻』春陽堂、昭4・6）に収録。テキストには『江戸川乱歩全集』第六巻（講談社、昭54・4）所収の本文を使用した。

○解説　本作の、たとえば人形愛については、澁澤龍彦や堀切直人はじめ多くの評家が論じている。作品を東西の幻想小説の水脈に解き放つのは、もとより読む行為を豊かにする有効な方法だが、昭和四年という発表時期に着目することも、読みを深める上で意味があろう。ホフマンの「砂男」が乱歩名義の翻訳で紹介されたのもこの年である。

「押絵と旅する男」の発表される一年前の『新青年』（昭3・6）に、渡辺温の「風船美人」が掲載されている。――上野の博覧会で上げられた軽気球に通う私は、いつも双眼鏡で下界を覗いている西洋人に好奇心を抱く。博覧会もあと一週間となった夜、西洋人がようやく打ち明けたのは、かつて一度だけ、双眼鏡の向こうに見た娘への恋心であった。閉会の日、その娘はついに見つかる。だが、興奮する男から双眼鏡を受け取った私が見たのは、呉服屋が出品したと思われる飾り付け人形だった。――共通する要素は逐次指摘するまでもあるまいが、「押絵と旅する男」の蜃気楼の恐怖に対し、「風船美人」の基調をなすのは「何もない中空で、一片の雲のように易々と、停っていられる」風船の「たあいもない」感覚である。西洋人のその後に深入りするのではなく、娘が人形であったというナンセンスをナンセンスとして楽しむために、作品は彫琢される。そこに渡辺温の真骨頂があった。と、少し長い紹介をしたのは、「押絵と旅する男」に、そのようなモダニズムに対する乱歩の態度表明という側面があるためである。

大正十二年に乱歩をデビューさせた雑誌『新青年』は、以後翻訳・創作探偵小説の主要メディアとなってゆくが、昭和に入って編集を担当した横溝正史と渡辺温は、ここにモダニズムの新風を導き入れた。それは一面で探偵小説を活性化し、時代の中に雑誌のステイタスを確立する新機軸ともなったが、探偵小説のパイオニアであった乱歩にとっては違和感を覚えさせるものでもあった。「横溝君の主張した所のモダン主義（主義ではないかも知れない）という怪物が、旧来の味の探偵小説を、誠に恥かしい立場に追い出してしまった」（「楽屋噺」昭4・7）という言葉もある。「押絵と旅する男」がことさら古めかしい世界を志向する背景に、この乱歩の疎外感を読むことは可能だろう。だが、過去を描くというだけで、作品の構築する「異界」が説明されるわけではない。

「屋根裏の散歩者」や「湖畔亭事件」、「パノラマ島奇談」など、乱歩作品はしばしば視覚トリックを扱う。「人間椅子」「盲獣」などに描かれる触覚テーマもまた、マイナスの視覚トリックと言えるだろう。「押絵と旅する男」に描かれる蜃気楼、双眼鏡、覗きからくりという三つの「レンズ」にも乱歩の嗜好が読みとれようが、問題は、それが「私」や老人にとってエロス的な恐怖の対象となっている点にある。レンズによる遠近法の撹乱は、物を見るという行為をあらためて自覚させ、それは、見ることを通して、世界を認識する行為、さらには世界と関係することそれ自体への恐怖を呼び覚ます。「人間は押絵なんぞになるものじゃないと思いこんで」いる人々は、この恐怖を知らない。老人を狂気の一語で片付ける彼らは、恐怖に裏打ちされたゲラゲラ笑いの標的となるのである。

「押絵と旅する男」には、もう一つのレンズが仕掛けられている。「私」と老人との、入れ子構造になった語りである。蜃気楼から汽車の車中まで、「私」の語りはモノクロの過去形で進められ、押絵を契機として始まる老人の語りは、原色の現在形で綴られる。これに、老人が子供の視点で語るという仕掛けが加わり、三十年以上前と思われる事件が異様な鮮やかさで蘇る。彼等の語りは、時間を歪めるレンズなのである。

乱歩が愛読し、強い影響を受けた谷崎潤一郎もこの時期、いわゆる古典回帰の時代をむかえ、意識的に語りの文体を追究している。「蘆刈」(昭7)の、語り手の男が消える夢幻能的な結末を、「押絵と旅する男」の、老人が兄と重なるかのように消えてゆく余韻に重ねる読みも誘惑的だろう。何かを見ることは他の何かを見ないことであり、何かについて語ることは他の何かを語らないことでもある。世界を均質的かつ無限に認識しようとするのが近代の志向であるとすれば、「押絵と旅する男」はレンズというまさに近代的な装置を逆用することで、時代のただなかに「異界」を出現させる試みだったと言えるだろう。

平成六年、川島透監督により映画「押絵と旅する男」が撮られた。自由なアレンジの一方、小説のテーマには正面から挑んだ作品である。レンズを扱った小説がどのようにレンズに映ったか、と考えるのも、今日の視点で作品を読む一つの方法に違いない。

(浜田雄介)

○参考文献　澁澤龍彦「乱歩文学の本質——玩具愛好とユートピア」(『江戸川乱歩全集第六巻パノラマ島奇談』講談社、昭44・5)。堀切直人「望遠鏡と人形への愛——江戸川乱歩の『押絵と旅する男』」(『公明新聞』昭55・5・29)。松山巖『乱歩と東京』(PARCO出版、昭59・10)。武田信明「眼のレッスン——江戸川乱歩『押絵と旅する男』論——」(『島大国文』平5・3)。中谷克己「『押絵と旅する男』論——江戸川乱歩の深層構造——」(『青須我波良』平5・6)。岸規子「『押絵と旅する男』——乱歩・夢のからくり」(『淵叢』平6・3)。小川直美「着色写真の夢——都市伝説としての『押絵と旅する男』」(『同志社国文学』平6・11)。長谷川達哉「『押絵と旅する男』についての覚え書き」(『国文学解釈と鑑賞』平6・12)。信時哲郎「乱歩の浅草／浅草の乱歩——『押絵と旅する男』論——」(『山手国文論攷』平8・5)。

魚服記

太宰　治

一

　本州の北端の山脈は、ぼんじゆ山脈といふのである。せいぜい三四百米ほどの丘陵が起伏してゐるのであるから、ふつうの地図には載つてゐない。むかし、このへん一帯はひろびろした海であつたさうで、義経が家来たちを連れて北へ北へと亡命して行つて、はるか蝦夷の土地へ渡らうとここを船でとほつたといふことである。そのとき、彼等の船が此の山脈へ衝突した。突きあたつた跡がいまでも残つてゐる。山脈のまんなかごろのこんもりした小山の中腹にそれがある。約一畝歩ぐらゐの赤土の崖がそれなのであつた。

　小山は馬禿山《まはげやま》と呼ばれてゐる。ふもとの村から崖を眺めるとはしつてゐる馬の姿に似てゐるからと言ふのであるが、事実は老いぼれた人の横顔に似てゐた。

　馬禿山はその山の陰の景色がいいから、いつそう此の地方で名高いのである。麓の村は戸数もわづか二三十でほんの寒村であるが、その村はづれを流れてゐる川を二里ばかりさかのぼると馬禿山の裏へ出て、そこには十丈ちかくの滝がしろく落ちてゐる。夏の末から秋にかけて山の木々が非常によく紅葉するし、そんな季節には近辺のまちから遊びに来る人たちで山もすこしにぎはふのであつた。滝の下には、ささやかな茶店さへ立つのである。

ことしの夏の終りごろ、此の滝で死んだ人がある。故意に飛び込んだのではなくて、まつたくの過失からであつた。植物の採集をしにこの滝へ来た色の白い都の学生である。このあたりには珍らしい羊歯類が多くて、そんな採集家がしばしば訪れるのだ。

滝壺は三方が高い絶壁で、西側の一面だけが狭くひらいて、そこから谷川が岩を嚙みつつ流れ出てゐた。絶壁は滝のしぶきでいつも濡れてゐた。羊歯類は此の絶壁のあちこちにも生えてゐて、滝のとどろきにしじゆうぶるぶるとそよいでゐるのであつた。

学生はこの絶壁によぢのぼつた。ひるすぎのことであつたが、初秋の日ざしはまだ絶壁の頂上に明るく残つてゐた。学生が、絶壁のなかばに到達したとき、足だまりにしてゐた頭ほどの石ころがもろくも崩れた。崖から剝ぎ取られたやうにすつと落ちた。途中で絶壁の老樹の枝にひつかかつた。枝が折れた。すさまじい音をたてて淵へたたきこまれた。

滝の附近に居合せた四五人がそれを目撃した。しかし、淵のそばの茶店にゐる十五になる女の子が一番はつきりとそれを見た。

いちど、滝壺ふかく沈められて、それから、すらつと上半身が水面から躍りあがつた。眼をつぶつて口を小さくあけてゐた。青色のシヤツのところどころが破れて、採集かばんはまだ肩にかかつてゐた。

それきりまたぐつと水底へ引きずりこまれたのである。

二

春の土用から秋の土用にかけて天気のいい日だと、馬禿山から白い煙の幾筋も昇つてゐるのが、ずゐぶん遠くからでも眺められる。この時分の山の木には精気が多くて炭をこさへるのに適してゐるから、炭を焼く人達も忙しいのである。

馬禿山には炭焼小屋が十いくつある。滝の傍にもひとつあつた。此の小屋は他の小屋と余程はなれて建てられてゐた。小屋の人がちがふ土地のものであつたからである。茶店の女の子はその小屋の娘であつて、スワといふ名前である。父親とふたりで年中そこへ寝起してゐるのであつた。

スワが十三の時、父親は滝壺のわきに丸太とよしずで小さい茶店をこしらへた。ラムネと塩せんべいと水無飴とそのほか二三種の駄菓子をそこへ並べた。

夏近くなつて山へ遊びに来る人がぽつぽつ見え初めるじぶんになると、父親は毎朝その品物を手籠へ入れて茶店迄はこんだ。スワは父親のあとからはだしでぱたぱたついて行つた。父親はすぐ炭小屋へ帰つてゆくが、スワは一人ゐのこつて店番するのであつた。遊山の人影がちらとでも見えると、やすんで行きせえ、と大声で呼びかけるのだ。父親がさう言へと申しつけたからである。しかし、スワのそんな美しい声も滝の大きな音に消されて、たいていは、客を振りかへさすことさへ出来なかつた。一日五十銭と売りあげることがなかつたのである。

黄昏時になると父親は炭小屋から、からだ中を真黒にしてスワを迎へに来た。

「なんぼ売れた。」

「なんも。」

「そだべ、そだべ。」

父親はなんでもなささうに呟きながら滝を見上げるのだ。それから二人して店の品物をまた手籠へしまひ込んで、炭小屋へひきあげる。

そんな日課が霜のおりるころまでつづくのである。

スワを茶店にひとり置いても心配はなかつた。山に生れた鬼子であるから、岩根を踏みはづしたり滝壺へ吸ひこまれたりする気づかひがないのであつた。天気が良いとスワは裸身になつて滝壺のすぐ近くまで泳いで行つた。泳ぎながらも客らしい人を見つけると、あかちやけた短い髪を元気よくかきあげてから、やすんで行きせえ、と叫んだ。

雨の日には、茶店の隅でむしろをかぶつて昼寝をした。茶店の上には樫の大木がしげつた枝をさしのべてゐていい雨よけになつた。

つまりそれまでのスワは、どうどうと落ちる滝を眺めては、こんなに沢山水が落ちてはいつかきつとなくなつて了ふにちがひない、と期待したり、滝の形はどうしてかういつも同じなのだらう、といぶかしがつたりしてゐたものであつた。

それがこのごろになつて、すこし思案ぶかくなつたのである。

滝の形はけつして同じでないといふことを見つけた。しぶきのはねる模様でも、滝の幅でも、眼まぐるしく変つてゐるのがわかつた。果ては、滝は水でない、雲なのだ、といふことも知つた。滝口から落ちると白くもくもくふくれ上る案配からでもそれと察しられた。だいいち水がこんなにまでしろくなる訳はない、と思つたのである。

スワはその日もぼんやり滝壺のかたはらに佇んでゐた。曇つた日で秋風が可成りいたくスワの赤い頬を吹きさらしてゐるのだ。

むかしのことを思ひ出してゐたのである。いつか父親がスワを抱いて炭窯の番をしながら語つてくれたが、それは、三郎と八郎といふきこりの兄弟があつて、弟の八郎が或る日、谷川でやまべといふさかなを取つて家へ持つて来たが、兄の三郎がまだ山からかへらぬうちに、其のさかなをまづ一匹焼いてたべた。食つてみるとおいしかつた。二匹三匹とたべてもやめられないで、たうとうみんな食つてしまつた。さうするとのどが乾いて乾いてたまらなくなつた。井戸の水をすつかりのんで了つて、村はづれの川端へ走つて行つて、又水をのんだ。のんでるうちに、体中へぶつぶつと鱗が吹き出た。三郎があとからかけつけた時には、八郎はおそろしい大蛇になつて川を泳いでゐた。八郎やあ、と呼ぶと、川の中から大蛇が涙をこぼして、三郎やあ、とこたへた。兄は堤の上から弟は川の中から、八郎やあ、三郎やあ、と泣き泣き呼び合つたけれど、どうする事も出来なかつたのである。

スワがこの物語を聞いた時には、あはれであはれで父親の炭の粉だらけの指を小さな口におしこんで泣いた。

スワは追憶からさめて、不審げに眼をぱちぱちさせた。滝がささやくのである。八郎やあ、三郎やあ、八郎やあ。

父親が絶壁の紅い蔦の葉を掻きわけながら出て来た。

「スワ、なんぼ売れた。」

スワは答へなかつた。しぶきにぬれてきらきら光つてゐる鼻先を強くこすつた。父親はだまつて店を片づけた。

炭小屋までの三町程の山道を、スワと父親は熊笹を踏みわけつつ歩いた。

「もう店しまふべえ。」

父親は手籠を右手から左手へ持ちかへた。ラムネの瓶がからから鳴つた。

「秋土用すぎで山さ来る奴もねえべ。」

日が暮れかけると山は風の音ばかりだつた。楢や樅の枯葉が折々みぞれのやうに二人のからだへ降りかかつた。

「お父《ど》。」

スワは父親のうしろから声をかけた。

「おめえ、なにしに生きでるば。」

父親は大きい肩をぎくつとすぼめた。スワのきびしい顔をしげしげ見てから呟いた。

「判らねぢや。」

スワは手にしてゐたすすきの葉を噛みさきながら言つた。

「くたばつた方あ、いいんだに。」

父親は平手をあげた。ぶちのめさうと思つたのである。しかし、もぢもぢと手をおろした。スワの気が立つて来たのをとうから見抜いてゐたが、それもスワがそろそろ一人前のをんなになつたからだな、と考へてそのときは堪忍してやつたのであつた。

「そだべな、そだべな。」

スワは、さういふ父親のかかりくさのない返事が馬鹿くさくて馬鹿くさくて、すすきの葉をべつべつと吐き出しつつ、

「阿呆、阿呆。」

と呶鳴つた。

三

ぼんが過ぎて茶店をたたんでからスワのいちばんいやな季節がはじまるのである。

父親はこのころから四五日置きに炭を脊負つて村へ売りに出た。人をたのめばいいのだけれど、さうすると十五銭も二十銭も取られてたいしたつひえであるから、スワひとりを残してふもとの村へおりて行くのであつた。

スワは空の青くはれた日だとその留守に蕈をさがしに出かけるのである。父親のこさへる炭は一俵で五六銭も儲けがあればいい方だつたし、とてもそれだけではくらせないから、父親はスワに蕈を取らせて村へ持つて行くことにしてゐた。

なめこといふぬらぬらした豆きのこは大変ねだんがよかつた。それは羊歯類の密生してゐる腐木へかたまつてはえてゐるのだ。スワはそんな苔を眺めるごとに、たつた一人のともだちのことを追想した。蕈のいつぱいつまつた籠の上へ青い苔をふりまいて、小屋へ持つて帰るのが好きであつた。

父親は炭でも蕈でもそれがいい値で売れると、きまつて酒くさいいきをしてかへつた。たまにはスワへも鏡のついた紙の財布やなにかを買つて来て呉れた。

凩のために朝から山があれて小屋のかけむしろがにぶくゆすられてゐた日であつた。父親は早暁から村へ下りて行つたのである。

スワは一日ぢゆう小屋へこもつてゐた。めづらしくけふは髪をゆつてみたのである。ぐるぐる巻いた髪の根へ、父親の土産の浪模様がついたたけながをむすんだ。それから焚火をうんと燃やして父親の帰るのを待つた。木々のさわぐ音にまじつてけだものの叫び声が幾度もきこえた。

日が暮れかけて来たのでひとりで夕飯を食つた。くろいめしに焼いた味噌をかてて食つた。

夜になると風がやんでしんしんと寒くなつた。こんな妙に静かな晩には山できつと不思議が起るのである。天狗の大木を伐り倒す音がめりめりと聞えたり、小屋の口あたりで、誰かのあづきをとぐ気配がさくさくと耳についたり、遠いところから山人《やまふと》の笑ひ声がはつきり響いて来たりするのであつた。

父親を待ちわびたスワは、わらぶとん着て炉ばたへ寝てしまつた。うとうと眠つてゐると、ときどきそつと入口のむしろをあけて覗き見するものがあるのだ。山人が覗いてゐるのだ、と思つて、じつと眠つたふりをしてゐた。白いもののちらちら入口の土間へ舞ひこんで来るのが燃えのこりの焚火のあかりでおぼろに見えた。初雪だ！　と夢心地ながらうきうきした。

疼痛。からだがしびれるほど重かつた。ついであのくさい呼吸を聞いた。

「阿呆。」

スワは短く叫んだ。

ものもわからず外へはしつて出た。

吹雪！　それがどつと顔をぶつた。思はずめためた坐つて了つた。みるみる髪も着物もまつしろになつた。

スワは起きあがつて肩であらく息をしながら、むしむし歩き出した。着物が烈風で揉みくちやにされてゐた。どこまでも歩いた。

滝の音がだんだんと大きく聞えて来た。ずんずん歩いた。てのひらで水洟を何度も拭つた。ほとんど足の真下で滝の音がした。

狂ひ唸る冬木立の、細いすきまから、

「おど！」

とひくく言つて飛び込んだ。

四

気がつくとあたりは薄暗いのだ。滝の轟きが幽かに感じられた。ずつと頭の上でそれを感じたのである。からだがその響きにつれてゆらゆら動いて、みうちが骨まで冷たかつた。

ははあ水の底だな、とわかると、やたらむしやうにすつきりした。さつぱりした。

ふと、両脚をのばしたら、すすと前へ音もなく進んだ。鼻がしらがあやふく岸の岩角へぶつつからうとした。

大蛇！

大蛇になつてしまつたのだと思つた。うれしいな、もう小屋へ帰れないのだ、とひとりごとを言つて口ひげを大きくうごかした。

小さな鮒であつたのである。ただ口をぱくぱくとやつて鼻さきの疣をうごめかしただけのことであつたのに。

鮒は滝壺のちかくの淵をあちこちと泳ぎまはつた。胸鰭をぴらぴらさせて水面へ浮んで来たかと思ふと、つと尾鰭をつよく振つて底深くもぐりこんだ。

水のなかの小えびを追つかけたり、岸辺の葦のしげみに隠れて見たり、岩角の苔をすすつたりして遊んでゐた。

それから鮒はじつとうごかなくなつた。時折、胸鰭をこまかくそよがせるだけである。なにか考へてゐるらしかつた。しばらくさうしてゐた。

やがてからだをくねらせながらまつすぐに滝壺へむかつて行つた。たちまち、くるくると木の葉のやうに吸ひこまれた。

○テキスト　初出は「海豹」一九三三（昭8）年三月。『晩年』（砂子屋書房、昭11・6）に収録。テキストには『太宰治全集』第一巻（筑摩書房、昭50・6）所収の本文を収録した。

○解説　冒頭における物語の舞台紹介に、既にこの作品の主調音がうかがえる。〈義経伝説〉そのままに、「小山の中腹」の「赤土の崖」を船が「突きあたつた跡」であると断言する一方で、「馬禿山」の由来を否定して別の見方を「事実」として述べる、という語り手の〈伝説〉と「事実」に対するスタンス——語り手はそのどちらかに加担する気もなく、こうした区別を意に介してもいないらしい。これは、所謂〈現実〉と〈非現実〉という二項対立の構図による世界解釈を作品が自覚的に拒否していることになりはしまいか。確かに、いかなる世界もそれぞれがある条件下のある視点で切り取られ、読み取られた世界である以上、それらは等しく同次元にあるものなのだ。それでは、人は己を取り巻く世界をいかに読み取り、それを自分にとっての世界としていくのか。

　主人公スワは唯一の肉親である父とかつては世界を共有していたが、やがて自分自身の世界を作り上げていく思春期に向かい、「思案ぶかくなつた」。但し、「瀧の形はけつして同じでない」ことを「見つけた」、或いは「瀧は水でない、雲なのだ」と「知つた」、と語られる時、問題とされているのは所謂「事実」やそれについての〈知〉ではなく、あくまでも彼女にとっての世界がそのように認識されている、ということである。既に多くの指摘にあるように、スワを取り巻く情況は極めて閉鎖的で、彼女の世界形成に関わる情報・記憶は限定されている。そして、そうであればあるほど、数少ない情報の一つ一つが本人にとって一層重い体験そのものとなる。作者が参照したとされる柳田国男『山の人生』（大15・11）に描かれた悲劇の精神的背景も恐らく似たものであっただろう。後の投身に連なる記憶としての、学生の溺死という「事実」と昔父から聞いた〈三郎八郎伝説〉の取り込まれ方がそうであって、スワはこれらの記憶を繰り返し甦らせ、「たつた一人のともだち」「瀧がささやく」というように己の世界に定着させ、水底においてこれらを結び付けていく。ここでも「事実」と〈伝説〉とは無差別とされ、それら過去の追憶によって今の己がとらえ返されるという方向づけを通してこそ、自分だけの世界形成は可能となっていく。

　冬の夜、小屋を次々と訪れたのも、彼女の中でこれまで（恐らくは父と共有した時間のうち）に醸成されてきた世界の住人達であった。そこに、まさにその形成に関わった存在が、その世界自体を崩壊させるような形で突然戻ってくる。一人の人間にとっての世界形成の過程とは決して本人の意志の自由になるようなものでなく、殆ど運命的に逃れられぬ性格のものであったのだ。新たに見せられたものが今度は己の世界に取り込みようもなく、その存立を危うくするものでしかないなら、これまでに形成されつつあった世界を性急に収束させてしまう他はない。

ところで、作者は「魚服記に就いて」（昭8・3）で上田秋成『雨月物語』中の「夢応の鯉魚」との関連を仄めかしてもいるが、より重要なのは、昭和八年三月一日付木山捷平宛書簡で述べられた創作過程であろう。ここで作者は、「三日のうちにスワの無慙な死体が村の橋杙に漂着した」という「結びの一句」を自分は削除した、それは「さうした大それた真実迄に飛躍させることが出来ないと絶望した」からだ、と述べている。「大蛇になつてしまつた」というスワの意識を実は「小さな鮒であつた」と一旦訂正してみせた語り手が、再度これを「無慙な死体」、つまり実はやはり変身などしていなかった、と告げ直すのは確かに不自然である。むろん、そのことは「無慙な死体」云々の記述と入れ替わりに「小さな鮒」云々の記述が現れたということをそれだけで意味するものではない。しかし少なくともここで言えることは、スワは変身したと思ったが実はそのようなことはなかった、という図式の代わりに、スワは「大蛇」と思っていたが実は「鮒」だった、という図式が同等の役割を果たしている、ということだ。この改変は、人としてスワの結末を見ようが、「鮒」として見ようが、それらがそれぞれに作り出された世界であることには変わりがない、という思想をよく示している。この改変を作者は「後悔」していると言うが、「死体」へと収束させる方向を「大それた真実」であるとするその言い方にはむしろ、「死体」こそ「真実」であって変身はスワの中に作り出された空想の産物に過ぎないとする考え方――即ち〈現実〉と〈非現実〉の枠組で考える世界観――への強い異和感を示す皮肉を読み取るべきだろう。

自分は普段こちら側の世界にいるが、時にはあちら側の世界へも行く、という考え方は、自律的に自分自身が己を取り巻く世界から価値を選択し、己の世界を作り出した上で、諸々の世界に対してある種の序列化を行うことが出来る、という主体への幻想と連動する。しかし、己にとっての世界がどのように形成され変容させられていくか、ということが運命と言ってもよいめぐり合わせで条件付けられ、それらが不可避なものであるなら、形成されていく世界がどのようなものになろうと、それは既に〈非現実〉とか〈現実〉とかいった枠組によって区別されるものではあり得ない。

（木村小夜）

○参考文献　東郷克美「逆行と変身――太宰治『晩年』への一視点」（「成城大学短期大学部紀要」昭48・1）。竹腰幸夫「太宰治『魚服記』論」（「常葉国文」昭52・6）。花田俊典「『魚服記』――太宰治私注・稿――」（「文学論輯」昭63・12）。安藤宏「太宰治『魚服記』」（「日本文学」平3・10）。鶴谷憲三「『魚服記』の『語り』――その様態への一つの試み――」（「日本文学研究」平5・11。『太宰治論――充溢と欠如』有精堂、平7・8、及び『日本文学研究大成　太宰治』国書刊行会、平9・10に収録）。

猫町

萩原朔太郎

散文詩風な小説《ロマン》

蠅を叩きつぶしたところで、蠅の「物そのもの」は死にはしない。単に蠅の現象をつぶしたばかりだ。——

シヨウペンハウエル。

1

旅への誘ひが、次第に私の空想《ロマン》から消えて行つた。昔はただそれの表象、汽車や、汽船や、見知らぬ他国の町々やを、イメーヂするだけでも心が躍つた。しかるに過去の経験は、旅が単なる「同一空間に於ける同一事物の移動」にすぎないことを教へてくれた。何処へ行つて見ても、同じやうな人間ばかり住んで居り、同じやうな村や町やで、同じやうな単調な生活を繰り返して居る。田舎のどこの小さな町でも、商人は店先で算盤を弾きながら、終日白つぽい往来を見て暮して居るし、官吏は役所の中で煙草を吸ひ、昼飯の菜のことなど考へながら、来る日も来る日も同じやうに、味気ない単調な日を暮しながら、次第に年老いて行く人生を眺めて居る。旅への誘ひは、私の疲労した心の影に、とある空地に生えた青桐みたいな、無限の退屈した風景を映像させ、どこでも同一性の方則が反覆してゐる、人間生活への味気ない嫌厭を感じさせるばかりになつた。私はもはや、どんな旅にも興味とロマンスを無くしてしまつた。

久しい以前から、私は私自身の独特な方法による、不思議な旅行ばかりを続けてゐた。その私の旅行といふのは、人が時空と因果の外に飛翔し得る唯一の瞬間、即ちあの夢と現実との境界線を巧みに利用し、主観の構成する自由な世界に遊ぶのである。と言つてしまへば、もはやこの上、私の秘密に就いて多く語る必要はないであらう。ただ私の場合は、用具や設備に面倒な手数がかかり、且つ日本で入手の困難な阿片の代りに、簡単な注射や服用ですむモルヒネ、コカインの類を多く用ゐたといふことだけを附記しておかう。さうした麻酔によるエクスタシイの夢の中で、私の旅行した国々のことについては、此所に詳しく述べる余裕がない。だがたいていの場合、私は蛙どもの群がつてる沼沢地方や、極地に近く、ペンギン鳥の居る沿海地方などを彷徊した。それらの夢の景色の中では、すべての色彩が鮮やかな原色をして、海も、空も、硝子のやうに透明な真青だつた。醒めての後にも、私はそのヴイジヨンを記憶して居り、しばしば現実の世界の中で、異様の錯覚を起したりした。

薬物によるかうした旅行は、だが私の健康をひどく害した。私は日々に憔悴し、血色が悪くなり、皮膚が老衰に澱んでしまつた。私は自分の養生に注意し始めた。そして運動のための散歩の途上で、或る日偶然、私の風変りな旅行癖を満足させ得る、一つの新しい方法を発見した。私は医師の指定してくれた注意によつて、毎日家から四、五十町(三十分から一時間位)の附近を散歩してゐた。その日もやはり何時も通りに、ふだんの散歩区域を歩いて居た。私の通る道筋は、いつも同じやうに決つて居た。だがその日に限つて、ふと知らない横丁を通り抜けた。そしてすつかり道をまちがへ、方角を解らなくしてしまつた。元来私は、磁石の方角を直覚する感官機能に、何かの著るしい欠陥をもつた人間である。そのため道のおぼえが悪く、少し慣れない土地へ行くと、すぐ迷児になつてしまつた。その上私には、道を歩きながら瞑想に耽る癖があつた。途中で知人に挨拶されても、少しも知らずに居る私は、時々自分の家のすぐ近所で迷児になり、人に道をきいて笑はれたりする。かつて私は、長く住んで居た家の廻りを、塀に添うて何十回もぐるぐると廻り歩いたことがあつた。方角観念の錯誤から、すぐ目の前にある門の入口が、どうしても見つからなかつたのである。家人は私が、まさしく狐に化かされたのだと言つた。狐に化かされるといふ状態は、つまり心理学者のいふ三半規管の疾病であるのだらう。なぜなら学者の説によれば、方角を知覚する特殊の機能は、耳の中にある三半規管の作用だと言ふことだから。

余事はとにかく、私は道に迷つて困惑しながら、当《あて》推量で見当をつけ、家の方へ帰らうとして道を急いだ。そして樹木の多い郊外の屋敷町を、幾度かぐるぐる廻つたあとで、ふと或る賑やかな往来へ出た。それは全く、私の知らない何所かの美しい町であつた。街路は清潔に掃除されて、鋪石がしつとりと露に濡れてゐた。どの商店も小綺麗にさつぱりして、磨いた硝子の飾窓には、様々の珍しい商品が並んでゐた。珈琲店の軒には花樹が茂り、町に日陰のある情緒を添へてゐた。四つ辻の赤いポストも美しく、煙草屋の店に居る娘さへも、杏のやうに明るくて可憐であつた。かつて私は、こんな情趣の深い町を見たことが無かつた。一体こんな町が、東京の何所にあつたのだらう。私は地理を忘れてしまつた。しかし時間の計算から、それが私の家の近所であること、徒歩で半時間位しか離れて居ないいつもの私の散歩区域、もしくはそのすぐ近い範囲にあることだけは、確実に疑ひなく解つて居た。しかもそんな近いところに、今迄少しも人に知れずに、どうしてこんな町が有つたのだらう？

私は夢を見てゐるやうな気がした。それが現実の町ではなくつて、幻燈の幕に映つた、影絵の町のやうに思はれた。だがその瞬間に、私の記憶と常識が回復した。気が付いて見れば、それは私のよく知つてる、近所の詰らない、有りふれた郊外の町なのである。いつものやうに、四ツ辻にポストが立つて、煙草屋には胃病の娘が坐つて居る。そして店々の飾窓には、いつもの流行おくれの商品が、埃つぽく欠伸をして並んで居るし、珈琲店の軒には、田舎らしく造花のアーチが飾られて居る。何もかも、すべて私が知つてる通りの、いつもの退屈な町にすぎない。一瞬間の中に、すつかり印象が変つてしまつた。そしてこの魔法のやうな不思議の変化は、単に私が道に迷つて、方位を錯覚したことにだけ原因して居る。いつも町の南はづれにあるポストが、反対の入口である北に見えた。いつもは左側にある街路の町家が、逆に右側の方へ移つてしまつた。そしてただこの変化が、すべての町を珍しく新しい物に見せたのだつた。

その時私は、未知の錯覚した町の中で、或る商店の看板を眺めて居た。その全く同じ看板の絵を、かつて何所かで見たことがあると思つた。そして記憶が回復された一瞬時に、すべての方角が逆転した。すぐ今まで、左側にあつた往来が右側になり、北に向つて歩いた自分が、南に向つて歩いて居ることを発見した。その瞬間、磁石の針がくるりと廻つて、東西南北の空間地位が、すつかり逆に変つてしまつた。同時に、すべての宇宙が変化し、現象する町の情趣が、全く別の物になつてしまつた。つまり前に見た不思議の町は、磁石を反対に裏返した、宇宙の逆空間に実在したのであつた。

この偶然の発見から、私は故意に方位を錯覚させて、しばしばこのミステリイの空間を旅行し廻つた。特にまたこの旅行は、前に述べたやうな欠陥によつて、私の目的に都合がよかつた。だが普通の健全な方角知覚を持つてる人でも、時にはやはり私と同じく、かうした特殊の空間を、経験によつて見たであらう。たとへば諸君は、夜おそく家に帰る汽車に乗つてる。始め停車場を出発した時、汽車はレールを真直に、東から西へ向つて走つて居る。だがしばらくする中に、諸君はうたた寝の夢から醒める。そして汽車の進行する方角が、いつのまにか反対になり、西から東へと、逆に走つてることに気が付いてくる。諸君の理性は、決してそんな筈がないと思ふ。しかも知覚上の事実として、汽車はたしかに反対に、諸君の目的地から遠ざかつて行く。さうした時、試みに窓から外を眺めて見給へ。いつも見慣れた途中の駅や風景やが、すつかり珍しく変つてしまつて、記憶の一片さへも浮ばないほど、全く別のちがつた世界に見えるだらう。だが最後に到着し、いつものプラツトホームに降りた時、始めて諸君は夢から醒め、現実の正しい方位を認識する。そして一旦それが解れば、始めに見た異常の景色や事物やは、何でもない平常通りの、見慣れた詰らない物に変つてしまふ。つまり一つの同じ景色を、始めに諸君は裏側から見、後には平常の習慣通り、再度正面から見たのである。このやうに一つの物が、視線の方角を換へることで、二つの別々の面を持つてること。同じ一つの現象が、その隠された「秘密の裏側」を持つてるといふことほど、メタフイヂツクの神秘を包んだ問題はない。私は昔子供の時、壁にかけた額の絵を見て、いつも熱心に考へ続けた。いつたいこの額の景色の裏側には、どんな世界が秘密に隠されて居るのだらうと。私は幾度か額をはづし、油絵の裏側を覗いたりした。そしてこの子供の疑問は、大人になつた今日でも、長く私の解きがたい謎になつてる。

次に語る一つの話も、かうした私の謎に対して、或る解答を暗示する鍵になつてる。読者にしてもし、私の不思議な物語からして、事物と現象の背後に隠れてゐるところの、或る第四次元の世界——景色の裏側の実在性——を仮想し得るとせば、この物語の一切は真実《レアール》である。だが諸君にして、もしそれを仮想し得ないとするならば、私の現実に経験した次の事実も、所詮はモルヒネ中毒に中枢を冒された一詩人の、取りとめもないデカダンスの幻覚にしか過ぎないだらう。とにかく私は、勇気を奮つて書いて見よう。ただ小説家でない私は、脚色や趣向によつて、読者を興がらせる術を知らない。私の為し得ることは、ただ自分の経験した事実だけを、報告の記事に書くだけである。

2

その頃私は、北越地方のKといふ温泉に滞留して居た。九月も末に近く、彼岸を過ぎた山の中では、もうすつかり秋の季節になつて居た。都会から来た避暑客は、既に皆帰つてしまつて、後には少しばかりの湯治客が、静かに病を養つて居るのであつた。秋の日影は次第に深く、旅館の侘しい中庭には、木々の落葉が散らばつて居た。私はフランネルの着物をきて、ひとりで裏山などを散歩しながら、所在のない日々の日課をすごして居た。

私の居る温泉地から、少しばかり離れた所に、三つの小さな町があつた、何れも町といふよりは、村といふほどの小さな部落であつたけれども、その中の一つは相当に小ぢんまりした田舎町で、一通りの日常品も売つて居るし、都会風の飲食店なども少しはあつた。温泉地からそれらの町へは、何れも直通の道路があつて、毎日定期の乗合馬車が往復して居た。特にその繁華なU町へは、小さな軽便鉄道が布設されて居た。私はしばしばその鉄道で、町へ出かけて行つて買物をしたり、時にはまた、女の居る店で酒を飲んだりした。だが私の実の楽しみは、軽便鉄道に乗ることの途中にあつた。その玩具のやうな可愛い汽車は、落葉樹の林や、谷間の見える山峡やを、うねうねと曲りながら走つて行つた。

或る日私は、軽便鉄道を途中で下車し、徒歩でU町の方へ歩いて行つた。それは見晴しの好い峠の山道を、ひとりでゆつくり歩きたかつたからであつた。道は軌道《レール》に沿ひながら、林の中の不規則な小径を通つた。所々に秋草の花が咲き、赫土の肌が光り、伐られた樹木が横たはつてゐた。私は空に浮んだ雲を見ながら、この地方の山中に伝説してゐる、古い口碑のことを考へてゐた。概して文化の程度が低く、原始民族のタブーと迷信に包まれてゐるこの地方には、実際色々な伝説や口碑があり、今でも尚多数の人々は、真面目に信じて居るのである、現に私の宿の女中や、近所の村から湯治に来て居る人たちは、一種の恐怖と嫌悪の感情とで、私に様々のことを話してくれた。彼等の語るところによれば、或る部落の住民は犬神に憑かれて居り、或る部落の住民は猫神に憑かれて居る。犬神に憑かれたものは肉ばかりを食ひ、猫神に憑かれたものは魚ばかり食つて生活して居る。

さうした特異な部落を称して、この辺の人々は「憑き村」と呼び、一切の交際を避けて忌み嫌つた。「憑き村」の人々は、年に一度、月の無い闇夜を選んで祭礼をする。その祭の様子は、彼等以外の普通の人には全く見えない。稀れに見て来た人があつても、なぜか口をつぐんで話をしない。彼等は特殊の魔力を有し、所因の解らぬ莫大の財産を隠して居る。等々。

かうした話を聞かせた後で、人々はまた追加して言つた。現にこの種の部落の一つは、つい最近まで、この温泉場の附近にあつた。今では流石に解消して、住民は何処かへ散つてしまつたけれども、おそらくやはり、何所かで秘密の集団生活を続けて居るにちがひない。その疑ひない証拠として、現に彼等のオクラ（魔神の正体）を見たといふ人があると。かうした人々の談話の中には、農民一流の頑迷さが主張づけられて居た。否でも応でも、彼等は自己の迷信的恐怖と実在性とを、私に強制しようとするのであつた。だが私は、別のちがつた興味でもつて、人々の話を面白く傾聴して居た。日本の諸国にあるこの種の部落的タブーは、おそらく風俗習慣を異にした外国の移住民や帰化人やを、先祖の氏神にもつ者の子孫であらう。或は多分、もつと確実な推測として、切支丹宗徒の隠れた集合的部落であつたのだらう。しかし宇宙の間には、人間の知らない数々の秘密がある。ホレーシオが言ふやうに、理智は何事をも知りはしない。理智はすべてを常識化し、神話に通俗の解説をする。しかも宇宙の隠れた意味は、常に通俗以上である。だからすべての哲学者は、彼等の窮理の最後に来て、いつも詩人の前に兜を脱いでる。詩人の直覚する超常識の宇宙だけが、真のメタフイヂツクの実在なのだ。

かうした思惟に耽りながら、私はひとり秋の山道を歩いてゐた。その細い山道は、径路に沿うて林の奥へ消えて行つた。目的地への道標として、私が唯一のたよりにしてゐた汽車の軌道《レール》は、もはや何所にも見えなくなつた。私は道を無くしたのだ。

「迷ひ子！」

瞑想から醒めた時に、私の心に浮んだのは、この心細い言葉であつた。私は急に不安になり、道を探さうとしてあわて出した。私は後へ引返して、逆に最初の道へ戻らうとした。そして一層地理を失ひ、多岐に別れた迷路の中へ、ぬきさしならず入つてしまつた。山は次第に深くなり、小径は荊棘の中に消えてしまつた。空しい時間が経過して行き、一人の樵夫にも逢はなかつた。私はだんだん不安になり、犬のやうに焦燥しながら、道を嗅ぎ出さうとして歩き廻つた。そして最後に、漸く人馬の足跡のはつきりついた、一つの細い山道を発見した。私はその足跡に注意しながら、次第に麓の方へ下つて行つた。どつちの麓へ降りようとも、人家のある所へ着きさへすれば、とにかく安心ができるのである。

幾時間かの後、私は麓へ到着した。そして全く、思ひがけない意外の人間世界を発見した。そこには貧しい農家の代りに、繁華な美しい町があつた。かつて私の或る知人が、シベリヤ鉄道の旅行について話したことは、あの満目荒寥たる無人の曠野を、汽車で幾日も幾日も走つた後、漸く停車した沿線の一小駅が、世にも賑はしく繁華な都会に見えるといふことだつた。私の場合の印象もまた、おそらくはそれに類した驚きだつた。麓の低い平地へかけて、無数の建築の家屋が並び、塔や高楼が日に輝やいて居た。こんな辺鄙な山の中に、こんな立派な大都会が存在しようとは、容易に信じられないほどであつた。

私は幻燈を見るやうな思ひをしながら、次第に町の方へ近付いて行つた。そして到頭、自分でその幻燈の中へ這入つて行つた。私は町の或る狭い横丁から、胎内めぐりのやうな路を通つて、繁華な大通の中央へ出た。そこで目に映じた市街の印象は、非常に特殊な珍しいものであつた。すべての軒並の商店や建築物は、美術的に変つた風情で意匠され、且つ町全体としての集合美を構成してゐた。しかもそれは意識的にしたのでなく、偶然の結果からして、年代の錆がついて出来てるのだつた。それは古雅で奥床しく、町の古い過去の歴史と、住民の長い記憶を物語つて居た。町幅は概して狭く、大通でさへも、漸く二、三間位であつた。その他の小路は、軒と軒との間にはさまれてゐて、狭く入混んだ路地になつてた。それは迷路のやうに曲折しながら、石畳のある坂を下に降りたり、二階の張り出した出窓の影で、暗く隧道《トンネル》になつた路をくぐつたりした。南国の町のやうに、所々に茂つた花樹が生え、その附近には井戸があつた。至るところに日影が深く、町全体が青樹の蔭のやうにしつとりして居た。娼家らしい家が並んで、中庭のある奥の方から、閑雅な音楽の音が聴えて来た。

大通の街路の方には、硝子窓のある洋風の家が多かつた。理髪店の軒先には、紅白の丸い棒が突き出してあり、ペンキの看板にBarbershopと書いてあつた。旅館もあるし、洗濯屋もあつた。町の四辻に写真屋があり、その気象台のやうな硝子の家屋に、秋の日の青空が侘しげに映つて居た。時計屋の店先には、眼鏡をかけた主人が坐つて、黙つて熱心に仕事をして居た。

街は人出で賑やかに雑鬧して居た。そのくせ少しも物音がなく、閑雅にひつそりと静まりかへつて、深い眠りのやうな影を曳いてた。それは歩行する人以外に、物音のする車馬の類が、一つも通行しない為であつた。だがそればかりでなく、群集そのものがまた静かであつた。男も女も、皆上品で慎み深く、典雅でおつとりとした様子をして居た。特に女は美しく、淑やかな上にコケチツシユであつた。店で買物をして居る人たちも、往来で立話をしてゐる人たちも、皆が行儀よく、諧調のとれた低い静かな声で話をして居た。それらの話や会話は、耳の聴覚で聞くよりは、何かの或る柔かい触覚で、手触りに意味を探るといふやうな趣きだつた。とりわけ女の人の声には、どこか皮膚の表面を撫でるやうな、甘美でうつとりとした魅力があつた。すべての物象と人物とが、影のやうに往来して居た。

私が始めて気付いたことは、かうした町全体のアトモスフイアが、非常に繊細な注意によつて、人為的に構成されて居ることだつた。単に建物ばかりでなく、町の気分を構成するところの全神経が、或る重要な美学的意匠にのみ集中されて居た。空気のいささかな動揺にも、対比、均斉、調和、平衡等の美的方則を破らないやう、注意が隅々まで行き渡つて居た。しかもその美的方則の構成には、非常に複雑な微分数的計算を要するので、あらゆる町の神経が、異常に緊張して戦いて居た。例へば一寸した調子はづれの高い言葉も、調和を破る為に禁じられる。道を歩く時にも、手を一つ動かす時にも、物を飲食する時にも、考へごとをする時にも、着物の柄を選ぶ時にも、常に町の空気と調和し、周囲との対比や均斉を失はないやう、デリケートな注意をせねばならない。町全体が一つの薄い玻璃で構成されてる、危険な毀れ易い建物みたいであつた、一寸したバランスを失つても、家全体が崩壊して、硝子が粉々に砕けてしまふ。それの安定を保つ為には、微妙な数理によつて組み建てられた、支柱の一つ一つが必要であり、それの対比と均斉とで、辛うじて支へて居るのであつた。しかも恐ろしいことには、それがこの町の構造されてる、真の現実的な事実であつた。一つの不注意な失策も、彼等の崩壊と死滅を意味する。町全体の神経は、そのことの危惧と恐怖で張りきつて居た。美学的に見えた町の意匠は、単なる趣味のための意匠でなく、もつと恐ろしい切実の問題を隠して居たのだ。

始めてこのことに気が付いてから、私は急に不安になり、周囲の充電した空気の中で、神経の張りきつてる苦痛を感じた。町の特殊な美しさも、静かな夢のやうな閑寂さも、却つてひつそりと気味が悪く、何かの恐ろしい秘密の中で、暗号を交してゐるやうに感じられた。何事かわからない、或る漠然とした一つの予感が、青ざめた恐怖の色で、忙がしく私の心の中を馳け廻つた。すべての感覚が解放され、物の微細な色、匂ひ、音、味、意味までが、すつかり確実に知覚された。あたりの空気には、死屍のやうな臭気が充満して、気圧が刻々に嵩まつて行つた。此所に現象してゐるものは、確かに何かの凶兆である。確かに今、何事かの非常が起る！　起るにちがひない！

町には何の変化もなかつた。往来は相変らず雑閙して、静かに音もなく、典雅な人々が歩いて居た。どこかで遠く、胡弓をこするやうな低い音が、悲しく連続して聴えて居た。それは大地震の来る一瞬前に、平常と少しも変らない町の様子を、どこかで一人が、不思議に怪しみながら見て居るやうな、おそろしい不安を内容した予感であつた。今、ちよつとしたはずみで一人が倒れる。そして構成された調和が破れ、町全体が混乱の中に陥入つてしまふ。

私は悪夢の中で夢を意識し、目ざめようとして努力しながら、必死に踠いてゐる人のやうに、おそろしい予感の中で焦燥した。空は透明に青く澄んで、充電した空気の密度は、いよいよ刻々に嵩まつて来た。建物は不安に歪んで、病気のやうに痩せ細つて来た。所々に塔のやうな物が見え出して来た。屋根も異様に細長く、瘠せた鶏の脚みたいに、へんに骨ばつて畸形に見えた。

「今だ！」

と恐怖に胸を動悸しながら、思はず私が叫んだ時、或る小さな、黒い、鼠のやうな動物が、街の真中を走つて行つた。私の眼には、それが実によくはつきりと映像された。何か知ら、そこには或る異常な、唐突な、全体の調和を破るやうな印象が感じられた。

瞬間。万象が急に静止し、底の知れない沈黙が横たはつた。何事かわからなかつた。だが次の瞬間には、何人《びと》にも想像されない、世にも奇怪な、恐ろしい異変事が現象した。見れば町の街路に充満して、猫の大集団がうようよと歩いて居るのだ。猫、猫、猫、猫、猫、猫、猫。どこを見ても猫ばかりだ。そして家々の窓口からは、髭の生えた猫の顔が、額縁の中の絵のやうにして、大きく浮き出して現れて居た。

戦慄から、私は殆んど息が止まり、正に昏倒するところであつた。これは人間の住む世界でなくて、猫ばかり住んでる町ではないのか。一体どうしたと言ふのだらう。こんな現象が信じられるものか。たしかに今、私の頭脳はどうかして居る。自分は幻影を見て居るのだ。さもなければ狂気したのだ。私自身の宇宙が、意識のバランスを失つて崩壊したのだ。

私は自分が怖くなつた。或る恐ろしい最後の破滅が、すぐ近い所まで、自分に迫つて来るのを強く感じた。戦慄が闇を走つた。だが次の瞬間、私は意識を回復した。静かに心を落付ながら、私は今一度目をひらいて、事実の真相を眺め返した。その時もはや、あの不可解な猫の姿は、私の視覚から消えてしまつた。町には何の異常もなく、窓はがらんとして口を開けてゐた。往来には何事もなく、退屈の道路が白つちやけてた。猫のやうなものの姿は、どこにも影さへ見えなかつた。そしてすつかり情態が一変してゐた。町には平凡な商家が並び、どこの田舎にも見かけるやうな、疲れた埃つぽい人たちが、白昼の乾いた街を歩いてゐた。あの蠱惑的な不思議な町はどこかまるで消えてしまつて、骨牌の裏を返したやうに、すつかり別の世界が現れてゐた。此所に現実してゐる物は、普通の平凡な田舎町。しかも私のよく知つてゐる、いつものU町の姿ではないか。そこにはいつもの理髪店が、客の来ない椅子を並べて、白昼の往来を眺めて居るし、さびれた町の左側には、売れない時計屋が欠伸をして、いつものやうに戸を閉めて居る。すべては私が知つてる通りの、いつもの通りに変化のない、田舎の単調な町である。

意識が此所まではつきりした時、私は一切のことを了解した。愚かにも私は、また例の知覚の疾病「三半規管の喪失」にかかつたのである。山で道を迷つた時から、私はもはや方位の観念を失喪して居た。私は反対の方へ降りたつもりで、逆にまたU町へ戻つて来たのだ。しかもいつも下車する停車場とは、全くちがつた方角から、町の中心へ迷ひ込んだ。そこで私はすべての印象を反対に、磁石のあべこべの地位で眺め、上下四方前後左右の逆転した、第四次元の別の宇宙（景色の裏側）を見たのであつた。つまり通俗の常識で解説すれば、私は所謂「狐に化かされた」のであつた。

3

私の物語は此所で終る。だが私の不思議な疑問は、此所から新しく始まつて来る。支那の哲人荘子は、かつて夢に胡蝶となり、醒めて自ら怪しみ言つた。夢の胡蝶が自分であるか、今の自分が自分であるかと。この一つの古い謎は、千古に亙つてだれも解けない。錯覚された宇宙は、狐に化かされた人が見るのか。理智の常識する目が見るのか。そもそも形而上の実在世界は、景色の裏側にあるのか表にあるのか。だれもまた、おそらくこの謎を解答できない。だがしかし、今も尚私の記憶に残つて居るものは、あの不可思議な人外の町。窓にも、軒にも、往来にも、猫の姿がありありと映像して居た、あの奇怪な猫町の光景である。私の生きた知覚は、既に十数年を経た今日でさへも、尚その恐ろしい印象を再現して、まざまざとすぐ眼の前に、はつきり見ることができるのである。

人は私の物語を冷笑して、詩人の病的な錯覚であり、愚にもつかない妄想の幻影だと言ふ。だが私は、たしかに猫ばかりの住んでる町、猫が人間の姿をして、街路に群集して居る町を見たのである。理窟や議論はどうにもあれ、宇宙の或る何所かで、私がそれを「見た」といふことほど、私にとつて絶対不惑の事実はない。あらゆる多くの人々の、あらゆる嘲笑の前に立つて、私は今も尚固く心に信じて居る。あの裏日本の伝説が口碑してゐる特殊な部落。猫の精霊ばかりの住んでる町が、確かに宇宙の或る何所かに、必らず実在して居るにちがひないといふことを。

○テキスト　初出は「セルパン」一九三五（昭10）年八月。単行本『猫町』（版畫荘、昭10・11）として刊。テキストには『萩原朔太郎全集』第五巻（筑摩書房、昭51・1）所収の本文を収録した。

○解説　この作品は、旅に「興味とロマンスを無くしてしまつた」詩人の「私」が、かつて〈経験〉した猫町への幻想行を「十数年を経た今日」回想する形式をとった「小説《ロマン》」である。「私」は、「汽車や、汽船や、見知らぬ他国の町々」の表象だけからでも、心が躍った経験を持つ。ここには、一九世紀以降、急速に発達した〈交通＝メディア〉の時代に生きる「私」ということと併せ、「見知らぬ国々」のイメージを伝えて、ツーリズムの流行、さらに植民地主義の拡大にも与って力あった「旅行写真」（マクシム・デュ・カンや、バートン・ホームズなど）以降の近代の知覚表象の布置も織り込まれている。また、「私」が十数年前に乗った軽便鉄道は、宮沢賢治の『銀河鉄道の夜』を連想するまでもなく、一九一〇（明43）年八月施行の「軽便鉄道法」によって、次々と各地に建設されたものであった。そして「私」が北越地方に向かったのも、一九二〇（大9）年には営業キロ程で一万キロを超えた国鉄を軸とする鉄道網の全国的展開があったからである。

「医師の指定してくれた注意」にしたがって散歩を始める「私」の、「健康」に気を配らざるを得ない心性には、大正から昭和に掛けて「急カーブで本格化」（田中聡『健康法と癒しの社会史』）し、〈科学〉の装いを有って展開した「健康ブーム」の反映を見ることもできる。また、「磁石の方角を直覚する感官機能に……欠陥をもつた」という〈科学的〉根拠を示しつつ、「（東京の）郊外の屋敷町」で「美しい町」に出会った「私」のエピソードには、一九三二（昭7）年の市域拡張によって生まれ変わった東京市郊外の迷路化にむかう〈現況〉（そのなか、「説教強盗」も登場した）ということと、生まれ育った土地を縦横に駆けめぐる幼少年期の体験を持たない新参都市住民の空間体験とが、確実に影を落としている。「私」が「感官機能に……欠陥をもつた」か否かという個体レベルの問題ではもはやなく、都市というメディア自体が、感官を麻痺させるものとして登場していたのである。（ほぼ同時期の横光利一「機械」（一九三〇）の舞台は、都市の家々の戸口に掲げるネームプレートを作る小工場であった。また、現代の地下鉄、地下道の網状組織と地上の方位との関係を想起してみてもよい）

一九二〇年代に進展を見せる黒部川開発とのつながりを都築賢一は指摘してみせたが、それのみならず、さまざまな地域への機械文明の浸透は、いわば、日本という身体が全身で、感官の麻痺の境位へ向かいつつあった兆候と見ることもできよう。その〈病兆〉を「私」の身体と意識が「猫町」として集中的に「映像」化したのである。

近代の文化装置の函数としての「私」。だが、そうしたありようから「私」は微妙に外れた位置を占めもする。方角を間違えたことを「三半規管の疾病」（北川冬彦の詩集『三半規管喪失』（一九二五）の影が見える）と捉える「私」に対し、「狐に化かされた」ものとして納得しようとする「家人」との対比を踏まえつつ、そのことが明瞭に示されたのが、「猫町」の体験なのであった。「私」が、軽便鉄道を降りて山中を歩く途中で、湯治客たちから聞いた「犬神」や「猫神」の口碑を思い出すことは、その点で示唆的である。山中を歩く「私」は、いわば伝説を生きる人間の世界に身体ごと浸っている。シェイクスピアの「ハムレット」の登場人物ホレーシオの言葉を反芻する「私」は、極めてブッキッシュとして設定されている（「旅への誘ひ」という言葉はボードレール『悪の華』の同名詩編に由来するし、「モルヒネ、コカインの類」を使う「私」の像には、ハシッシの効能に触れたボードレール『人工楽園』の投影を見ることもできる。）が、その「私」が、生身をさらしつつさ迷った挙げ句に、「非常に繊細な注意によつて、人為的に構成されて居る」「蠱惑的な不思議な町」に出会う辺りの表現は、五感の異常な興奮状態を余すところなく伝えている。

だが、この町に「猫」が出現する。「猫の大集団」は、米騒動、関東大震災などで都市に出現した群集の姿を引き継ぐ形象でありつつ、清岡卓行が述べたように、この時期以降、急速に暗い翼をひろげるファシズムにつながる形象と読むことができる。口碑の世界と都市の〈現況〉との融合。その予兆として、二度までも言及される「充電した空気」なる表現も、「私」の感覚が山中の町とシンクロする、その位相のモダニティを示している。

朔太郎の郷里前橋の近傍に「猫村」の伝承があったことを指摘しつつ、この作品は「非-幻想小説」だとする坪井秀人が「「猫町」なる〈迷宮〉への旅が意外に同時代的な位相と通時的・伝承的な位相」をもつと述べるように、「私」の幻想には歴然と時代の刻印が打たれている。

なお、既に江戸川乱歩が指摘する（「猫町」昭23、『幻影城』所収）ように、A・ブラックウッドの中編「古き魔術」との共通性も見出せるということも付記しておく。

（小関和弘）

○参考文献　清岡卓行『『猫町』私論』（文芸春秋、昭49・10）。坪井秀人「『猫町』覚書」（「名古屋近代文学研究」昭61・12。『萩原朔太郎論〈詩〉をひらく』和泉書院、平1・4に収録）。久保忠夫「『猫町』と「鏡世界」」（「東北学院大学論集」昭62・9。『萩原朔太郎論　下』塙書房、平1・6に収録）。海野弘「猫町のクロニクル」（『「猫町」の絵本』北宋社、昭54。『新文芸読本・萩原朔太郎』河出書房新社、平3・7に収録）。都築賢一「山猫と蜂巣電灯《シャンデリア》——萩原朔太郎『猫町』探訪記——」（早稲田大学「國文學研究」一二一号、平9・3）。

川

岡本かの子

かの女の耳のほとりに川が一筋流れてゐる。まだ嘘をついたことのない白歯のいろのさざ波を立てゝ、かの女の耳のほとりに一筋の川が流れてゐる。星が、白梅の花を浮かせた様に、或夜はそのさざ波に落ちるのである。月が悲しげに砕けて捲かれる。或る夜はまた、もの思はしげに青みがかつた白い小石が、薄月夜の川底にずつと姿をひそめてゐるのが覗かれる。

朝の川波は蕭条たるいろだ。一夜の眠から覚めたいろだ。冬は寒風が辛くあたる。をとめのやうにさざ波は泣く。よしきりが何処かで羽音をたてる。さざ波は耳を傾け、いくらか流れの足をゆるめたりする。猟師の筒音が聞える。この川の近くに、小鳥の居る森があるのだ。

昼は少しねむたげに、疲れて甘へた波の流れだ。水は鉛色に澄んで他愛もない川藻の流れ、手を入れゝばぬるさうだが、夕方から時雨れて来れば、しよげ返る波は、笹の葉に霰がまろぶあの淋しい音を立てる波ではあるが、たとへいつがいつでも此の川の流れの基調は、さらさらと僻まず、あせらず、凝滞せぬ素直なかの女の命の流れと共に絶えず、かの女の耳のほとりを流れてゐる。かの女の川への絶えざるあこがれ、思慕、追憶が、かの女の耳のほとりへ超現実の川の流れを絶えず一筋流してゐる。

かの女は水の浄らかな美しい河の畔でをとめとなつた女である。其の川の水源は甲斐か秩父か、地理に晦いをとめの頃のかの女は知らなかつた。たゞ水源は水晶を産し、水は白水晶や紫水晶から滲み出るものと思つて居た。春はその水晶山へ、はら〳〵と一重桜が散りかかるのを想像する。春は水嵩も豊で、雨岸に咲く一重桜の花の反映の薄べに色に淵は染んでも、瀬々の白波はます〳〵冴えて、こまかい荒波を立てゝゐる。筏乗りが青竹の棹をしごくと水しぶきが粉雪のやうに散つて、ぶん流し、ぶん流し行く筏の水路は一条の泡を吐いて走る白馬だ。筏板はその先に逃げて水と殆ど一枚板だ。筏師はあたかも水を踏んで素足でつつ走る奇術師のやうだ。そのすばしこさに似合ふやうな、似合はぬやうな山地のうすのろい唄の哀愁のメロデーを長閑に河面に響かせて筏師は行く。

　或る初夏の夕暮、をとめのかの女は、河神が来て、冴えた刃物で、自分の処女身を裂いても宜い、むしろ裂いて呉れと委せ切つた姿態を投げた――白野薔薇の花の咲き群れた河原のひと処、夕闇の底に拡がるむら花のほの白さが真珠の床のやうに冷たくかすかに光り、匂やかな露をふくんでをとめのかの女を待つてゐた。をとめのかの女は性慾を感じ始めて居た。性慾の敏感さ――凡て、執拗なもの、陰影を持つもの、堆積したもの、揺蕩するもの等がなつかしく、同時にそれ等はまたかの女に限りなく悩ましく、わづらはしかつた。かの女はをとめの身で大胆にもかの女の家の夕暮時の深窓を逃れ来て、此処の川辺の夕暮にまぎれ、河原の玲澄な野薔薇の床に横たはる。薄い毛織の初夏の着物を通す薔薇の棘の植物性の柔かい痛さが適度な刺戟となつて、をとめの白熱した肢体を刺す。寝転んで、始め鼻を当てると突き上げるやうな蕋のにほひ、それにも徐々に馴れて来る。五分、十分、かの女はまつたく馴れて来た。ひそかな噎ぶやうな激情が静まつて、呑気な放心がやつて來る。体をひねり、持つて来た薄い雑誌をむざ〳〵花床の上に敷いて片肘まげる。河の流れへ顔を向けて貝の片殻のやうに展げた掌に頬を乗せる。眺め入る河面は闇を零細に嚙む白波――河神の白歯の懐しさをかつちりかの女がをとめの胸に受け留める。をとめは河神に身を裂かれ度いのだ。あの人間が人間の体を裂き弄び喜ぶのは、重くろしく汚はしく辱かしい気がする。かの女が今しがた忍び出て来た深窓の家には、二組の夫婦と、十人あまりの子供達が堆積し、揺蕩し、かの女もそのなかの一人であることが、此頃かの女には何か陰のある辱かしさ、たつた一人の時に殊にも深く感ずる面伏せな実感である。をとめは性慾を感じ出したことによつて、却つて現実世界の男女の性慾的現象に嫌悪を抱き始めた。人の世のうつし身の男子に逢ふより先、をとめのかの女は清冽な河神の白刃にもどかしい此の身の性慾を浄く爽やかに斬られてみたいあこがれをいつごろからか持ち始めて居た。

「お嬢さま。」

男の声、直助の声だ。草土堤の遠くから律儀な若者の歩みを運ばせて来る足音。

「お嬢さま。」

今一度、呼んだら返事しよう、家の者に言ひつかつて、かの女を呼びに来たに違ひないのだ。

「お嬢さま。」

だん〱直助の声が家の者から言ひ付かつた義務的な声ではなくなり、本当に直助自身のかの女を呼ぶ熱情がこもつて来る。直助がかの女を秘かに想つて居ることを、かの女はだん〱近頃知るやうになつて居た。だが、かの女はそのことを深く考へやうとしなかつた。身辺に何か頼母しい者が自分を見守つてゐて呉れる安心に似た好意を感じてゐれば好いと思つて居た。かの女の生理的に基因するものが《ママ》、その頃のかの女は人間的な愛情や熱情がむしろ厭はしかつた。

かの女の十一の歳から足かけ六年、今年二十二になる直助は地主であるかの女の家の土地台帳整理の見習ひとして、律儀な農家の息子の身を小学校卒業後間もなく、三里離れた山里から、都会に近いかの女の家に来て、子飼ひからの雇ひ男となつたのである。直助は地味な美貌の若者だ。紺絣の書生風でない、縞の着物とも砕けて居ない。直助はいつも丹念な山里の実家の母から届けて寄越す純無地木綿の筒袖を着て居た。

直助は秘かにかの女を慕つてゐるらしかつたが、黙つて都の女学校へ通ふかの女の送り迎へをして、朝は家からの淋しい道を河の畔まで来て、夕方にまた迎へに来た。年頃の若者になつても、鼻唄一つうたふでもなく、嫌味な教会通ひの若者となりもしない、何処から得たか西行の山家集と、三木露風の詩集を持つて居た。そして八犬伝やアンデルセンの『月物語』をかの女の兄から借りて読んで居るのだつた。夜など近所の若者の仲間入りをして遊んで居たことはなかつた。野山の仕事に忙しい時期には、多くの作男と一緒になつて働きに出かけた。直助はそれでも土くさい色黒男にはならなかつた。と言つて腺病質のなま蒼い体質では勿論ないのだ。何と言はふか、漆黒の髪が少し濃過ぎる位の体質の眼の覚めるやうな色白な男女がある。あの健康な見ざめのしない色白なのだ。でも野山で手足も男らしく使ひならしてあるので、何処か新鮮な野山の匂ひも染んでゐた。

「私ね、この頃希臘の神話を読んでゐるのよ。その本の中に河神についてこんな事が書いてあるのよ。（かの女は頁を繰つて）古人の信ずるところに依れば河神は、変装の能力を備へて居り、河底あるひは水源に近き洞窟の裡に住み、その河の広狭長短に随ひ、或は童児、青年、老夫に変相、その渓を出でて蜿蜒と平原を流るゝ時は竜蛇の如き相貌となり、急湍激流に怒号する時は牡牛の如き形相を呈し……まだいろ〳〵な例へや面白い比喩が書いてあるけれど……」

直助はだしぬけに口を切つた。

「子供のうち、私の考へてゐたことゝよく似てをりますな。」

「どう考へてゐたの。」

「私は河が生きてゐるやうに思つてをりました。河上はずつとこの辺の河より幅が狭いのですけれど、水面が引締つてゐて、活気があるやうです。私の母は気が優しくてぢき心を傷めますので、私は友達と喧嘩して口惜しかつたり、何か欲しいものがあつても買へなかつたり、そのほか悲しい時や辛い時には、自分の部屋の障子の破れたところから水を見ては気持ちを訴へてをりました。河は水であつても、河の心は神様か人であつて、何でも人間の心が判つて呉れるやうに思ひました。

母は私のその様子を見てをりまして、大方筏師にでも見とれてゐるのだらう、そんなに好きなら筏師になれとよく申しました」

「さうよ、ね、何故筏師にならなかつた？　素晴らしいぢやないの、筋肉の隆々とした筏師なんか。」

「は、ですけど、どうせ筏師は海口へ向つて行くんです。それを思ふと嫌でした。」

「海、きらひ？」

「は、海は何だかあくどい感じがします」

直助のやうな若者には海の生命力は重圧を感じるのであらう。かの女は希臘神話がこんなにも直助の興を呼んで話させたのが不思議でかの女の河に対する神秘感が一そう深まるのだつた。

「あんた、いま、この川をどう感じて」

「――お嬢さまのお伴してゐると、川とお嬢さまと、感じが入り混つてしまつて、とても言ひ現し切れません。お嬢さまは。」

「さあ、――今は、上品な格幅のいゝ老人かも知れないわね。」

「おまへも、お読み」と言つて、かの女は直助に希臘神話の本を貸し与へた。

かの女の食慾が、はかぐ〵しくなかつた。やはり青春の業かも知れない。熟した味のある食品は口へ運べなかつた。直ぐむかついた。熟した味の籠る食品といふものは、かの女に何か、かう中年男女の性的のヱネルギーを連想さした。まだ実の入らない果実、塩煎餅、浅草海苔、牛乳の含まぬキヤンデイ、――食品目は偏つて行つた。かの女は、人の眼に立たぬところで、河原柳の新枝の皮を剝いて、『自然』の素の肌のやうな白い木地を嚙んだ。しみ出すほの青い汁の匂ひは、かの女にそのときだけ人心地を恢復さした。滋養を摂らないためか、視力の弱つたかの女の眼に、川は愈々、漂渺と流れた。

裳！　陽炎を幾千百すぢ、寄せ集めて縫ひ流した廬手絵風の皺は、宙に消えては、また現れ、現れては、また消える。刹那にはためく。

だが裳だけ見えて、河神の姿は見えないのだ。かの女はもどかしく思つて探す。かの女はいつか眼底を疲らして喪心する。美しい情緒だけが心臓を鼓動さしてゐる。

「うちの総領娘が、かう弱くては困るな。」

「体格はいゝのですから、食べものさへ食べて呉れたら、何でもないのですがね。」

「直助に旨い川魚でも探させろ。」

両親からの命令を聴いて、椽側で跪いた直助は異様に笑つた。両親のうしろから見てゐたかの女は身のうちが慄へた。直助の心にも悪魔があるのか。今の眼の光りは只事ではない。若い土蕃が女を生捕りに出陣するときのあの雄叫びを、声だけ抜いて洩した表情ではないか。直助はこれから魔力のある食べものを探して来て、それを餌にして私を虜にしやうとするものではないかしらん。

「直助なんかに探させなくつても」

かの女は言つた。すると父親よりも先に直助が押へた。

「いえ、わたくしがお探しいたします。」

「白鮠のこれんぱかしのは無いかい。」

「石班魚のこれんぱかしのは無いかい。」

「岩魚のこれんぱかしのは無いかい。」

「川鯊のこれんぱかしのは無いかい。」

魚籠を提げて、川上、川下へ跨がり、川魚を買出しに行く直助の姿が見られた。川上の桜や、川下の青葉の消息が彼の口から土産になつて報じられた。彼は一通りそれらの報告をして、生魚の籠を主人達に見せてから女中達のゐる広い厨に行き、買ひ出して来た魚を、自分で生竹の魚刺を削つて、つけ焼にした。

「出来ました。お喰りなさい。」

直助は、魚の皿を運んで来る女中のうしろから、少し遠ざかつてかの女に手をついた。

父から頼まれたとしても、何故、この召使はわたしにかうも熱心に食べものを勧めるのだらう。かの女は直助が父に、かの女の食べものを探すことを云ひつかつたときの異様な眼の光りを観て取つた上、かういふ熱心な態度をされるので、つむじを曲げた。

「いやだと言ふのに、直助。生臭いおさかななんかは。」

「でも、ご覧になるだけでも……。」

直助の言ひ淀む言葉には哀願に似たものが含まれてゐる。

川魚は、みな揃つて小指ほどの大きさで可愛ゆかつた。とつぷりと背から腹へ塗られた紺のぼかしの上に華奢な鱗の目が毛彫りのやうに刻まれて、銀色の腹にうす紅がさしてゐた。生れ立ての赤子の掌を寵愛せずにはゐられないやうな、女の本能のプチー（小さくて可愛いゝ）なものに牽かるゝ母性愛的愛慾がかの女の青春を飛び越して、食慾に化してかの女を前へ推しやつた。少しも肉感を逆立てない、品のいゝ肌質のこまかい滋味が、かの女の舌の偏執の扉を開いた。川海苔を細かく忍ばしてある。生醤油の焦げた匂ひも錆びて凛々しかつた。串の生竹も匂つた。

「男の癖に、直助どうして、こんなお料理知つてんの。」

「川の近くに育つたものは、必要に応じてなにかと川から教はるものです。」

直助は郷土人らしく答へた。だが、かの女はしらぐ〳〵しく言つた。

「……私、べつにこれおいしいとも何とも思はないわ……けど……。」

かの女は何人からでも如何なる方法によつても、魂の孤立に影響されるのを病的に怖れた。

「けれども、お礼はしたいわ。私、あんたのお母さんに、似合ひさうな反物一反あげるわ。送つてあげなさいな。」

直助は俯向いて考へてゐた。少し息を吐き出した。

「お話は難かしくてよく判りませんが、母へなら有難く頂戴いたします。」

のさ〳〵と魚の食べ残しの鶯色の皿を片付けて行く直助の後姿を、かの女は憐れに思つたが我慢した。毎日の川魚探しに直助の母の手造りの紺無地の薄綿の肩の藍が陽やけしたのか少し剝げてゐた。


若鮎の登る季節になつた。

川沿ひの丘には躑躅の花が咲き、だうだんや灌木などが花のやうな若葉をつけた。常盤樹林の黒ずんだ重苦しい樹帯の層の隙間から梅の新枝が梢を高く伸び上らせ、鬱金色の髪のやうにそれらを風が吹き乱した。野には青麦が一面によろ〳〵と揮発性の焔を立てゝゐた。

「ヴン・ゴツホといふ画描きは、太陽に酔ひ狂つたところは嫌味ですが、五月の野を見るときは、彼を愛さずにはゐられなくなりますね」

近頃、都からよく遊びに来る若い画家が、かう言つた。ロココ式の陶器の絵模様の感じのする、装飾的で愛くるしい美しい青年だつた。天鵞絨の襞の多い上衣に、細い天鵞絨のネクタイがよく似合つた。

彼はまづ、かの女の母の気に入つた。母は言つた。

「あの晴々しい若者を、娘の遊び友だちにつけて置いたら、娘もおつつけ病気がよくなるでせう。」

父と兄は苦もなく同意した。それほどこの若い画家は都会文化に灰汁抜けて現実性の若い者同志間の危険はなかつた。

美貌の直助は美貌の客をたちまち贔負にした。若い画家が訪ねて来ると、「えへん〳〵」とうれしさうに笑ひながら、饗応の手伝をした。かの女が画家と並んで家を出て行くのを見ると、一層「えへん〳〵」とうれしさうに笑つて見送つた。

「向ふの丘へ行つて異人館の裏庭から、こちらを眺めなすつたらいゝ。相模の連山から富士までが見えます。」

二人がたまには彼を誘つても、彼はどうしてもついて来なかつた。彼は川が持場であるといつた強情さで拒絶した。

「いや、わたしは晩のご馳走のさかなを少し探しときませう。」

異人館の丘の崖端から川を見下ろすと、昼間見る川は賑かだつた。河原の砂利に低く葭簾の屋根を並べて、遊び茶屋が出来てゐた。その軒提燈と同じ赤い提燈をゆらめかして、鮎漁りの扁長い船が鼓を鳴らして瀬を上下してゐた。鶺鴒のやうに敏捷に身を飜して、楊柳や月見草の叢を潜り、魚を漁つてゐる漁師たちに訪ね合はしてゐる直助の紺の姿と確かりした声が、すぐ真下の矢草の青い河原に見出された。

「これんぱかしの若鮎はないかい。丸ごとフライにするのだ。」

日が陰つたり照つたりして河原道と川波の筋を金色にしたりした。

手頃な鮎が見付からぬかして、浅い瀬を伝ひ〳〵、直助の姿はいつか、寂しい川上へ薄らいで行つた。渚の鳥《ママ》の影に紛れてしまつた。

「素焼の壺と、素焼の壺と並んだといふやうな心情の交渉が世の中にないものでせうか。」

画家は云つた。

「芭蕉に、逝く春や鳥啼き魚は目に涙といふ句がありますが、何だか超人間の悲愁な感じがしますわ。」

かの女も画家も、意識下に直助によつて動揺させられるものがあり、二人ともめい〳〵勝手にあらぬことを云つてるやうで、しかも、心肝を吐露してる不思議な世界を心に踏みつつ丘の坂道を下つた。かの女の足取りは、ほぼ健康を恢復して確かりして来た。


かの女は十八歳で女学校を出ると、その秋、都会のその明るい顔をした青年画家の妻に貰はれて行つた。

半年ほどの交渉のうちに、若い画家は、かの女の持つ稀有の哀愁を一生錨綱にして身に巻きつけ、「真面目なるもの」に落付き度いといひ出した。彼のやうな三代相続の都会人の悴は趣味に浮いて、ともすれば軽薄な香水に気化してしまふ惧れがあつた。かの女も同じ屋の棟に住むなら、鮮かな活ける陶器人形がかの女の憂鬱には調和すると思つた。

兄は云つた。

「これが愛といへるだらうか。」

父は黙つてゐた。

母は賢かつた。

「この子は、どうせ誰かに思ひ切つて宥めたり、嗛かされたりしなければ、いゝ、いのちの芽を吹かない子なのです。けれどもまた、あんまり手荒く、宥めたり嗛かしたりする相手では、却つて芽を拗らせてしまふといふこともありませう。私はあの人ならちやうどいゝ相手だと思ふんですが。」

腕組してゐた父は眼を開いていつた。

「よし、よし、直助を呼びなさい。川に仮橋をかけることにしやう。嫁入りの俥を通す橋を」

直助は毎日仮橋の架設工事の監督に精出してゐた。秋も末に近く、瀬は殆ど涸れてゐた。川上の紅葉が水のまにまに流れて来て、蛇籠の籠目や、瀬の縁に厚い芥となつて老いさらばつてゐた。近い岸より、遠い山脈が襞目を碧落にくつきり刻み出してゐた。ところどころで落鮎を塞ぐ魚梁の簾に漉される水音が白く聞える。

結び慣れてゐた洋髪から島田髷に結ひ直すために、かの女は暫く髪癖を直す手当てをしなければならなかつた。かの女は部屋に籠つて川にも人にも遇へなかつた。直助には障子越しに一度声をかけた。

「川はどう?」

「こゝのところ川は痩せてをります。」

直助の言葉は完全に命令遵奉者の無表情に還つてゐた。直助は思ひ出したやうにある朝自分の部屋から取つて来て、障子をすこしあけて希臘神話をかの女に返して行つた。

直助が河に墜ちて死んだのは、かの女が嫁入つてから半月ばかり後の夜のことであつた。土地の人たちは直助が過つて河へ墜ちて死んだと信じ切つてゐるやうだ。かの女もさう信じた。けれども、かの女は二十何年後の昨日、ふと直助が返した希臘神話の本の頁の間から、思ひがけなく彼が書いた詩のつもりらしい、埃で赤腐れた紙片を発見した。直助が自分で河へ身を投げて死んだのではないかといふ疑念を急にかの女は起したのである。

お嬢さま一度渡れば
二度とは渡り返して来ない橋。

私も一度お送り申したら
二度とは訪ねて行かない、橋
それを、私はいま架けてゐる。
いつそ大水でもと、私はおもふ
橋が流れて呉れゝばいゝに
だが、河の神さまはいふ
橋を流すより、身を流せ。
なんだ、なんだ。
川は墓なのか。

その夜かの女は何年か振りで川の夢を見る。

一面の大雪原である。多少の起伏はある。降雪のやんだあとの曇天で、しかもまたその後に来る降雪を孕んだ曇天である。一面に拡く重い地上の大雪原の面積と同じ広さの曇天の面積である。曇天の面にむらがある。地上の大雪原の面にも鉛色めいたかげりと漂雪白の一面とが大きいスケールのむらをなしてゐる。

――一面に広い大雪原である。真只中を細い一筋の川――だが近よつて見ると細くはない。大河だ。大雪原の大面積が大河を細く劃つて見せてゐたのである。いつか私はその岸をとぼ〳〵と歩いてゐた。男の猟人の姿に私はなつてゐた。葦がほんのわづかその雪原にたゞそれだけの植物のかすかな影をかすかに立ててちらほらと生へてゐた。その葦を折りながら、私は鉄砲を背負つて歩いてゐた――だが、その猟人の姿はやつぱり私でなくつて直助だつたのだ。私の姿はその時どういふ恰好で大雪原のどの辺にゐたか知れないのだ。私にはだん〳〵私の姿や位置は意識されず、猟人姿の直助がのつしのつしのつしと、前こごみに歩いてゐるばかりしか眼にとまらなくなつた――が、またも私の眼に見え出したものがある。直助の歩みと同列同速力で、川のやゝ岸近に筏が流れてゐたのだ。筏は秩父の山奥から流れて来たものだと私は意識した。きれいに皮をはいで正確の長方形に截つた楓か欅材で、上べがほんのり処女の色をして底は冷たく死のやうに落付いた二枚の板の連りであつた。

かの女は朝覚めて胸の中でいふ。直助よ。お前はとつくに死んでゐるのだ。それだのに昨夜また私の夢の中に見えて、猟人の姿をし、何処までお前は川のほとりを歩いて行つたのだ……。何をおまへはまだ探してゐるのだ。

川は墓でもなかつたのか
川のほとりでのみ相逢へる男女がある。
かの女の耳のほとりに川が一筋流れてゐる。未だ、嘘をついたことのない白歯のいろのさざ波を立てゝ――
かの女は、なほもこの川の意義に探り入らなければならない。

○テキスト　初出は「新女苑」一九三七（昭12）年五月。『夏の夜の夢』（版画荘、昭37・11）に収録。テキストには『岡本かの子全集』第二巻（冬樹社、昭49・6）所収の本文を収録した。

○解説　岡本かの子の実家である大貫家は川崎市高津区にあり、かつて幕府御用商を勤めた大地主であった。兄は学生時代に谷崎潤一郎らと第二次「新思潮」を起こした文学者大貫晶川で、かの子はこの兄から大きな影響を受けた。

　兄について「彼は自分の生れた村宿を流れる多摩川を非常に愛し懐しんでゐたので、その晶のやうな澄んで冷たい水の連想から、（その水は上流の方の甲斐の山々の水晶のなかゝら流れ出るものとも子供のうちからロマンチツクな感懐を抱いてもゐたからです。）何気なく彼は自分の雅号に多摩川を晶川と書き変へたのです」（「大貫晶川を語る」昭12）と回想している。この頃の多摩川は現在と比較にならない水量を誇り、鮎などの獲れる清流であった。かの子には「多摩川の清く冷くやはらかき水のこころを誰に語らむ」（『かろきねたみ』）、「うつらうつらわが夢むらく遠方《をちかた》の水晶山に散るさくら花」（『浴身』）など、多摩川を詠んだ短歌も多い。

　こうしてみると「川」には、かの子の故郷や家族のことが背景にあるらしい。また、都会育ちの若い美貌の画家とは、かの子の夫である岡本一平を思わせる。

　直助についても、大貫家にこのような身分の若者がいて不思議はないが、彼の場合モデルの詮索は必要ないだろう。ここで直助は、かの女の半身としての一面を持っている。白野薔薇の咲く河原で、哀切な声でかの女を呼んだ直助の声は、自分自身を呼び求めるかの女の声でもあったはずだ。二十数年を経て、夢の中で半身を見つけたとき、かの女は「川の意義」を探るという自分の方向を明らかにつかみ、新たな出発をしたのである。

　〈川〉は、かの子の文学のキイワードとしてよく用いられ、その水量は生命の豊かさとにたとえられた。「花は勁し」（昭12）では、主人公の桂子が恋人に「君には何か生れない前から予約されたとでもいふ、一筋徹つてゐる川の本流のやうなものがあつて、来るものを何でも流し込んで、その一筋をだん〳〵太らして行く」と言われていた。「女体開顕」（昭18）でも、「いのちの分量の多い」女性を「河性の女」と呼ぶ。他に「河明り」（昭14）「生々流転」（昭15）など、〈川〉を描いた作品は多い。直接〈川〉が出てこなくても、その「意義」はかの子の書いたものに深く浸透しているのである。川の水は絶えず流れ、更新されてゆく。それは、かの子が心を打ち込んだ仏教の教えにある「諸行無常」にもつながっていた。しかし、「河性」は自動的に保てるものではない。「川」では、そのためにこそ必要な「川の意義」を探ろうとする自覚に、かの女が至るまでを描いている。

　若い日、かの女に性欲の悩みが起こってくると、それと関連して食欲に変調が生じた。食と性のつながりを察知していた彼女は、かの女のために食欲が出るような食べ物を探すよう命じられた直助が「異様に笑つた」のを見て恐れを感ずる。「希臘神話」は、かの女が愛読し直助にも貸し与えていたものだった。この神話の中に、冥府に連れ去られたペルセフォネが冥王ハデスがくれたザクロを食べたために母が迎えに来ても年の半分は冥府にとどまることになった、という話がある。直助が用意した川魚を食べて、かの女も直助と同じ世界を共有したはずだった。ところが、かの女が選んだのは「ともすれば軽薄な香水に気化してしまふ惧れ」があるという都会の画家であった。「人間的な愛情や熱情がむしろ厭はしく、「魂の孤立に影響されるのを病的に怖れた」かの女は、そういう自分をただ見守り壊さずにおいてくれる青年を選んだのである。そして直助は死んだ。

作中で語られた「希臘神話」の河神とは、ヘラクレスと美女を争い、蛇や牡牛に変身して戦ったというアケロオスのことであろう。平地では蛇行し急流では牡牛のように吼え狂う川のすがたから、この変身譚は生まれたという。人もまた時により所により、周囲の影響から、またそれ自身の性質によって、たえず変化しつつ歳を重ねてゆく。

その一方で、かの女の耳もとでは「超現実の川の流れ」が「さらさらと僻まず、あせらず、凝滞せぬ素直なかの女の命の流れと共に絶えず」流れていた。この絶えざる川の流れを自覚したのは、雪原の川の夢を見たあとのことであつたろう。川に沿って歩く猟師は始め自分自身であり、やがて直助となる。二人は同じものを見つめつつ同じ方向に合流した。その夢から再び河神への思いが蘇ったとき、冒頭の語りが始まったのである。

このとき直助が死んでから二十数年が経っていた。その間かの女がどう生きたかは語られていないが、再び自分の原点をつかもうとしたのは、それだけの精神的若さが保たれていたと同時に、そうせずにはいられない欠落感が埋められないままであったから、とも言える。直助は海を「あくどい」と言っていたが、川はその「あくどい」までの生命力に向けて流れていた。海に憧れ続ける精神と、海へ行かねば心が癒されないという思いは盾の両面であった。

昭和十一年にかの子は「私の夢の傑作」というアンケート（昭11・7『文芸春秋』）に、「大雪原の真只中にとう〱と大河が流れてゐました。イカダがどん〱流れて行きました。私はその上に一人乗つてゐました。その私は真裸の美丈夫でした」と答えている。かの子が小説家として旺盛な仕事ぶりを見せたのは、この年から亡くなるまでの昭和十四年にかけて、四十代後半のことであった。

（宮内淳子）

○**参考文献**　天澤退二郎「岡本かの子論」（『岡本かの子全集第4巻』付録「岡本かの子研究Ⅰ」昭49・3）。金井美恵子「岡本かの子」（『岡本かの子全集第7巻』付録「岡本かの子研究Ⅶ」昭50・6）。堀切直人「生命の更新術」（『日本幻想文学集成10　岡本かの子』国書刊行会　平4・1）。宮内淳子「岡本かの子の生命観」（『解釈と鑑賞別冊「生命」で読む20世紀日本文芸』平8・2）。

へんろう宿

井伏鱒二

いま私は所用あつて土佐に来てゐるが、大体において用件も上首尾に運び先づ何よりだと思つてゐる。ところが一昨日、私はバスのなかで居眠りをして、安芸町といふところで下車するのを遍路岬といふところまで乗りすごした。安芸町に引返さうとすると、バスはもう終車が通つてしまつたといふのである。安芸町まで六里だといふ。それで私は用件も上首尾だし急いで引返す必要もなかつたので、遍路岬の部落でゆつくり宿をとらうと考へた。

遍路岬の部落は遍路岬村字黄岬といふ。街道の両側に平屋ばかりの人家がならび、一本路の部落だから道に迷ふ心配はない。なるべく私は電話のある宿に泊らうとして通りすがりの漁師にたづねたが、この部落で電話のある家は郵便局と警察だけだといふことであつた。それでは宿屋は何軒あるかとたづねると、へんろう宿が一軒あるといふのである。

この土地では遍路のことを、へんろうといふ。遍路岬も、へんろう岬といつてゐる。街道の傍にある石の道しるべにも「へんろう道」と刻んである。私の泊つた宿屋の入口にも「へんろう宿、波濤館」と書いた看板が掛けてあつた。この宿屋には客間が三部屋しかなくて宿屋としては貧弱きはまるが、意外にも女中が五人ゐる。そしておやぢもおかみさんも息子もゐない。つまり従業員がゐるだけで、宿屋の経営主に該当する人がゐないのである。

はじめ私はこの宿屋の入口に立つたとき、これは漁師屋をそのまま宿屋にしたのだらうと想像した。もう暗くなつてゐたので外見はよくわからなかつたが、入口の障子や低い軒の工合は平凡な漁師屋と変りなかつた。私は入口の障子をあけ狭い土間に立つて、

「こんばんは、もしもし、泊めてもらひたいんですが。」

と声をかけた。なかから障子をあけ、年のころ五十ぐらゐの女が現れて、

「おや、おいでなさいませ、お泊りですらうか。」

と云つた。障子のなかは直ぐ居間になつてゐる様子で、八十ぐらゐの皺くちやのお婆さんと六十ぐらゐのお婆さんが火鉢を囲んで坐つてゐた。お婆さんたちも私を見て「おや、おいでなさいませ」と云つて、尚ほ愛想よく「さあどうぞ、奥へあがつてつかさいませ」と云つた。

奥の部屋へ行くためには、その上り口の居間を通りぬける必要があつた。おまけにその狭い部屋にはお膳や飯櫃が並べてあつたので、私は火鉢や硯箱などをまたいで通りぬけなければならなかつた。私が硯箱をまたぐとき、八十ぐらゐの極老のお婆さんは、

「どうぞ御遠慮なく、けんど足もとに気をつけてつかされ。このごろ電気が暗うございますきに。」

さう云つて、しやんと立つて私を案内してくれた。

三つの客間は、襖で仕切られて三つ並んで続いてゐた。入口の居間に続いてゐる部屋は、これも客間兼自家用の居間のやうに思はれた。十二ぐらゐの女の子と十五ぐらゐの女の子が、お互に向かひあつて同じ机についてゐた。この子供らは読本の書き取りをしてゐたが、部屋を通りぬける私を見ると黙つて私にお辞儀をした。二人ともなかなか利口さうな子供である。その隣りの部屋には、大きな男が腹這ひになつて鉛筆を舐めながら帳面を見つめてゐた。私がその部屋を通りぬけるとき、

「失礼します。」

と挨拶すると、その男は上の空のやうに、

「やあ失礼しますわ。」

と云つた。私はその隣りの部屋に案内された。極老のお婆さんは、戸棚から浅黄色の夜具をとり出して、

「ほんなら、この蒲団を敷いて寝てつかさい。」

と云つて出て行つた。入れかはりに別の六十ぐらゐの方のお婆さんがお茶を持つて来て、

「便所は、その障子の外だよ。夜なかに便所へ行く人がここを通りますきに、寝えても電気を消さんづつおいてつかされ。明朝はお早うございますか。」

私が明朝は遅くまで寝るだらうと答へると、

「そんなら、おやすみなさいませ。ええ夢でも御覧なさいませ、百石積みの宝船の夢でも見たがよございますらう。」

さういふ豪華な愛想を云つて出て行つた。

私はまだ宝船の夢を見たことがない。また見たいとも思はない。私は極老のお婆さんの出してくれた蒲団を敷き、マントと羽織だけぬいで蒲団にもぐつた。一般に煎餅蒲団といふ言葉があるが、私のもぐつた蒲団は雑巾を大きくしたやうな蒲団であつた。私は足をちぢかめて壁の方に向き右枕になつて部屋のなかの道具立を見た。天井には梁がまる見えで、その黒くなつた梁に千社札のやうなものが何枚も貼りつけてある。「讃岐××郡××村×××」と書いた札や「大願成就」と書いた札があつた。こんな薄ぎたない宿に泊つた人にさへ、成就したい大願があるものと思はれた。壁に貼りつけた定価表にも、矢張り千社札のやうなものが貼つてあつた。定価表には「御一泊一人前、三十銭。御食事はお好みによります」と割合ひ達筆に男の筆蹟と見える字で書いてあつた。誰か宿泊人が書いてやつたものにちがひない。部屋の隅には脚のない将棋盤が置いてあつた。これがこの部屋の唯一の装飾品になつてゐて、却つて物悲しい気持を唆るのである。

私は右枕になつたまま目を閉ぢた。もう左枕に向きなほつて襖の模様を見る興味がなくなつてゐた。隣りの部屋では算盤をはじく音やバラ銭を勘定する音がしてゐたが、いきなり手をたたく音がした。十も十一も続けさまに手を拍ちならす音であつた。入口の方の部屋から「へえい」と答へる声がきこえると、隣りの部屋の人は大きな声で「お酒を持つて来てくれ」と叫んだ。

私は自分の顔の上にハンカチをかけ、その上に蒲団をかけた。疲れてゐたせゐか苦もなく眠れさうで、これは幸ひだと思つてゐるうちにうまく眠つてしまつた。かれこれ二時間も眠つたであらう。気がついてみると蒲団からすこし乗り出て、隣りの部屋の話し声で目をさましたのであつた。きつと三番目の五十ぐらゐの婆さんが、酒の相手をしながら話し込んでゐたものだらう。

「うんちや違ひます。みんなあが、ようそれを間違ふけんど、一ばん年上のお婆さんがオカネ婆さん、二番目のがオギン婆さん、わたしはオクラ婆さんと云ひます。三人とも、嬰児のときこの宿に放つちよかれて行かれましたきに、この宿に泊つた客が棄てて行つたがです。いうたら棄て児ですらあ。」

お婆さんも酔つてゐたものか、その声はあたりを憚るところがないやうであつた。

「そやけんど、三人のうちで誰か一人が、この家のあるじちうことになつてゐるのやらう。」

男のさういふ声も酔つてゐるやうであつた。

「婆さん、もう一つ飲めや。酒は皺のばしになるちうわ。」

おそらく婆さんも潔く盃を受けたのだらう。

「皺のばしたあ意気な言葉だねえ。わたしはあんまり飲めんけど、オカネ婆さんは十年前にや一升ばあのみました、もし誰ぞが只で飲ましたら。」

「オカネ婆さんは誰の子やね。やつぱり、へんろうか。」

「それやわかりませんよ。オカネ婆さんのその前にをつた婆さんも、やつぱりここな宿に泊つたお客の棄てて行つた嬰児が、ここで年をとつてお婆さんになりました。その前にゐたお婆さんもやつぱり同じやうな身の上ぢやつたといふことです。おまけにこの家では、みんな嬰児の親のことは知らせんことになつちよります。代々さういふしきたりになつちよります。どうせ昔は、宿帳ぢあいふものはありませざツつらう。棄て児の産みの親の名はわからんわけですきに、いまに親の名や人相は、子供らあに知らせんことになつちよります。」

「そんなら、いまこの家にをる女の子も棄て児なのやな。はて、誰がそんなに棄て児して行くのやろ。儂らは、その親の量見が知れん。」

「けんど、わたしは六十年もまへに棄てられた嬰児で、親の量見がわかるわけはありませんきに。きつと、この遍路岬に道中して来る途中、嬰児を持てあましてゐるうちに誰ぞにこの宿屋の風習を習ひましつらう。たいがい十年ごといに、この家には嬰児がほつたくられて来ましたきに。」

「でも、みんな女の赤んぼちうのは不思議やないか。」

「男の子は太うなつて縮尻ますきに、親を追ひかけて行て返します。もしも親の行方が知れんと役所へとどけてしまひます。」

「戸籍面はなんとするのやね。女の子でも戸籍だけは届けるやらう。嫁にも行かんならんやらう。」

「いんや、この家で育ててもらうた恩がへしに、初めから後家のつもりで嫁に行きません。また浮気のやうなことは、どうしてもしません。」

「はてなあ。よくそれで我慢が続いて来たものや。」

私はハンカチでまた顔を覆ひ、その上に蒲団をかぶつて眠ることにした。妙な一家があるものだと不思議な気がしたが、しかしお婆さんは酔つたまぎれに出まかせを云つてゐたわけでもないだらう。

翌朝、私はこの宿を出発する際に三人のお婆さんの顔を見くらべてみた。一ばん上のお婆さんは痩せてゐて細い顔で、二ばん目のお婆さんは背が低く太つてゐた。後者は謂はば臼のやうなといふ形容が適当であつた。三番目のお婆さんは中肉中背で、以前はいい顔だちだつたらうと思はれる目鼻立ちに見えた。二人の子供の姿は見えなかつた。

「お婆さん、子供さんたちは出かけたのかね。」

私が三番目のお婆さんにたづねると、

「学校へ行ちよります。」

と云つた。私はばかな質問をしたものだと独りで苦笑した。

その宿を出がけに戸口を見ると、柱に「遍路村尋常小学校児童、柑乃オシチ」といふ名札と「遍路村尋常小学校児童、柑乃オクメ」といふ名札と二つ仲よく並んでゐた。私を戸口まで見送つてくれた極老のお婆さんは、

「どうぞ、気をつけておいでなさいませ、御機嫌よう。」

さう云つて、丁寧に私にお辞儀をした。

その宿の横手の浜砂には、浜木綿が幾株も生えてゐた。黒い浜砂と葉の緑色の対照は格別であつた。

○テキスト　初出は「オール讀物」一九四〇（昭15）年四月。『鸚鵡』（河出書房、同年五月刊）に収録されたが、その際かなりの改稿が施され、その後も微少な改変がかさねられる。テキストには、『井伏鱒二全集』第九巻（筑摩書房、平8・11〜現在刊行中）所収の本文を収録した。

○解説　テキストの中で、「この土地では遍路のことを、へんろうという。」と語られている〈遍路〉。古くは『今昔物語集』の中で「四国辺地」と呼ばれるお遍路は、今更言うまでもないことだが、四国霊場八十八ケ所を多く海沿いをつたい歩く巡礼の旅の謂である。常に金剛杖（錫杖）をついて巡りゆく旅路の支えとし、弘法大師に導かれているということを表す「同行二人」という文字を書きつけた「菅笠」をかぶりつつ白衣で巡礼するお遍路は、その装束が濃厚に象徴するように、自らを死者にやつしているのであり、故に、そこで巡礼の旅は明らかに死出の旅路の擬態となる。民俗信仰に支えられて、弘法大師の伝承以来、千年という長い歳月を経て今なお人々を、日常からの離脱としての漂泊に誘い続けている。

他の巡礼と比べてみて、特に社会的劣位者として位置づけられた人々、たとえば、様々な障害を持つ人々やハンセン病をはじめとする「業病」に苦しむ人々がその巡礼者の多くを占めていて、その時代〴〵の一般社会の日常の中で、言わば「異人」としての種々のスティグマを背負わされて、追われるようにして霊場を巡るところに、お遍路の特徴があったといえるだろう。まさに冥《くら》き途《みち》の巡りであった。

長い歴史の中で、止むことなく繰り返されてきたこの遍路の中で、巡礼者たちは様々な身の上話しを物語ったであろうし、こうした名も無き人々の物語の積み重なりが、「右衛門三郎発信譚」や「狩人発信譚」などといった四国遍路にまつわる伝承・説話をつくりあげていったと言える。排除されるようにして日常世界から離れやむなき漂泊を生きる人々が、漂泊にいたる話を、そして漂泊にまつわる話しを語り継ぎ、聞き伝える。そうした伝承というべき行為の中で、遍路という巡礼は、膨大な歴史の異積の中に顕現して、いつ果てるともない循環的な時間の相を現出させたはずである。そこには「世間」という日常世界から追われるようにして、強いられた旅を生きねばならぬお遍路たちの、「世間」の安定を差異化するような時間感覚や世界観が湛えられているはずであった。近代以降で言うならば、高群逸枝の『お遍路』や種田山頭火の俳句や日記、更に現代で言えば、早坂暁の『花へんろ』をはじめとする著作などにも、そうした遍路を巡る説話の水脈は流れ込んでいる。

井伏の「へんろう宿」は、遍路が語る物語ではない。むしろ「世間」一般の側に属する「私」という一介の旅人が、思わぬ偶然から一晩「へんろう宿」に宿泊し、夢現とした床のなかで、襖一枚隔てた隣室からもれ聞こえてくる老婆の話を聞きとめるという構成となっている。些か類型的な説話的設定とも言えるかもしれないが、ここには、既に指摘されているような「聞き書き」というすぐれて井伏的な小説的方法が選択されていることに注目すべきだろう。襖一枚という〈境界〉と言うにはあまりに薄い隔たりの向こうで、俄かには信じられないような暗闇を抱えた遍路の重層的な生の連鎖が、殊更悲惨というわけでもない言葉で淡々と語られている。しかもその話を聞く「私」にいたっては、その話に対する自らの感慨を明らかにするわけでもなく、また眠りに入っていくばかりである。日常の安定を揺るがすような悲惨な話が明らかにされているにもかかわらず、その話に対する「私」の側からの補完的な物語が用意されていない。むしろ、この物語的欠落こそが、「へんろう宿」というテキストの持つ怖さであるとさえ言えるかもしれない。

　そこにあるのは、遍路たちの捨て子が宿に拾われ、営々としてそこで女中としての生涯をおくるという反復性であり、その反復性は四国巡礼という民俗信仰をめぐる殆ど超時間的な大きな円環の中に抱きとめられていく。遍路という巡礼は、「死霊の国でありつつ浄土でもある両義的な世界」（赤坂憲雄『異人論序説』）としての四国霊場を巡るという旅路そのものが、空間的な円環を形成する。そして同時に、時間軸においても、弘法大師の霊顕に繋がろうとする心性が時間的溯行を果しつつ、終ることのない遍路の歴史的な累層の中に自らの巡礼を投機しようとする、時間的な円環をも内在していると言えるだろう。

　空間的な円環性と時間的な円環性、その二つの軸が一つの相に重なり合い、「へんろう宿」での「オクラ婆さん」の一夜の寝物語の中に再現される。そこにおいてはじめて、四国遍路という空界の異界性が現出し、しかも、その「オクラ婆さん」の話によって、幾多の名も無きお遍路たちの繰り返される漂泊が、まさに「生きられる時間」（ユージェーヌ・ミンコフスキー）としての厚みをもって生成されてくるのである。

　日常との対比の中に異界（＝遍路）がある、というのではない。遍路にまつわる悲惨な物語を、向こう側にある異界として位置づけることによって、こちら側の日常の安定が保たれるというような見易い相互補完的関係があるのでもない。何気ない日常の中に、異界と呼ぶしかないような非日常的な世界がその暗闇の深さをひそませていることの発見、そこにこそこのテキストのもつ可能性も見出されてくるはずである。

（新城郁夫）

○参考文献　東郷克美「「へんろう宿」」（「解釈と鑑賞」昭60・4）。関谷一郎「試読・私読・恣読（II）」（「現代文学」昭62・12）。津田洋行「井伏鱒二『へんろう宿』讃」（「論究」昭63・12）。原善「〈へんろう〉の夢――井伏鱒二「へんろう宿」論――」（「作新国文」平4・7）。前田貞昭「校異『へんろう宿』」（「解釈と鑑賞」別冊「井伏鱒二の風貌姿勢」平10・2）。

狐憑

中島　敦

ネウリ部落のシャクに憑《つ》きものがしたといふ評判である。色々なものが此の男にのり移るのださうだ。鷹だの狼だの獺だのの霊が哀れなシャクにのり移つて、不思議な言葉を吐かせるといふことである。

後に希臘人がスキュテイア人と呼んだ未開の人種の中でも、この種族は特に一風変つてゐる。彼等は湖上に家を建てて住む。野獣の襲撃を避ける為である。数千本の丸太を湖の浅い部分に打込んで、其の上に板を渡し、其処に彼等の家々は立つてゐる。床《ゆか》の所々に作られた落し戸を開《あ》け、籠を吊して彼等は湖の魚を捕る。独木舟を操り、水狸や獺を捕へる。麻布の製法を知つてゐて、獣皮と共に之を身にまとふ。馬肉、羊肉、木苺、菱の実等を喰ひ、馬乳や馬乳酒を嗜む。牝馬の腹に獣骨の管を挿入れ、奴隷に之を吹かせて乳を垂下らせる古来の奇法が伝へられてゐる。

ネウリ部落のシャクは、斯うした湖上民の最も平凡な一人であつた。

シャクが変《へん》になり始めたのは、去年の春、弟のデックが死んで以来のことである。その時は、北方から剽悍な遊牧民ウグリ族の一隊が、馬上に偃月刀を振りかざして疾風の如くに此の部落を襲うて来た。湖上の民は必死になつて禦いだ。初めは湖畔に出て侵略者を迎へ撃つた彼等も名だたる北方草原の騎馬兵に当りかねて、湖上の栖処に退いた。湖岸との間の橋桁を撤して、家々の窓を銃眼に、投石器や弓矢で応戦した。独木舟を操るに巧みでない遊牧民は、湖上の村の殲滅を断念し、湖畔に残された家畜を奪つただけで、又、疾風の様に北方に帰つて行つた。後《あと》には、血に染んだ湖畔の土の上に、頭と右手との無い屍体ばかりが幾つか残されてゐた。頭と右手だけは、侵略者が斬取つて持つて帰つて了つた。頭蓋骨は、その外側を鍍金して髑髏杯を作るため、右手は、爪をつけたまま皮を剝いで手袋《てぶくろ》とするためである。シャクの弟のデックの屍体もさうした辱しめを受けて打捨てられてゐた。顔が無いので、服装と持物とによつて見分ける外はないのだが、革帯の目印と鉞《まさかり》の飾とによつて紛《まぎ》れもない弟の屍体をたづね出した時、シャクは暫く茫《ぼう》つとしたまま其の惨めな姿を眺めてゐた。其の様子が、どうも、弟の死を悼んでゐるのとは何処か違ふやうに見えた、と、後《あと》でさう言つてゐた者がある。

その後間もなくシャクは妙な譫言《うはごと》をいふやうになつた。何が此の男にのり移つて奇怪な言葉を吐かせるのか、初め近処の人々には判らなかつた。言葉つきから判断すれば、それは生きながら皮を剝がれた野獣の霊ででもあるやうに思はれる。一同が考へた末、それは、蛮人に斬取られた彼の弟デックの右手がしやべつてゐるのに違ひないといふ結論に達した。四五日すると、シャクは又別の霊の言葉を語り出した。今度は、それが何の霊であるか、直ぐに判つた。武運拙く戦場に斃れた顚末から、死後、虚空の大霊に頸筋を摑まれ無限の闇黒の彼方へ投げやられる次第を哀しげに語るのは、明らかに弟デック其の人と、誰もが合点した。シャクが弟の屍体の傍に茫然と立つてゐた時、秘かにデックの魂が兄の中に忍び入つたのだと人々は考へた。

さて、それ迄は、彼の最も親しい肉親、及び其の右手のこととて、彼にのり移るのも不思議はなかつたが、其の後一時平静に復《かへ》つたシャクが再び譫言を吐き始めた時、人々は驚いた。今度は凡そシャクと関係のない動物や人間共の言葉だつたからである。

今迄にも憑《つ》きもののした男や女はあつたが、斯《か》んなに種々雑多なものが一人の人間にのり移つた例《ためし》はない。或時は、此の部落の下の湖を泳ぎ廻る鯉がシャクの口を仮りて、鱗族《いろくづ》達の生活の哀しさと楽しさとを語つた。或時は、トオラス山の隼《はやぶさ》が、湖と草原と山脈と、又その向ふの鏡の如き湖との雄大な眺望について語つた。草原の牝狼が、白けた冬の月の下で飢に悩みながら一晩中凍《い》てた土の上を歩き廻る辛さを語ることもある。

人々は珍しがつてシャクの譫言を聞きに来た。をかしいのは、シャクの方でも（或ひは、シャクに宿る霊共の方でも）多くの聞き手を期待するやうになつたことである。シャクの聴衆は次第にふえて行つたが、或時彼等の一人が斯んなことを言つた。シャクの言葉は、憑きものがしやべつてゐるのではないぞ、あれはシャクが考へてしやべつてゐるのではないかと。

成程、さう言へば、普通憑きもののした人間は、もつと恍惚とした忘我の状態でしやべるものである。シャクの態度には余り狂気じみた所がないし、其の話は条理が立ち過ぎてゐる。少し変《へん》だぞ、といふ者がふえて来た。

シャク自身にしても、自分の近頃してゐる事柄の意味を知つてはゐない。勿論、普通の所謂憑《つ》きものと違ふらしいことは、シャクも気がついてゐる。しかし、何故自分は斯んな奇妙な仕草を幾月にも亙つて続けて、猶、倦まないのか、自分でも解らぬ故、やはり之は一種の憑きものの所為と考へていいのではないかと思つてゐる。初めは確かに、弟の死を悲しみ、其の首や手の行方を憤ろしく思ひ画いてゐる中に、つい、妙なことを口走つて了つたのだ。之は彼の作為でないと言へる。しかし、之が元来空想的な傾向を有《も》つシャクに、自己の想像を以て自分以外のものに乗り移ることの面白さを教へた。次第に聴衆が増し、彼等の表情が、自分の物語の一弛一張につれて、或ひは安堵の・或ひは恐怖の・偽ならぬ色を浮べるのを見るにつけ、此の面白さは抑へ切れぬものとなつた。空想物語の構成は日を逐うて巧みになる。想像による情景描写は益〻生彩を加へて来る。自分でも意外な位、色々な場面が鮮かに且つ微細に、想像の中に浮び上つて来るのである。彼は驚きながら、やはり之は何か或る憑《つ》きものが自分に憑《つ》いてゐるのだと思はない訳に行かない。但し、斯うして次から次へと故知らず生《う》み出されて来る言葉共を後々《のちのち》迄も伝へるべき文字といふ道具があつてもいい筈だといふことに、彼は未だ思ひ到らない。今、自分の演じてゐる役割が、後世どんな名前で呼ばれるかといふことも、勿論知る筈がない。

シャクの物語がどうやら彼の作為らしいと思はれ出してからも、聴衆は決して減らなかつた。却つて彼に向つて次々に新しい話を作ることを求めた。それがシャクの作り話だとしても、生来凡庸なあのシャクに、あんな素晴らしい話を作らせるものは確かに憑きものに違ひないと、彼等も亦作者自身と同様の考へ方をした。憑きもののしてゐない彼等には、実際に見もしない事柄に就いて、あんなに詳しく述べることなど、思ひも寄らぬからである。湖畔の岩陰や、近くの森の樅の木の下や、或ひは、山羊の皮をぶら下げたシャクの家の戸口の所などで、彼等はシャクを半円にとり囲んで坐りながら、彼の話を楽しんだ。北方の山地に住む三十人の剽盗の話や、森の夜の怪物の話や、草原の若い牡牛の話などを。

若い者達がシャクの話に聞き惚れて仕事を怠るのを見て、部落の長老連が苦《にが》い顔をした。彼等の一人が言つた。シャクのやうな男が出たのは不吉の兆である。もし憑きものだとすれば、斯んな奇妙な憑きものは前代未聞だし、もし憑きものでないとすれば、斯んな途方もない出鱈目を次から次へと思ひつく気違ひは未だ曾て見たことがない。いづれにしても、こんな奴が飛出したことは、何か自然に悖《もと》る不吉なことだと。此の長老が偶〻、家の印として豹の爪を有《も》つ・最も有力な家柄の者だつたので、この老人の説は全長老の支持する所となつた。彼等は秘かにシャクの排斥を企《たくら》んだ。

シャクの物語は、周囲の人間社会に材料を採ることが次第に多くなつた。何時迄も鷹や牡牛の話では聴衆が満足しなくなつて来たからである。シャクは、美しく若い男女の物語や、吝嗇で嫉妬深い老婆の話や、他人には威張つてゐても老妻にだけは頭の上がらぬ酋長の話をするやうになつた。脱毛期の禿鷹の様な頭をしてゐるくせに若い者と美しい娘を張合つて惨めに敗れた老人の話をした時、聴衆がドツと笑つた。余り笑ふので其の訳を訊《たづ》ねると、シャクの排斥を発議した例の長老が最近それと同じ様な惨めな経験をしたといふ評判だからだ、と言つた。

長老は愈〻腹を立てた。白蛇のやうな奸智を絞つて、彼は計をめぐらした。最近に妻を寝取られた一人の男が此の企に加はつた。シャクが自分にあてこする様な話をしたと信じたからである。二人は百方手を尽くして、シャクが常に部落民としての義務を怠つてゐることに、みんなの注意を向けようとした。シャクは釣をしない。シャクは馬の世話をしない。シャクは森の木を伐らない。獺《かはうそ》の皮を剝がない。ずつと以前、北の山々から鋭い風が鵝毛の様な雪片を運んで来て以来、誰か、シャクが村の仕事をするのを見た者があるか？

人々は、成程さうだと思つた。実際、シャクは何もしなかつたから。冬籠りに必要な品々を頒《わ》け合ふ時になつて、人々は特に、はつきりと、それを感じた。最も熱心なシャクの聞き手までが。それでも、人々はシャクの話の面白さに惹かれてゐたので、働かないシャクにも不承無承《ふしやうぶしやう》冬の食物を頒け与へた。

厚い毛皮の陰に北風を避け、獣糞や枯木を燃した石の爐の傍で馬乳酒を啜りながら、彼等は冬を越す。岸の蘆が芽ぐみ始めると、彼等は再び外へ出て働き出した。

シャクも野に出たが、何か眼の光も鈍く、呆《ぼ》けたやうに見える。人々は、彼が最早物語をしなくなつたのに気が付いた。強ひて話を求めても、以前したことのある話の蒸し返ししか出来ない。いや、それさへ満足には話せない。言葉つきもすつかり生彩を失つて了つた。人々は言つた。シャクの憑きものが落ちたと。多くの物語をシャクに語らせた憑きものが、最早、明らかに落ちたのである。

憑きものは落ちたが、以前の勤勉の習慣は戻つて来なかつた。働きもせず、さりとて、物語をするでもなく、シャクは毎日ぼんやり湖を眺めて暮らした。其の様子を見る度に、以前の物語の聴手達は、この莫迦面の怠け者に、貴い自分達の冬籠りの食物を頒けてやつたことを腹立たしく思出した。シャクに含む所のある長老達は北叟笑《ほくそゑ》んだ。部落にとつて有害無用と一同から認められた者は、協議の上で之を処分することが出来るのである。

硬玉の頸飾を著《つ》けた鬚深い有力者達が、より〳〵相談をした。身内《みうち》の無いシャクの為に弁じようとする者は一人も無い。

丁度雷雨季がやつて来た。彼等は雷鳴を最も忌み恐れる。それは、天なる一眼の巨人の怒れる呪ひの声である。一度此の声が轟くと、彼等は一切の仕事を止めて謹慎し、悪しき気を祓はねばならぬ。奸譎な老人は、占卜者を牛角杯二箇で以て買収し、不吉なシャクの存在と、最近の頻繁な雷鳴とを結び付けることに成功した。人々は次の様に決めた。某日《ぼうじつ》、太陽が湖心の真上を過ぎてから西岸の山毛欅《ぶな》の大樹の梢にかかる迄の間に、三度以上雷鳴が轟いたなら、シャクは、翌日、祖先伝来のしきたりに従つて処分されるであらう。

其の日の午後、或者は四度雷鳴を聞いた。或者は五度聞いたと言つた。

次の日の夕方、湖畔の焚火を囲んで盛んな饗宴が開かれた。大鍋の中では、羊や馬の肉に交つて、哀れなシャクの肉もふつ〳〵煮えてゐた。食物の余り豊かでない此の地方の住民にとつて、病気で斃れた者の外、凡ての新しい屍体は当然食用に供せられるのである。シャクの最も熱心な聴手だつた縮れつ毛の青年が、焚火に顔を火照らせながらシャクの肩の肉を頬張つた。例の長老が、憎い仇の大腿骨を右手に、骨に付いた肉を旨さうにしやぶつた。しやぶり終つてから骨を遠くへ抛《はふ》ると、水音がし、骨は湖に沈んで行つた。

ホメロスと呼ばれた盲人《めくら》のマエオニデェスが、あの美しい歌どもを唱ひ出すよりずつと以前に、斯うして一人の詩人が喰はれて了つたことを、誰も知らない。

○**テキスト**　初出は『光と風と夢』（筑摩書房、昭17・7）。テキストには『中島敦全集』第一巻（筑摩書房、昭51・3）所収の本文を収録した。

○**解説**　このテキストからは、異界を言語化するなかで発生してきた「物語」の始原のかたちを見いだすことができる。その意味で「狐憑」は、一種の物語論でもある。

弟の死をきっかけにシャーマンと化したシャク。彼はさまざまな「動物や人間共の言葉」を語って倦むことがない。部族のなかでも「最も平凡な一人」が、最も非凡な存在に変身したのだ。そもそもシャーマンとは、神人との直接接触・交流の能力・技法を保持する者であり、異界の住人たちとの橋渡しをなす存在である。いわば、異界の翻訳装置と言えよう。「こちら側」とは隔絶しているがゆえに想像すらつかない世界の事柄を、「こちら側」の言葉に置換すること、それがシャーマンの役割のひとつである。しかし、やがてシャクは単なる媒介者の役割から逸脱し、自らが物語を語る欲望にとりこまれていく。

「モノ」＝霊について語ることが「物語」の原義であるならば、「モノ」的世界＝異界が日常世界の論理では整序不可能だからこそ、「物語」は我々の関心を喚起してやまない。しかし、シャクが自らの紡ぎだす「物語」に熱中し、その語りが習熟されればされるほど、本来の「物語」から遠く離れていってしまう。それはあまりに「条理が立ち過ぎている」。聴衆は、シャクの物語が彼の作為によるものであると気づきはじめる。にもかかわらず、彼らはシャクの話に耳を傾けつづける。凡庸なシャクにあのようなすばらしい話を作らせるのは、憑きものに違いないと考えたからだ。

だが、彼の物語が部族の権力者批判として受け取られたとき、彼の地位は暗転する。同時に、彼のなかのミューズも消え去ってしまう。こうして彼は語り部としての地位を失うのだが、しかしかりに権力者の介入がなかったとしても、遅かれ早かれ同様の結果が彼に訪れたであろうことは、想像に難くない。そもそも「物語」が物語へと移行していけば、必然的にそれは平準化され、やがて蕩尽される宿命にあるからだ。

「物語」は、シャーマンの翻訳に規定されるという意味で、つねにある種の変形を強いられている。その制約ゆえに、つまり不定形で、同時に翻訳不可能な欠損部分を抱えつづけているがゆえに、その異界性はきわだち、強力な磁力を発散する。しかし、繰り返し語られるなかでいつしか欠損部分が補塡され、異化作用が薄れていけば、それは陳腐な「日常」のヴァリエーションとして打ち捨てられるしかない。「物語」と物語の狭間に立って危ういバランスをとり、必要によっては過剰な演技も辞さないという戦略をとるには、シャクはあまりにも稚拙であり、あまりに「詩人」だったのかもしれない。

ちなみに「狐憑」は連作「古譚」のひとつ。「古譚」は「狐憑」を含めた「木乃伊」「山月記」「文字禍」の四篇から成る。全篇を貫くのは、音声表現と文字表現との相剋、言語と権力の関係性をめぐる問題群である。たとえば「狐憑」が無文字社会という設定のもとに描かれているのは、「異界」＝言語を介在しない世界の不定形性をきわだたせるためだと、考えられなくもない。いわゆる「物語」は、文字として定着されることで物語に変容し、言語に規定された日常世界へ回収されてしまう。

それに対して、たとえば「文字禍」「山月記」が示すのは、我々のコミュニケーションの手段にすぎない文字表現が、逆に我々の生を束縛してしまうという転倒の構図である。「文字ノ害タル、人間ノ頭脳ヲ犯シ、精神ヲ麻痺セシムルニ至ツテ、スナワチ極マル」（「文字禍」）。「文字が普及して、人々の頭は、最早、働かなくなった」のだ（同上）。人は文字によって、異界から隔てられた。その一方で人々には、文字表現によって後世に名を残そうとする欲望が芽生えはじめる。そして我々は、言語という牢獄に閉じこめられた。

一方、現代においても、さまざまな「異界」の物語が、たとえば霊能祈禱師というシャーマンによって日々生み出されていることは否定できない。「宗教」というイデオロギーで武装し、「儀式」という名のパフォーマンスによって彩られた彼らの「異界」は、そのつど新鮮な装いで再生産されている。ここには、シャクの「物語」が生きつづけている。物語の原型は、いまなお消え去ってはいない。

（一柳廣孝）

○参考文献　佐々木宏幹『憑霊とシャーマン――宗教人類学ノート』（東京大学出版会、昭58・9）。藤田庄市『拝み屋さん――霊能祈禱師の世界』（弘文堂、平2・9）。川村邦光『憑依の視座――巫女の民俗学II』（青弓社、平9・10）。宮田一生「中島敦『狐憑論』」（「日本文芸研究」46巻1号、平6・6）。松村良「中島敦『古譚』――〈声〉と〈文字〉をめぐって――」（「学習院大学国語国文学会誌」38号、平7・3）。天野真美「戦時下の「古譚」――言葉と権力――」（「早稲田大学教育学部学術研究（国語・国文学編）」44号、平8・2）。

水月

川端康成

二階のベッドにゐる夫に、京子は自分の菜園を手鏡に写して見せることを、ある日思ひついた。寝たきりの夫にとつては、これだけで、新しい生活がひらけたやうなものだつた。決して「これだけ」とは言へなかつた。

京子の嫁入道具の鏡台についてゐた手鏡である。鏡台はさう大きくないが桑で、手鏡も桑だつた。新婚のころ、うしろ髪を見るために、合はせ鏡をしてゐると、袖口がすべつて、肘まで出ることがあり、恥づかしかつたのをおぼえてゐる。その手鏡だつた。

湯あがりの時など、

「不器用だね。どれ、僕が持つてやる。」と手鏡を奪つて、京子のうなじをいろいろな角度から鏡台に写してみては、夫自身が楽しんでゐるかのやうなこともあつた。鏡に写して初めて発見するものもあるらしい。京子は不器用なわけではないが、うしろから夫に見られて、かたくなつたのだつた。

それから引出しのなかで、手鏡の桑の色が変るほど、まだ年月はたつてゐない。しかし、戦争だ、疎開だ、夫の重態だで、京子が菜園を写して見せることを、初めて思ひついた時には、手鏡の表は曇り、ふちは白粉のこぼれやほこりでよごれてゐた。勿論、ものを写すのにさしつかへるほどではなかつたから、京子は気にしないといふよりも気がつかぬくらゐだつたが、その時以来、手鏡を枕もとから放さない夫は、所在なさと病人の神経質とで、鏡も縁もきれいに磨き上げた。もう鏡に曇りはないのに、夫が息を吹きかけては拭いてゐるのを、京子はよく見かけたものだ。鏡をはめこんだふちの、目に見えぬほどの隙間に、結核菌がはいつてゐるだらうと、京子は思つたりした。京子が夫の髪に少し椿油をつけてくしけづつた後、夫は髪を掌でなでてから手鏡の桑をこすることもあつた。鏡台の桑はぼそつと濁つてゐるのに、手鏡の桑はつやつや光り出した。

京子は同じ鏡台を持つて再婚した。

しかし、手鏡は前の夫の棺に入れて焼いた。その代りに鎌倉彫りの手鏡が鏡台に添へてある。そのことは今の夫に話してない。

前の夫は死んですぐ、習はし通りに手を合はせ指を組ませられたので、棺に納めてからも、手鏡を持たせるわけにはゆかなかつた。胸に載せた。

「あなたは胸がお苦しかつたのに、これだけでも重いでせう。」

京子はそつとつぶやいて、腹の上におきかへた。手鏡は二人の結婚生活にだいじなものだつたと思ふので、京子ははじめ胸の上においたのだつた。手鏡を棺に入れるのは、夫の親きやうだいにもなるべく目に触れないやうにしたかつた。手鏡の上には白い菊の花を盛り重ねた。誰も気がつかなかつた。骨上げの時、火の熱で鏡のガラスがだいぶとろけてゆがみ、でこぼこ厚く円まり、煤けたり黄ばんだりしてゐるのを見て、

「ガラスですね。なんでせう。」と言ふ人があつた。

じつは手鏡の上に、もう一つ小さい鏡が重ねてあつた。洗面道具入れのなかの鏡である。小さい短冊型で、ガラスの裏表とも鏡になつてゐる。新婚旅行に使へるかと京子は夢見たものだ。しかし、戦争中で新婚旅行には出られなかつた。前の夫が生きてゐるうち、旅行に使へたことは一度もなかつた。

後の夫とは新婚旅行もした。前の洗面道具入れの皮はひどくかびてゐたので、これは新しいのを買つた。勿論、鏡

もはいつてゐた。

新婚旅行の初めの日、夫は京子に手をふれてみて、

「娘さんのやうだね。可哀想に――。」と言つた。皮肉な調子ではなく、むしろ思ひがけないよろこびを含めてゐるやうだつた。二度目の夫にしてみれば、京子が娘に近い方がいいのかもしれない。しかし、京子はその短い言葉を聞くと、とつぜん烈しいかなしみにおそはれた。言ひやうのないかなしさで涙があふれて身を縮めた。それも娘のやうだと夫は思つたかもしれない。

京子は自分のために泣いたのか、前の夫のために泣けたのかもわからないほどだつた。そのどちらかをはつきり分けられるものでもなかつた。さう感じると、新しい夫にひどく悪い気がして、媚びなければならないと思つた。

「ちがひますわ。こんなにちがふものでせうか。」と後で言つた。言つてしまつてから、これはまづいやうで、火の出るほど恥ぢたが、夫は満足らしく、

「子供も出来なかつたやうだね。」

これがまた京子の胸をゑぐつた。

前の夫とちがふ男の力に出会つて、むしろ京子は自分が玩弄されてゐるやうな屈辱を感じた。

「でも、子供をかかへてゐたやうなものでしたわ。」

京子は反抗のつもりで、それだけ言つた。

長い病人の夫は死んでからも、京子のなかにゐる子供のやうであつた。

しかし、いづれにしろ死ぬのだつたら、厳格な禁慾はなんの役に立つたのだらう。

「森は上越線の汽車の窓から見ただけだが……。」と新しい夫は京子の故郷の町の名を言つて、また抱き寄せた。

「その名のやうに森のなかの、きれいな町らしいね。いくつまでゐたの？」

「女学校を出るまでです。三条の軍需工場へ徴用で行つて……。」

「さう、三条の近くだつた。越後の三条美人といふが、それで京子もからだがきれいなんだね。」

「きれいぢやありません。」

京子は胸の襟に手をあてた。

「手足がきれいだから、からだもきれいだと思つた。」

「いいえ。」

京子はやはり胸の手がじやまになつて、そつと抜いた。

「京子に子供があつても、僕は結婚してゐただらうと思ふんだ。引き取つて可愛がれるな。女の子だとなほいい。」と夫は京子の耳もとで言つた。自分に男の子があるからだらうが、愛情の表現だとしても、京子には異様に聞えた。しかし、新婚旅行を十日間も長くつづけてくれるのは、家に子供がゐるからといふ思ひやりかもしれなかつた。

夫は上等の皮らしい、旅行用の洗面道具入れを持つてゐた。京子のとはくらべものにならなかつた。大きくて丈夫さうだつた。しかし新しくはなかつた。夫は旅が多いのか、手入れがよいのか、古びたつやが出てゐた。京子はたうとう一度も使はないで、ひどく黴びさせてしまつた、自分の古いのを思ひ出した。それでもなかの鏡だけは前の夫に使はせ、あの世へ道づれもさせた。

その小さいガラスは鏡の上で焼け流れて、手鏡のガラスにひつついて、京子のほかの誰一人、二つのものだつたとわかりやうもなかつた。ガラスの妙なかたまりが鏡だつたと、京子は言ひもしなかつたから、鏡だと感づいた縁者もあつたかどうか。

しかし、京子は二つの鏡に写つた多くの世界が、無慙に焼けくづれてゐるやうに感じた。夫のからだが消えて灰になつてゐるのと同じやうな喪失を感じた。初め京子が菜園を写して見せたのは、鏡台に添へた手鏡で、夫はそれを枕もとから放さなかつたが、手鏡も病人には重過ぎるらしく、京子は夫の腕や肩をもまなければならなかつた。軽く小さい鏡をもう一つ渡した。

夫が命のあるかぎり、二つの鏡に写してながめたのは、京子の菜園ばかりではなかつた。空も雲も雪も、遠くの山も近くの林も写した。月も写した。野の花も渡り鳥も鏡のなかにながめた。鏡のなかの道を人が通り、鏡のなかの庭で子供たちが遊んだ。

小さい鏡のなかに見える世界の広さ、豊かさには、京子もおどろいた。鏡はただ化粧道具、みめかたちをつくらふためのもの、まして手鏡など、頭と首のうしろを写すに過ぎないものとしてゐたのに、病人には新しい自然と人生になつた。京子は夫の枕もとに腰かけて、いつしよに鏡をのぞきながら鏡に写る世界の話をし合つた。やがて京子も、肉眼でぢかに見る世界と鏡に写して見る世界との区別がつかないやうになり、別々の二つの世界があるやうになり、鏡のなかに新しい世界が創造されて、鏡のなかの方が真実の世界とさへ思へるやうになつた。

「鏡のなかは、空が銀色に光つてゐるのね。」と京子は言つた。そして窓の外を見上げて、

「灰色に曇つた空ですのに……。」

そのどんよりとした重苦しさは、鏡の空にはなかつた。ほんたうに光つてゐた。

「あなたが鏡をよくみがいてらつしやるからでせうか。」

寝たままの夫も首を動かして空は見られた。

「さうだね。鈍い灰色だ。しかし、人間の目と、たとへば犬や雀の目と、空の色が同じに見えるとはかぎらない。どの目の見たものがほんたうなのだかわからない。」

「鏡のなかのは、鏡といふ目……?」

それが二人の愛情の目と京子は言ひたい思ひがした。鏡のなかの木々の緑は実際よりもしたたるやうで、ゆりの花

の白は実際よりもあざやかだつた。

「これが京子の親指の指紋だね、右の……。」と夫は鏡の端を見せた。京子はなにかはつとして、鏡に息を吹きかけると指あとを拭いた。

「いいよ。野菜畑を初めて見せてくれた時にも、京子の指紋が鏡に残つてゐたよ。」

「気がつかなかつたわ。」

「京子は気がつかないだらう。僕は京子の親指や人差指の指紋は、この鏡のおかげで、すつかりおぼえこんでしまつたね。女房の指紋をおぼえてゐたりするのは、まあ長わづらひの病人くらゐのものだらう。」

夫は京子と結婚してから、病気のほかはなにもしなかつたと言へないこともなかつた。あの戦時に戦争さへしなかつた。戦争の終りに近いころ、夫も応召のやうなことになつたが、飛行場の土工を幾日かしただけで倒れ、終戦と同時に帰つて来た。夫は歩けないので、京子は夫の兄と迎へに行つた。京子は夫が兵隊のやうなものに取られてから、実家の疎開先きに身を寄せた。夫と京子の荷物も前に大方そこへ運んであつた。新婚の家は焼け、京子の友だちの家の一間を借りて、夫は勤めに通つてゐた。新婚の家に一月あまり、そして友だちの家に二月ほど、つまりそれだけが病人でない夫と暮せた、京子の月日だつた。

夫は高原に小さい家を借りて、療養をすることになつた。その家にも疎開家族がはいつてゐたのだが、戦争が終つたので東京へ帰つて行つた。京子は疎開者の野菜畑も受けついだ。雑草の庭を三間四方ほど掘り起しただけのものだ。田舎だから二人分の野菜ぐらゐ買へぬこともなかつたが、せつかくの畑は捨てにくい時で、京子は庭に出て立ち働いた。京子の手で育つて来る野菜に興味もわいた。病人のそばをはなれてゐたいといふのではない。しかし、縫ひものとか編みものとかは気が滅入つた。同じ夫を思ふにしても、畑仕事をしながらの方が心明るい希望が持てた。京子は無心で夫にたいする愛情にひたるために菜園へ出た。読書も夫の枕もとで読んで聞かせるだけでたくさんだつた。

京子は看病づかれのせゐか、いろいろ失つてゆきさうな自分を、菜園で取りもどせさうな思ひもあつた。

高原に移つて来たのは九月の中ごろだつたが、避暑客もひきあげた後、秋口の長雨が薄寒くじめじめと降りつづいた、ある日の夕暮前、澄み通つた小鳥の声に空が晴れて来て、強い日光のさす菜園に出ると、青い菜がかがやいてゐた。山際の桃色の雲にも京子はうつとりした。夫の声にあわてて、土の手のまま二階に上ると、夫は苦しい息をしてゐた。

「あんなに呼んでも聞えないのか。」

「すみません。聞えなかつたの。」

「畑はやめてもらはう。こんな風に、五日も呼んだら、死んでしまふ。第一、京子がどこでなにをしてゐるか、見えやしない。」

「お庭よ。でも、畑はもうよします。」

夫は落ちついた。

「日雀《ひがら》が鳴いたの聞いたか。」

夫が呼んだのは、それだけのことだつた。さう言つてゐるうちにも、日雀はまた近くの林で鳴いた。その林は夕映のなかに浮き出てゐた。京子は日雀といふ鳥の鳴声をおぼえた。

「鈴のやうに鳴るものがあるとお楽ね。鈴を買ふまで、なにかお投げになるものを枕もとに置いたらどうでせう。」

「二階から茶碗でも投げるのか。それはおもしろさうだね。」

そして京子の畑仕事はつづけてもいいことになつたが、その菜園を鏡に写して夫に見せることを思ひついたのは、高原のきびしく長い冬が過ぎて、春が来てからだつた。

一つの鏡で病人にも若葉の世界がよみがへつたやうなよろこびだつた。京子が野菜の虫を取つてゐる、その虫はさ

すがに鏡に写らなくて、京子が持つて二階へ見せに行かなければならなかつたが、土を掘り起して、

「みみずは鏡でも見えるね。」と夫は言つた。

日の光りのななめの時間、菜園の京子はふつと明るくて二階を見上げると、夫が鏡で反射させてゐることもあつた。夫は学生時代の紺がすりを京子のもんぺに直せと言つて、それを着て畑で立ち働く京子が鏡のなかに見えるのも楽しみのやうだつた。

京子は鏡のなかで夫に見られてゐるのを知つて、半ばはそれを思ひながら、半ばはそれを忘れながら、菜園で働いてゐた。合はせ鏡の片肘が出るのをはにかんだ、新婚のころとはなんといふちがひだらうと、京子は温い心になつた。

しかし、合はせ鏡をしての化粧と言つたところで、あの敗戦のさなかだから、満足に紅白粉をつけたこともなかつたやうだ。その後は看病、また夫の喪のはばかりで、京子が満足に化粧するやうになつたのは、再婚してからだつた。目に見えて美しくなるのが、京子は自分でもわかつた。今の夫との初めの日に、からだがきれいだと言はれたのも、ほんたうだと思へて来た。

湯あがりなど、京子は鏡台に肌を写してもう恥ぢなかつた。自分の美しさを見た。しかし、鏡のなかの美しさに、京子は人とちがふ感情を前の夫から植ゑつけられて、今も消えてはゐなかつた。鏡のなかの美しさを信じないわけではなかつた。むしろその逆で、鏡のなかに別の世界のあることを疑はなかつた。けれども、灰色の空が手鏡のなかでは銀色に光つたほどのちがひは、目でぢかに見る肌と鏡台の鏡に写して見る肌とのあひだにはなかつた。それは距離のちがひだけではないかもしれなかつた。ベツドに寝たきりの前の夫の渇望と憧憬とが働いてゐたかもしれなかつた。してみると、二階の夫の手鏡のなかに菜園の京子がどれほど美しく見えてゐたか、これこそ今はもう京子自身知りやうがなかつた。前の夫が生きてゐた時だつて、京子自身はわからなかつたのだ。

死ぬ前の夫が手にした鏡のなかの菜園に立ち働いてゐた自分の姿、その鏡のなかのたとへば螢草の花の藍やゆりの

花の白、野辺にたはむれる村の子供の群れ、遠い雪の山にのぼる朝日、つまり前の夫との別な世界に、京子は追懐といふよりも憧憬を感じた。なまなましい渇望になりさうなのを、京子は今の夫のためにおさへて、神の世界の遠望とでも思ふやうにつとめた。

京子は五月のある朝、野鳥の鳴き声をラヂオで聞いた。前の夫が死ぬまで暮した高原に近い山の放送だつた。今の夫が勤めに出るのを送つてから、京子は鏡台の手鏡を取り出して、よく晴れた空をうつしてみた。また、自分の顔を手鏡のなかにながめた。奇怪なことを発見した。自分の顔は鏡に写してでなければ見えない。自分の顔だけは自分に見えないのだ。鏡にうつる顔を、目でぢかに見る自分の顔であるかのやうに信じて、毎日いぢくつてゐる。神は人間を自分の顔が自分で見えないやうにつくつたのに、どういふ意味があるのだらうかと、京子はしばらく考へこんでゐた。

「自分の顔が見えたら、気でも狂ふのかしら。なんにも出来なくなるのかしら。」

しかし、おそらく人間自身が自分の顔の見えないやうな形に進化して来たのだらう。とんぼやかまきりなどは自分で自分の顔が見えるのかもしれないと京子は思つた。

最も自分のものである自分の顔は、どうやら他人に見せるためのものであるらしかつた。それは愛に似てゐるだらうか。

京子は手鏡を鏡台にしまひながら、鎌倉彫りと桑とちぐはぐになつてゐることが、今も目についた。手鏡は前の夫に殉じたので、鏡台の方が後家といふのかもしれなかつた。しかし、あの手鏡やもう一つの小さい鏡を、寝たきりの夫に渡したのは、たしかに一利一害だつた。夫は自分の顔も始終写して見てゐたのだ。鏡のなかの顔で病気の悪化におびえつづけてゐたのは、死神の顔と向ひ合つてゐるやうなものではなかつたらうか。もし鏡による心理的な自殺であつたなら、京子が心理的な殺人を犯したことになる。京子はその一害にも思ひあたつて、夫から鏡を取りあげようとした時もあつたが、夫はもう放すはずがなかつた。

「僕になにも見えなくするのか。生きてゐるあひだは、なにか見えるものを愛してゐたいよ。」と夫は言つた。鏡のなかの世界を存在させるためには、夫は命を犠牲にしたのかもしれなかつた。大雨の後、庭の水たまりにうつる月を鏡に写してながめたりもしたが、影のまた影とも言ひ去れないその月が、今も京子の心にありありと浮んで来る。

「健全な愛は健全な人にしか宿らないものだよ。」と後の夫が言ふと、当然京子は恥ぢらふやうにうなづくけれども、心底にうべなはないところもある。病気の夫との厳格な禁慾がなんの役に立つたかと、夫の死んだ時は思ひもしたが、しばらく後にはそれがせつない愛の思ひ出となり、その思ひ出の月日にも愛はうちに満ちてゐたと思はれて来て、悔いはなかつた。後の夫は女の愛を簡単に見過ぎてゐないだらうか。

「あなたはやさしい方なのに、どうして奥さんとお別れになつたの。」と京子は後の夫にたづねてみた。夫は話さなかつた。京子は前の夫の兄にしきりとすすめられて、後の夫と結婚したのだつた。四月あまりつきあつてゐた。年は十五ほどちがつた。

　京子は妊娠すると、人相が変るほどおびえた。

「こはいわ。こはいわ。」と夫にすがりついたりした。ひどいつはりで、頭もをかしくなつた。庭へはだしで出て、松の葉をむしつたりした。義理の子供が学校へゆくのに、弁当箱を二つ渡したりした。二つとも飯がはいつてゐた。鏡台のなかの鎌倉彫りの手鏡を、ふつと透視したと思つて、目をすゑてゐた。夜なかに起き上ると、ふとんの上に坐つて、夫の寝顔を見おろしてゐた。人間の命なんてたわいないものだといふやうな恐怖におそはれながら、寝間着の帯をほどいてゐた。夫の首をしめるしぐさらしい。不意に京子はああつと声を上げて泣きくづれた。夫が目をさまして、やさしく帯を結んでくれた。真夏の夜だつたが、京子は寒さうにふるへた。

「京子、腹のなかの子供を信じなさい。」と夫は京子の肩をゆすぶつた。

医者は入院をすすめた。京子はいやがつたが説き伏せられて、

「病院へはいりますから、その前に二三日だけ、さとへ行かせてちやうだい。」

夫が実家へ送つて来た。あくる日、京子は実家を抜け出して、前の夫と暮した高原へ行つた。九月のはじめで、前の夫と移つて来た日よりは十日ほど早かつた。京子は汽車のなかでも吐き気がし、目まひがし、汽車から飛びおりさうな不安を感じてゐたが、高原の駅を出て清涼の空気に触れると、すうつと楽になつた。つきものがおりたやうに我にかへつた。京子は不思議な思ひで立ちどまつて、高原をかこむ山々を見まはした。少し紺がかつた青い山の輪郭が空にあざやかで、京子は生きた世界を感じた。温くぬれて来る目をふきながら、もとの家の方へ歩いて行つた。あの日桃色の夕映に浮んだ林からは、今日も日雀の鳴き声が聞えた。

もとの家には誰かが住んでゐて、二階の窓に白いレエスのカアテンが見えた。京子はあまり近よらないでながめながら、

「子供があなたに似てゐたらどうしませう。」と、自分でもおどろくやうなことをふとつぶやいたが、温く安らかな気持で引きかへした。

○**テキスト**　初出は「文芸春秋」一九五三（昭28）年十一月。『たまゆら』（角川書店、昭30・7）に収録。テキストには『川端康成全集』第八巻（新潮社、昭56・3）所収の本文を収録した。

○**解説**　微妙な省筆が多いこの作品の、語りの特徴をいきなり示したものとも言える冒頭部分は、読者を躓かせる。「決して『これだけ』とは言へなかつた」という一文は、一行めからの叙述を辿る読み手にとって、主語に狂いが生じてくる分かりにくい語りだしである。なぜ、このような語り方がなされているのかを考えてみることが必要だろう。それは、以下に語られる作品世界が、〈鏡〉を媒介として時間を錯綜しつつ展開される、京子の意識の流れを追う形となっていることと恐らく無縁ではない。複数の意味を一文に内包して提示する先の語りには、作中の〈鏡〉の多義性が表徴されていると捉えることもできよう。マシュウ・ミゼンコ「川端文学における『鏡』」（「解釈と鑑賞」昭56・4）を代表例として、川端作品における〈鏡〉の重要性について触れた論は既に多い。「水月」も、一読して明らかなように、〈鏡〉が作品成立の大切なポイントとなっている。「水晶幻想」や「雪国」などにおける〈鏡〉の機能と、この作品でのそれを対照させて読んでみるのもおもしろい。ここでの〈鏡〉は、〈現実〉を映しだしながらも、それとは異なる他の世界を現象させ、更にその別な世界を経由することで〈現実〉の新しい〈生〉の在り方が発見されるという複雑な機構を持つ。このような〈鏡〉の世界を〈異界〉と呼んでみたい。

「水月」は、〈現実〉の再婚生活の中の性体験によって、〈異界〉の中に生じる〈愛〉をより一層強く確認していく京子が、「妊娠」という二つの世界の裂け目に落込む危機を迎えることで、〈現実〉にとっての〈異界〉の意味を獲得するまでの物語である。それは、肉体は滅んでも京子の中には生き続けている「前の夫」を、〈現実〉において真に再生させることでもある。「前の夫」「後の夫」という京子一人だけに意味のある区分を用い、固有名を明示しない語りの在り方に顕著に示されているように、この小説では、「夫」との〈愛〉をめぐる京子の意識の在り方そのものを語ることに、語り手の主眼は置かれている。新婚の頃、まだ病に臥していない「前の夫」との性的な追憶の中にあった〈鏡〉は、京子の体を映して楽しむ「前の夫」の欲望の小道具として存在していたし、京子自身にとっても、それは「恥づかしし」さを露呈させる生活用品に過ぎないものだった。しかし、その時の記憶が、「厳格な禁欲」生活に入ってから蘇り、京子は〈鏡〉に自らの姿態を映し、それを病人である「前の夫」に見せることで、「最も自分のものである自分」を「他人に見せるためのもの」とすることで二人だけの〈愛〉の世界、すなわち、〈鏡〉の中にのみ生まれる〈異界〉の中の〈愛〉の世界を生きることになる。肉体的な結びつきを互いに禁じている分、この〈愛〉は強固なものとなっていく。京子は、「鏡のなかの美しさ」に「人とちがふ感情を前の夫から植ゑつけられて、今も消えてはゐな」い。〈鏡〉という〈異界〉の世界にこそ本当の〈美〉はあり、それは、死者（「前の夫」）との共生の中にだけ存在し、「後の夫」と共にある〈現実〉からは、「神の世界の遠望」としか捉えられないものと「思ふやう」京子は「つとめ」なくてはならない。京子の〈愛〉は〈異界〉にあって、〈現実〉からは遠く隔たっている。肉体を愛されれば愛されるほど、「女の愛を簡単に見過ぎ」るように思われてしまう「後の夫」に対して、「前の夫」への〈愛〉は、相対的に高められていく。そうした分裂した在り方が「妊娠」という身体の変化によって顕現され、京子を錯乱させていく。京子は、「後の夫」への殺意や「汽車から飛びおりさうな不安」を覚えるが、ここでの他殺と自殺の意識は同一のものであり、〈現実〉を受け入れられない京子の逃避願望の現れである。京子の意識の流れに寄り添いながら、時空を飛び越えて、「前の夫」と「後の夫」とを対比させ、後者によって前者への〈愛〉が高まることを語ってきた語り手は、作品末尾、「後の夫」を消し去り、京子の「あなた」への呼び掛けに〈愛〉の形を刻印する。「後の夫」との肉体による結びつきの結果としてある「妊娠」は、京子の裡にあった「前の夫」との〈愛〉の確認によって初めて京子自身に了解される。〈異界〉の中の〈愛〉があってこそ〈現実〉の中の新しい〈生〉の誕生が可能であることを京子は理解する。その時、〈異界〉と〈現実〉とは「生きた世界」として一体となり、京子に「温く安らかな気持」をもたらすことになる。ここに京子の〈愛〉の形は成就される。

錯綜する時間の流れの中に〈鏡〉の特性を持ち込み、それによって特異な形での〈異界〉の〈愛〉を語ること。そうした女の〈愛〉の世界の独特な在り方を語り、〈異界〉の〈愛〉が〈現実〉を超え、浸蝕し、やがて二つが融合され調和されるまでを語ること。女の〈愛〉の意識のみを純粋培養するような独自の小説世界。〈作家〉川端が「水月」でめざしたものはそのような世界であった。

（馬場重行）

○参考文献　長谷川泉「『千羽鶴』と『山の音』――『ほくろの手紙』『水月』に触れて――」（『川端康成論考　増補版』明治書院　昭44・6）。鶴田欣也「『水月』」（『川端康成論』明治書院　昭63・3）。高比良直美「失われた時空間への思い――『水月』『弓浦市』『二人』――」（『川端文学への視界5』平2・5）。田村充正「川端康成『水月』論――露・仏・英訳の問題に触れて――」（「早稲田大学比較文学誌」平3・3）。羽鳥徹哉「川端康成の『水月』について――『チャタレイ夫人の恋人』『日はまた昇る』に触れて――」（「昭和文学」平4・2）。山中正樹「川端康成『水月』試論――『鏡』を媒介とした母子関係について――」（「豊田短期大学研究紀要」平8・3）。

補陀落渡海記

井上　靖

熊野の浜ノ宮海岸にある補陀落寺の住職金光坊《こんこう》が、補陀落渡海した上人たちのことを真剣に考えるようになったのは、彼自身が渡海しなければならぬ年である永禄八年の春を迎えてからである。それまでも自分の先輩であり、自分が実際にその渡海を眼に収めた何人かの渡海上人たちのことを考えたことがないわけではなかったが、同じ考えるにしても、その考え方はまるで違ったものであったのである。

と言うのも、金光坊自身、自分が渡海するかしないかといった問題は、実際のところそれまではそれほど切実に自分の身に結びつけて考えてはいなかったのである。なるほど補陀落寺の彼の前の住職である清信上人は六十一歳で永禄三年に渡海しており、その前の日誉上人も天文十四年十一月、六十一歳で渡海している。それからその前の正慶上人は天文十年の十一月の渡海で、やはり六十一歳の時である。こうして補陀落寺の住職の前任者を並べてみると、三代続いて、六十一歳の年の十一月に、補陀落の浄土を目指して、浜ノ宮の海岸から船出していることになる。併し、だからと言って、補陀落寺の住職がすべて六十一歳の十一月に渡海しなければならぬというような掟はどこにもないのである。

補陀落寺は確かにその寺名が示す通り補陀落信仰の根本道場である。往古からこの寺は観音浄土である南方の無垢世界補陀落山《せん》に相対すと謂《い》われ、そのために補陀落山に生身の観音菩薩《ぼさつ》を拝し、その浄土に往生せんと願う者が、この熊野の南端の海岸を選んで生きながら舟に乗って海に出るようになったのである。浜ノ宮はその解纜《かいらん》場所、補陀落寺はいつかその儀式を司る寺となったが、併し、補陀落寺の住職が自ら渡海しなければならぬといった掟はそもそも初めからどこにもないのであった。ただそうした補陀落信仰と関係深い寺であるので、創建以来長い歴史を通じて、渡海者の多くは補陀落寺に一時期身を寄せ、そしてこの寺から出て船出しているし、住職の中からも何人かの渡海者を出しているのである。寺記に残っている渡海上人たちの名は十人近くあろうか。いずれも渡海した年齢はまちまちであり、十八歳の上人も居れば、八十歳の高齢の渡海者も居る。

それが、たまたま近年になって、三代続いて補陀落寺の住職が六十一歳で渡海することがあって、そのために何となく補陀落寺の住職は六十一歳になると、その年の十一月に渡海するものだといった見方が世間に於て行なわれるようになり、またそうした見方が、この寺の歴史からするとさして不自然でなく成立するようなところもあって、六十一歳になった金光坊もそうした世間の見方から逃れられぬ羽目に立ち到ったわけであった。

世間のこうした見方というものに、これまで彼自身さして深い関心を示さなかったというのは、あるいはまた、そうした見方に気付いていてもそれほどそれが決定的な強い力を持つものであるということに思い到らなかったというのは、何と言っても若年から僧籍にはいった金光坊の世間知らずの迂闊《うかつ》さと言うほかはなかった。

金光坊とて補陀落寺の住職である以上、いつか自分もそうした心境に立ち到れば渡海上人としてここから船出しないものでもないぐらいのことは考えていたし、また僧侶としてそうしたいつか自分のところへやって来るかも知れない日を、必ずしも期待しないわけのものでもなかった。金光坊にしても僧侶として多少の自負もあったし、渡海ということへの仏へ仕える身としての一種の憧憬に似た陶酔もあった。自分の師である三代前の正慶上人の渡海の立派さは、今もありありと眼に残っていて、自分もできるならそうなりたいとかねがね思っていたのである。ただそうした高い信仰の境地へ、正慶上人は六十一歳で到達できたが、鈍根の自分は更に何年かの修行の年月を必要とすると思っていたのである。渡海する心境に到達することが、補陀落寺で一生を過した僧としての金光坊のやはりそれは一つの悲願でなかろう筈はなかった。

そうした金光坊に対して、永禄八年という年は、思いがけずひどく意地悪い年としてやって来たのであった。金光坊は年の初め早々から、寺を訪ねて来る人々から、渡海は十一月の何日であるかとか、いよいよ渡海の年になったが、せめてものお役に立ちたいので、自分にやれることなら何なり申し付けてくれないかとか、そんな言葉をかけられた。渡海するその年になるまでは、さすがに口から出さないでいたが、もうその年が来てしまったのだから、これ以上黙っていてそのことに触れぬのは却ってお上人さまに対して失礼であろうからといったそんなものが、いささかの悪意もなしにどの人の顔にも、その言葉にも感ぜられた。

意地悪い考えからそのようなことを言う者はなかった。金光坊は若い時から身を処するには一応厳しい方だったし、ずっと目立たない存在ではあったが、どこかに素朴な人柄のよさもあって、そうしたところが中年を過ぎてから地方の檀徒の間では想像以上の信望をかち得ていた。もうここ何年も金光坊は自分に対する人々の眼に、自分に対する崇敬と親愛の念が籠められているのを見ないことはなかった。こうしたことは里人の間でも、寺関係の人々の間でも、熊野三社関係の、いわゆる那智の滝衆の間でも同様だった。金光坊は誰からも充分尊敬され親しまれていたのである。

金光坊は正月から春まで、そうした自分が渡海するという世間の見方に迷惑を感じ、近い機会にそれを訂正して、自分の渡海の時期は、自分がその心境になるまで何年か先に延さねばならぬし、またそうしなければ折角渡海の船出をしても、補陀落山へ行き着くことはできないであろうということを諒解《りようかい》して貰うつもりだった。併し、春になると、金光坊はそうすることに絶望を感じた。一人や二人なら理解して貰えたし、理解させることもできたが、彼の渡海を信じている者は十人や二十人や百人や二百人ではなく、それは広い世間全部と言ってよかった。

金光坊が巷《ちまた》へ一歩足を踏み出すと、渡海上人であるということで、彼の足許には賽銭《さいせん》が降り注いだ。子供までが追いかけて来て賽銭を投げた。そのために街を歩く金光坊のあとには、いつも賽銭を拾う乞食が何人も付き纏《まと》う程だった。それからまた観音の浄土まで携行してくれと故人の位牌が届けられて来たり、生きている者までわざわざ己が位牌を作って、それを金光坊の許に持参して来たりした。

こうなると、金光坊は好むと好まざるに拘らず、渡海しなければならぬもののようであった。若《も》し自分に目下渡海する考えのないことなどを口走ったり、それが何年か先のことであるなどと言おうものなら、世間というものは承知しないに違いなかった。どのような騒ぎが起り、どのような危害が身に及ぶか見当が付かなかった。

金光坊はそのために自分がいかに世の中から葬り去られようと、それはそれで耐えられぬこともなかったが、そのために観音信仰というものに汚点のつくことを考えると、それには耐えられなかった。若し小さい自分というものの言動一つで観音に対する信仰に瑕《きず》でもつこうものなら、それこそ僧として仏に対して詫びのしようはなかった。死んでもその罪は消えないものと思われた。

金光坊が正式に自分がこの十一月に渡海するということを発表したのは、三月の彼岸の中日だった。発表の折は熊野本社で古儀に則《のっと》って儀式が行なわれた。金光坊はこれまでこの儀式に侍僧として七回出席していたので、そのことについては誰よりも詳しかった。金光坊はその日に先立って多くの関係者に対して、その儀式の順序次第や、供花や楽器のことなどを教えた。金光坊が諳《そら》んじているものを口から出すと、清源という十七歳の弟子の僧侶がそれを傍で記録した。

この清源の姿を見た時、金光坊には多少の感慨があった。金光坊は二十七歳の時、いまの清源と同じように、やはり渡海して行く祐信上人の前に坐って、彼の口から出る儀式の次第を聞いて書き写したものであった。清源も亦、この補陀落寺に居る限りは何十年か先には渡海するような運命に見舞われぬものでもなく、何となくわが身に引き較べた痛ましい気持で、金光坊は稚《おさな》い僧侶の剃られた青い頭を見守っていた。

補陀落渡海がいつ頃から行なわれるようになったか詳しいことは勿論判らないが、金光坊が繙《ひもと》いた寺の古い記録によれば、貞観十一年十一月三日に熊野の海岸から渡海した慶竜上人が最初ということになっている。貞観と言うと、金光坊の生きている永禄から七百年程昔のことになる。その次が五十年程の間隔をおいて、延喜十九年二月の祐真上人。この人は奥州の人だと但書がついているから渡海の希望を持って奥州からやって来て、補陀落寺に渡海前の何年か何カ月かを過した僧侶なのであろう。三番目は天承元年十一月の高厳上人。祐真上人との間には二百年以上の歳月が置かれている。それから更に三百年を経た嘉吉三年十一月に四番目の祐尊上人が渡海している。それから更に五十余年を経て、明応七年十一月の盛祐上人の渡海となるわけだが、その盛祐上人の渡海は金光坊の生れる七年前のことであり、この僧侶の学徳の誉高かったことについては、金光坊も補陀落寺にはいった当座からいろいろと聞かされていた。それから金光坊もよく知っている足駄許り履いていて足駄上人と謂われ、奇行の多かった祐信上人の渡海までには三十三年の隔りがある。

いまこそ補陀落寺は補陀落渡海あっての寺のように言われ、昔から少し気の利いた僧侶は尽《ことごと》くこの寺へやって来て渡海の儀式を終え、さっさと渡海して行ったように思われているが、金光坊の知る限りでは決してそのようなものではなかった。この寺の古い記録にある上述の慶竜、祐真、高厳、祐尊の四上人以外に、この寺の住職以外でこの寺から渡海した者は、信ずるに足るものだけを拾えばほんの二、三の例しかない。下河辺行秀という武人が貞永二年に、入道儀同三司房冬が文明七年に、それぞれ渡海したというのは、他の寺の記載にもあるので事実として見ていいであろうが、その他は殆ど信ずるに足らぬもの許りであった。

従って、補陀落渡海、補陀落渡海と言うが、七百年程の間に渡海者は十人あるかなしである。また考えてみればそれが当然なことに思われた。普通の人間が寺詣りでもするようにやたらに渡海できる筈のものではなかった。渡海者は僧侶の中でも何千人か何万人かに一人という特殊な人であるに違いなかった。渡海するに相応《ふさわ》しいだけの修行を積み、海上に於ての特殊な生命の棄て方を信仰の中に生かすことのできる僧侶は、何十年、何百年に一人しか出るものではない。

それがどういうものか近年やたらに渡海者が多くなり、金光坊の六十年の生涯の中に足駄上人を初めとして五年前に渡海した清信上人まで七人の渡海者を算《かぞ》えるに到ったのである。しかもこの中の二人は、二十一歳と十八歳の若者である。信仰のために渡海しようという希望を持った者に対して、それを阻止できる権利を持つ者は寺には勿論のこと、この世には居ないのである。現世の生を棄て、観音浄土に生れ変ろうという熱烈な信仰は、万巻の経典が信仰の窮極の境地として説いているものに他ならなかった。

金光坊は永禄八年になって渡海騒ぎが始まるまで、渡海そのものに対して、そこに一抹の疑念もさし挟んだことはなかった。船底に固く釘で打ちつけられた一扉すら持たぬ四角な箱にはいり、何日間かの僅かな食糧と僅かな燈油を用意して、熊野の浦から海上に浮ぶことは、勿論海上に於ての死を約束するものであった。併し、それと同様に息絶えたものの屍は、その者が息絶えると同時に、丁度川瀬を奔《はし》る笹船のように、それを載せた船と共に南方はるか補陀落山を目指して流されて行く。流れ着くところは観音の浄土であり、死者はそこで新しい生命を得てよみがえり、永遠に観音に奉仕することができるのである。

熊野の浦からの船出は現世の生命の終焉を約束されていると同時に、宗教的な生をも亦約束されているものであった。従って、金光坊は未だ曾《かつ》て一度も、渡海者たちの顔に絶対に帰依する者だけの持つ、心の内側から輝き出して来るような一種独特の静けさと落着き以外の何ものも見たことはなかった。死への悲しみや怖れなど微塵《みじん》もなく、寧ろそこには新しい生への悦びが窺《うかが》われた。渡海者は一様にもの静かで晴れ晴れとした顔をしており、そして彼等を見送る者たちも亦、多少の好奇心を除いては、鑽仰の念以外のものは、彼等に対して懐かなかった。

併し、金光坊がそうした過去の渡海者たちに対して今までとは違った向い方で向うようになったのは、己が渡海を世間に発表してからであった。金光坊の眼には、寝ても覚めても自分の知っている何人かの渡海者たちの顔が、今までとは少しく異なった表情で入れ代り立ち代り現われるようになったのであった。

金光坊は春から夏へかけて補陀落寺の自室から出なかった。外出すると賽銭を投げられたり、生仏のように拝まれたり、あるいは浄土への携行物を託されたり、死にかかっている病人の額に触らせられたり、そうしたいろいろのことも煩わしかったが、それより金光坊はあと三、四カ月先に迫っている渡海に対して、曲りなりにもそれに応じられるだけの自分を作らなければならなかったのである。突然渡海ということに立ちはだかられてみると、金光坊は自分がまだ何の心準備もできていないことを知らなければならなかった。金光坊は明けても暮れても読経三昧にふけった。いつ侍僧が居室へ顔を出しても、金光坊はいつも痩せぎすの背を見せ、経を誦《ず》す声だけがそこからは立ちのぼっていた。

たまに経を誦していない時もあったが、そうした時は金光坊は気抜けしたように呆然と室内の一点へ眼を当てていた。侍僧が声をかけても容易なことではその視線を侍僧の方へは向けなかった。侍僧はそうした金光坊の様子をいつも同じ言葉で周囲の者に伝えた。渡海上人たちは海へはいってヨロリになられるそうだが、この頃のお上人の顔ときたら、渡海せんさきからヨロリそっくりじゃ。

実際に渡海上人の霊はヨロリという魚になると言われていた。ヨロリはミキノ岬と潮ノ岬の間にしか棲んでいず、土地の人はこの魚は捉えても直ぐ海に返してやり、決してそれを食用にすることはなかった。

金光坊は生れつき長身で痩せており、それでなくてさえ外見は長細いヨロリに似ていたが、侍僧にヨロリに似ていると言わせたものはそうした体恰好から来るものではなく、その眼であった。金光坊の放心したように焦点を持たぬ、それでいて冷たい小さい眼は、確かにヨロリという魚のそれに似ていた。

金光坊は瞑目して読経しているか、でない時はヨロリの眼をどこを見るというでもなく見開いていた。ヨロリの眼をしている時は、金光坊はいつも自分の先輩である渡海上人たちの誰かのことを考えていたのである。

金光坊も一日に何回か、ほんの僅かの時間だが、ヨロリの眼から人間の眼に返ることがあった。それは自分がもう長いこと渡海上人の誰かのことを考えていたことに気付き、ああ、こんなことをしていてはいけない、こんなことを考えていてはいけない、そんな暇があったら経を誦すことだ。経さえ誦していればいいのだ、と自分を叱りつける時であった。この時だけ金光坊は本来の自分の眼に立ち返り、それから再び憑《つ》かれたように経を誦し始めるのであった。併し、経を誦し終ると、いつか、金光坊はまたヨロリの眼になってしまった。渡海した上人たちの誰かのことが彼の心を捉えてしまうのである。謂ってみれば、この時期の金光坊の毎日は、ともすればヨロリになり勝ちな自分の眼を、読経に依ってそうした状態から救うことであった。つまり、執拗に彼の眼の前へ入れ代り立ち代り立ち現われて来る渡海した上人たちの顔を自分の眼から追い払うことであった。それに精根を費していたと言っていいのである。

金光坊が補陀落渡海に立ち合った最初は享禄四年の祐信上人の場合で、祐信はその時四十三歳であった。金光坊は郷里の田辺の寺から補陀落寺へ移って来てから半歳経った許りの時で二十七歳であった。祐信はいつも足駄許り履いていて奇行が多く、寺でも何となく変り者として特別扱いにされていたが、突然物にでも憑かれたような恰好で補陀落渡海を宣言して周囲のものを驚かせ、宣言してから三カ月目に実際に渡海を実行したのであった。この祐信の渡海はその前の渡海者盛祐上人の時から三十三年の開きがあったので世間の視聴を集めるに充分だった。渡海の日は近郷近在は勿論、遠くは伊勢、津あたりからも渡海を拝もうという人たちが集まって、浜ノ宮の海岸は大変な人出だった。

祐信も亦田辺出身の僧で、金光坊は郷里が同じだということで、短い期間ではあったが、祐信とは他の者より多少親しく話す機会を持った。祐信は金光坊によく自分には補陀落が見えるというようなことを言った。どこに見えるかと訊くと、海の果てに天気のいい日ははっきりと浮んで見えると言った。そして、自分の心を空しくして仏の心に帰《き》依《え》した者には誰にも補陀落は見える筈だ。お前もその気になって信仰生活に徹すれば必ず自分と同じように補陀落が見えて来るだろうと言った。補陀落という所はどのようなところか、貴方の眼にはどのようなところとして映っているかと訊くと、そこは大きな巌《いわお》でき上っている台地で、烈しい波濤に取り巻かれている。その波の砕け散る音まで自分のところには聞えてくる。併し、その波濤に取り巻かれた巌の台地は、どこまで行っても尽きない程の広さを持ち、限りなく静かで美しいところで、永遠に枯れぬ植物が茂り、尽きることのない泉が到るところから湧き出していて、朱い色をした長い尾の鳥が群がり棲み、永久に年齢を取らぬ人間たちが仏に仕えて喜々として遊びたわむれている。祐信はそんなことを言った。

祐信は渡海の日、滞りなく渡海の儀式をすませると、浜ノ宮の一の鳥居のところから舟に乗ったが、その附近一帯を埋めている見送りの群衆には全く無関心であった。そして舟へ乗り移るまで付き添って世話をしていた金光坊に、今日は取り分けよく補陀落山が見える。お前もいつかやって来るがいいと言って、それから低く声を出して笑った。その笑い顔を見た時金光坊は何となくはっとした。それでなくてさえ、平生でも、坐って見えている祐信の眼が、この時は青い光でも発しているかのように鋭く見えた。

祐信の舟は海上三里の綱切島まで同行者の乗り込んだ数隻の舟に付き従われて行き、そこでこんどは同行者と別れて沖合へと一隻だけ押し出されて行った。

綱切島まで送った人々の話では、祐信の舟は一隻だけになると、まっすぐに南へ向けて黒い波濤の中を揺れ動いて行ったが、それは一本の綱にでも引っ張られて行くような速い進み方だったということだった。絶えず彼の眼に映っていた補陀落浄土へと仏の力に導かれて進んで行ったのかも知れなかった。

祐信は渡海後祐信上人と称《よ》ばれたり、足駄上人と称ばれたりした。渡海前後、彼を変人扱いにしていた寺の人たちも、誰ももう足駄上人の悪口を言うものはなかった。足駄を履いた僧侶の奇行は、いろいろな意味をもって考えられるようになり、そのどれもが鑽仰の念を以て語り継がれるようになった。

金光坊は祐信からお前もやって来いと言われたが、それから三十四年後本当に金光坊は祐信の行った補陀落へ行くことになったのである。現在の金光坊には祐信が舟に乗り移る時見せた青い光を放った憑かれたような眼が、祐信のことを思うと思い出された。祐信が海の果てに補陀落浄土を見ていたことは疑うことは出来ないが、それを見ていた祐信の眼は常人の眼とは違っていたのではなかったか。彼の渡海には死の約束はなかったのだ。彼は死など一度も考えてはいなかったに違いない。死も考えなかったし、同時に、また生も考えなかったのだ。彼の青い光の眼は、実際補陀落を見、そしてそこへ憑かれて歩いて行っただけのことなのであろう。

それから十年経って、正慶上人の渡海があった。正慶上人が渡海を発表した時、世間の人は誰もそのことに少しも異様な感じは持たなかった。渡海などのことは口に出さないで一生寺で過しても、正慶上人は世間の人々から充分尊ばれたに違いなかったが、渡海を発表すればしたで、それはそれでまた、正慶上人らしいことに思われた。そうしたところは何と言っても正慶上人の豪《えら》さであった。ひと摑みにできそうな小柄な体、年齢より十歳以上も多く見える皺《しわ》だらけの顔、その中の慈愛深い二つの眼。

金光坊は正慶上人が渡海すると決った時、心は悲しみで閉されたが、これは全く上人と別れなければならぬということから来る悲しみであった。もう上人の優しい労《いたわ》りの籠った言葉にも、心の底に滲み通る嚙んで含めるような訓戒にも、もう接することができなくなると思うと、堪《たま》らなく悲しかったのである。自分を産んでくれた親と別れても、これほど深い悲しみはないだろうと思われた。

渡海する年の夏、上人の部屋へはいって行った金光坊に、正慶上人は何かの話のはずみで、広い青海原で死ぬのはいいものじゃろうよと言った。死ぬんでございますかと金光坊は訊いた。この時まで金光坊は補陀落渡海が海上での死を意味すると考えたことはなかった。死ぬには違いなかったが、補陀落へ渡り、永遠の生を得ることが目的である筈であった。そりゃ、死ぬ。死んで海の広さと同じだけある広々とした海の底へ沈んで行く。いろんなうろくずの友達になる。そう言って上人はいかにもそのことが楽しそうに屈託なく笑った。

　正慶上人はこの時許りでなく、渡海の舟へ乗り込む時も、また綱切島から船出して行く時も、いつもにこにこしており、平生と少しも違わなかった。大抵の渡海者は四角な箱にはいり、その箱を船底に打ちつけて貰ったが、上人だけはそんなことはしなかった。箱は置かれてあったが、箱から出て艫端にきちんと坐り、手を挙げて一同と別れを惜んだ。上人は泣かなかったが、送る側は老若男女を問わずみな泣いた。

　上人は屍が補陀落へと流れて行くことを考えず、海底へ沈むことを考えていたが、それではなぜ補陀落渡海したのであろうか。

　それに対して、いまの金光坊に考えられることは一つしかなかった。正慶上人はそうすることが、観音信仰への自分の為すべき最上のことだと思っていたのに違いなかったのだ。天文の初めから上人の渡海した十年へかけて、熊野地方には天災地異がたて続けに起っていた。七年正月の大地震、同じく八月の山崩れ、この時は本宮の垂木《たるき》柱が悉《ことごと》く割れ砕けるという鎮座以来の不思議があった。また九年八月の大風雨には七人衆の川舟はみな流れ、在々浦々で多くの死者を出した。それからまた正慶上人の渡海の年の八月にも大洪水があった。こうしたことに加えて、京方面は争乱続きで、その余波を受けてこの地方にも殺伐な事許りが起っていた。夜盗の群れが横行し、やたらに殺人や傷害沙汰が多く、信仰心といったようなものは全く地を払っていた。正慶上人はそれが悲しかったのだ。そして信仰というものへ世間の心を惹くために、補陀落渡海を思い立ったのである。

　併し、それにしても、いまの金光坊に気になることは、あれだけの上人が、海上に於ける往生以外、補陀落への渡海ということになると、それを少しも信じていなかったのではないかということであった。上人の場合はそれはそれでいいが、金光坊の場合は、それでは心に納得できぬものがあった。上人のような高い信仰の境地に到達すれば、補陀落へ着こうと着くまいと、それはそれでいいわけであったが、金光坊としては自分の死体がただ海の底へ沈んで行くだけでは、それだけのための渡海であるとしたら、死んでも死にきれぬ気持であった。

正慶上人の渡海から四年目に日誉上人が渡海した。この上人は正慶上人のあとを継いで補陀落寺を預かった人であるが、正慶上人とは異なって病弱で気難かしい僧侶であった。金光坊はこの人物に仕えた四年間は、気持の休まる時はない思いだった。寺の人からもみな怖れられていた。だから日誉上人の渡海が発表された時、そのことの意外さは兎も角として、吻《ほっ》とした思いを持ったのは金光坊一人ではなかった筈である。日誉上人は生に執着の強い人で、平生でも風邪一つひいたら大変な騒ぎであった。それが渡海の年の正月から持病の喘息《ぜんそく》がひどくなり医者にかかっても少しも効果はなく、自分でも自分の生命がこのままで行ったら幾らもないことを悟ったのである。そして突然どうせ六十一歳で病歿するくらいならいっそ補陀落渡海をと思いたったものらしかった。

併し、この日誉上人の場合は、補陀落渡海に依って、現身《うつしみ》のまま補陀落浄土へ行き着けぬものでもあるまいという考えが強く働いていたことは疑えない。渡海前年の秋あたりから、日誉上人は康治元年の一月どこかの国の僧侶が土佐の国から渡海して現身のまま補陀落浄土へ行って、そこを見物して帰って来たという話や、どこのたれそれが文明年間に渡海して、これまた補陀落浄土へ詣で無事に帰国した話などを何かの書物で読んだらしく、そうしたことを誰彼の見境なく話すことが多くなった。

日誉上人の渡海にはこうした伝説か物語か判らぬものが、大きい力をもって働いていたことは否めないようであった。併し、渡海を決意してから渡海の日までの日誉上人は兎も角立派であった。渡海上人の称号を貰ってから急に気持がしゃんと立ち直った感じで、渡海の年の夏から秋へかけては別人のように穏やかになった。他処目から見ている限りでは、上人の心の内部にはもはや生とか死とかそうした観念はいささかもないようであった。

日誉上人は渡海の前日、自分の乗る舟を浜辺まで見に行った。その時金光坊は供をして一緒に行ったが、上人は舟を見た時だけ、少し不機嫌な顔をして、正慶上人の時もこのように小さな舟だったかと言った。金光坊は前の上人の場合はもっと小さかったと答えた。

渡海の日、日誉上人は舟へ乗り移る際、水際から舟縁《べ》りへ渡してある板の橋を踏み外して、片脚を海水に浸した。この時日誉上人は誰にもそれと判る顔色の変え方をして、何とも言えず厭な顔をした。金光坊はこの時の上人の顔ほど絶望的な顔を見たことはなかった。日誉上人は片脚を船縁りにかけ、濡れた片脚を橋代りの板に乗せて、暫くの間そのままそこに立っていた。そしてやがて思い諦めたかのように船にはいった。五人の同行者の話では、日誉上人はそれから綱切島を出るまでたれともひと言も口をきかなかったそうである。

金光坊は日誉上人の顔を、その時から二十年経った現在もはっきりと眼に浮べることができた。そして厭なことには、そうした顔をした上人の気持は、そっくりそのまま自分の気持ででもあるかのようにこちらに伝わって来た。

梵鶏《ぼんけい》上人は、祐信上人の場合と同じように、自分には補陀落が見えるというようなことを時折口走っている人物だった。渡海の時の年齢は四十二歳で、体は大兵《たいひょう》肥満で、裸になると土方人足のように頑健で、素行は概して粗暴であった。金光坊は自分より十歳年少のこの僧侶が何となく虫が好かなかったが、梵鶏上人が渡海を発表した時は、妙に痛ましいものを感じた。渡海上人たちは概して繊弱な体格を持った人物が多かったが、梵鶏上人は余りに大きく、渡海の舟にも似つかわしくなく、補陀落の浄土にも亦無縁の人のように見えた。

梵鶏上人ははっきりと現身のまま自分が補陀落へ行き着くものと信じていた。自分は死ぬのは厭だが、併し、補陀落山から招きを受けているから、自分がそこへ無事に行き着けることは必定である。補陀落山が自分の眼に見えるということは、そこから招かれていることである。そんなことをくどくどと喋った。

みんなそうした梵鶏上人の言葉に対して、彼の満足するような返事は与えなかったが、日誉上人のあとを受けて住職になっている清信上人だけは、いつもその通りだろうと優しく穏やかに答えていた。

その清信上人も亦、五年前の六十一歳の時渡海したが、金光坊は清信上人の渡海には、それまでのなにびとの場合とも違った見方をしていた。清信上人はもともと身寄りのない孤独な身の上であったが、彼が住職になっている間、人から裏切られるような厭な事件がたて続けに彼を襲っていた。それでなくてさえ、その貧弱な体格同様、小さい風波にでもすぐ痛み易い上人の心は、すっかり厭人癖に取り憑かれ、世を厭《いと》い、人を厭い、生きて行く気持を失ってしまったのであった。

金光坊は年齢も近かったので清信とはよく気持が合ったが、清信上人の晩年の厭世的な気持は何ものも救うことができない程強いものであった。彼は心の底から死にたかったのである。幼年から僧籍にはいり、一生僧侶で過してはいたが、晩年の彼はたいして仏というものを信じてはいなかった。

勿論そうした自分の心の内側は誰にも覗かせず、渡海上人として衆生の尊敬を一身に集めて、万事そつなくやってのけたが、金光坊だけには彼の気持がよく解っていた。

渡海の日が迫ると、清信上人は舟は用いないで、鉦《かね》を叩《たた》きながら浜辺から海へはいり、次第次第に深処《ふかみ》へ向って歩いて行く方法を取りたいと言った。併し、この事は弟子たちから苦情が出て、実行することはできなかった。正慶上人と並んで、清信上人の場合も亦、立派な渡海であった。補陀落浄土へ行けるようなら自分は一刻も早くそこへ行きたい。それ故、食糧も燈心も油も要らない。帆柱と南無阿弥陀仏と染めぬいた帆さえあればそれで充分であると言い、実際にその通りにしたのであった。

舟の中の上人の顔は僧侶の顔ではなかった。念珠《ねんじゅ》こそ持っていたが、舟に乗ってから他の渡海上人たちの総てがやるように念仏を誦すわけでも、念珠をまさぐるわけでもなかった。

綱切島を出る時、上人は大勢の見送り人から漸く解放される時が来たというように、

「やれやれ、人間というものは、生きるにも死ぬにも人に厄介になるものですわ」
ただひと言そんなことを言った。これで漸く一人になれる、そんな吻としたものがその表情にはあった。

以上の渡海者たちの間に、二十一歳の光林坊、十八歳の善光坊の渡海があった。前者は金光坊が三十五歳の時であり、後者は三十八歳の時である。二人共申し合せたように骨と皮ばかりに痩せ衰えて死の一歩手前といった状態で、両親に付き添われて寺へ渡海を申し込んで来た。光林坊の場合は、補陀落渡海には両親が熱心で、万が一にも現身のまま補陀落山に行き着けるものなら、このままにしておいてどうせ長くは生きない我が子にとって、それはどんなに仕合せなことだろう、そういった気持から出た措置であった。本人の光林坊は渡海の真の意味が何であるかよくは理解できないらしかったが、どうせ自分でも助からぬことは判っているので、両親の言いつけなら何にでも従うといったところがあった。

善光坊の場合は、光林坊とは反対に全く本人の希望するところであった。両親はどうせ死ぬにしても一刻でも長く現世に置きたい気持であるらしかったが、本人の方は海上で成仏し、己が死体を補陀落浄土へ潮によって運んで貰いたいと両親を説き伏せ、両親はやむなく涙ながらに彼に付き従って寺までやって来たということであった。

この二人の若い渡海上人のためには同行者も多く、浜辺の見送り人も多かった。

金光坊は十八歳の痩せ衰えた少年の渡海にその時も涙をそそられたが、現在でも亦、その少年の姿を思い浮べると、心の底から込み上げて来る切ないものを感じた。

夏から秋にかけては恐しい程早く日が経った。金光坊は毎日のように今日は何日かと傍に居る者に訊ね、返事を聞く度にそんなことがあろうかと思った。金光坊は相変らず読経三昧に日を送っていた。立秋からあとは一日の時間が信じられぬ早さで飛んで行った。朝も晩も一緒にやって来るように思われた。

金光坊は、はっきり言って、依然として補陀落渡海する心用意が何もできていない自分を感じていた。読経の合間合間に、相変らず自分の知っている渡海者たちの顔は次々に立ち現われて来たが、現在の金光坊には、それらの顔は、それぞれに親しみも懐しさも感じはしたが、併し、例外なく補陀落渡海とは何の関係もない人間の顔に見えた。自分の渡海など考えてもいない長い間、金光坊が彼等に対して懐いていた崇高なものはすっかりその顔からは消えていた。口癖のように補陀落山《せん》が見えると言った足駄上人と梵鶏上人の二人の顔は、いま考えてみると、常人のそれではなかった。世を厭い人を厭う老人の厭世からの行為としか解されぬ清信上人の渡海に到っては、どう考えても信仰とも観音とも補陀落浄土とも無縁であった。清信上人の眼はそんなものは何も見ていなかった。彼の見ていたものは熊野の海の黒い潮のぶつかり合いだけなのである。その点は、一番立派な渡海の仕方を見せた師正慶上人の場合でも同じことであった。正慶上人は自分が死ぬということだけをはっきり知っていて、自分の死体を海底へ沈めて行く潮の動きだけを見ていたのである。自分の死体が補陀落山へ運ばれて行こうとも、観音の浄土へ生れ変ろうとも、そんなことは微塵も考えていなかったに違いない。それでなくて、あんな落ち着いた静かな眼を、人間は持てるものではない。まだ何かを見詰めていたと言うなら、それは日誉上人だろう。日誉上人は舟へ乗り込む時も、乗り込んでからも、そして何日か何十日か経って舟が板子一枚になり、その上に乗っている時も、いつも生きることを見詰めていたに違いない。まだ自分は救われるかも知れない、観音の救いの手が自分に及ぶかも知れない。そういう奇蹟を求める心を失わなかったに違いない。併し、彼も亦、本当の意味では信仰とも観音とも補陀落浄土とも無縁であった。結局は、信じると言える信じ方で、そうしたことを一度も信じたことはなかったのである。

二十一歳の光林坊と、十八歳の善光坊の二人は、静かな何とも言えず心の惹かれる渡海の仕方をしたが、併し、これとて信仰とは無縁なのだ。骨と皮だけになった痩せ衰えた少年たちは、どんな大人たちよりも、自分の生命というものにいさぎよく諦《あきら》めをつけていたのである。

金光坊は自分の眼の前に現われて来るそうした幾つかの顔を、それを見詰めている自分に気付くと、いつも大急ぎでそれを追い払った。みんな惨めであった。自分はそのどの一つの顔になるのも厭だと思った。それでいて、ともすればそのどの一つの顔にでもなりそうであった。祐信や梵鶏の顔にも、正慶上人の顔にも、日誉の、清信の、光林の、善光のそれぞれの顔にも、少し心をゆるめれば立ちどころにしてなってしまいそうであった。

金光坊としては、自分の知っている渡海上人たちの誰とも別の顔をして渡海したかった。どのような顔であるか、勿論、自分では見当が付かなかったが、もっと別の、一人の信心深い僧侶としての、補陀落渡海者としての持つべき顔がある筈であった。どうせ渡海するなら、自分だけはせめてそうした顔を持ちたいと思った。

併し、十月の声も聞いて、渡海する日が僅か一カ月あとに迫る頃になると、金光坊は、自分の眼に浮んで来る渡海上人たちの顔に対して、また別の考え方をするようになった。これはかなり大きい変り方であった。金光坊は、そのどの一つの顔でもいいから、それに自分がなれるものならなりたいと思うようになったのである。秋の初めまでは、ともすればそうした顔のどれにでも容易になりそうな自分を感じ、それに嫌厭を感じていたが、いまは反対にそのどの一つにでも、なれるものならなりたかった。なりたいと思ってから、容易になれると思ったことがいかに甘い考えで、簡単なことではそれらのどの一つの顔にもなれるものではないということが判ったのであった。

金光坊は、自分の眼にも補陀落の浄土が見えて来たら、どんなにいいだろうと思った。祐信や梵鶏の、常人のそれとは思われぬ青い光を発している眼も羨ましかった。清信上人のこれで漸く一人になれたという顔も羨ましかったし、日誉上人の何ものかと闘っているような不機嫌な、足一つ海水に浸したことでさっと変るような顔も羨ましかった。正慶上人の静かで立派な顔は望んでも及ばないことだったが、年若い二人の少年の顔さえも、自分などの到底求めて及ばぬ遠いものに思えた。それにしても年稚《わか》いのに、どうしてあのように静かな、併し、諦めきった顔が持てたのであろうか。

金光坊は今や急に増えて来た訪問者たちと会わなければならなかった。金光坊は誰がいかなる用件で来たか、そのことを考えることはできなかった。考えるゆとりもなければ考える力も持っていなかった。金光坊は侍僧に本堂の千《せん》手《じゅ》観音の前に連れて行かれ、午前中だけを毎日のようにそこに坐っていた。訪問者たちはあとからあとから入れ代り立ち代り現われた。金光坊は訪問者に対して一言も発しなかった。訪問者の方も、結局は別れにやって来たのであるから、金光坊から話しかけられぬ方が寧ろ好都合であったし、またこうした別れというようなものは、このようにして行なわれるものだという気がして、何も口から出さぬ金光坊の態度をいささかも異様には感じなかった。

金光坊は自分の眼の前の訪問者が何を話そうと、一切受け付けないで、口の中で低く読経しているか、さもない時はヨロリの眼をして暗い堂宇の一隅に視線を当てていた。

十一月へはいってからは、金光坊には全く日時の観念はなかった。朝眼覚めると、いつも若い僧の清源を招《よ》んで、渡海の日は今日ではないかと、そんな風に訊いた。そして今日が渡海の日でないことを知ると、吻としたように顔を上げて白い砂地で出来ている庭の雑木へ眼を当てた。雑木の青さが眼に滲み、庭続きと言っていい浜ノ宮の海岸の静かな波の音が耳にはいって来た。金光坊はこの頃になって初めて、雑木に眼を当てたり、波の音を聞いたりした。長い間金光坊の眼や耳は、そうしたものを受け付けていなかったのである。

秋晴れの気持よく空の澄んだ日、金光坊は例に依って、清源を招んで、渡海の日は今日ではなかったかと訊いた。すると若い僧は、今日申《さる》ノ刻に寺をお出ましになりますと答えた。金光坊は一度立ち上ったが、すぐまた坐った。そしてあとは急に体軀から力という力がすべて抜けてしまった感じで、身動きしないでいた。身動きしないと言うよりできなかったのである。

侍僧の一人が顔を出して、見送りの那智の滝衆がやって来たことを告げた。それから続いてもう一人の侍僧が顔を出して、禅家の導師が到着したことを告げた。

この頃から金光坊にも寺内の騒然として来るのが感じられた。金光坊は何人かに手伝われて、着衣を改め、それから何人かの人に導かれて、自分がこの寺へはいって以来一日も欠かさず毎朝のように勤行《ごんぎょう》した本堂へはいって行った。本堂の千手観音も、右脇侍《きょうじ》の帝釈天《たいしゃく》、左脇侍の梵天像、それから神将像、天部形像、そうした仏たちに、金光坊はその時だけは静かな視線を当て、そしてやがて、それをねめ廻すようにいつまでも見守っていた。

金光坊はすべて侍僧の指図に依って動いていた。本尊の前へ行って読経したり、また自分の席に戻って、仏像たちを見守ったりした。香煙は狭い堂内に立ち込め、僧侶たちはそこに這入り切れないで、廻廊から庭先へと流れていた。本堂で読経が行なわれているというより、読経の声に依って本堂はすっかり包まれていた。

午刻《ひる》過ぎに金光坊は本堂を出た。そして居間で何人かの僧侶たちと茶を喫《の》んだ。百八個の小石に経文の文字を一つずつ書き込んだものが、袋に入れられて縁側に運ばれて来た。何巻かの経典類、小さい仏像、衣類、手廻り品、そうした金光坊と共に舟に乗せられる物も次々に運ばれて来、それらが僧侶たちの手に依って改められると、最後にそれらを海岸まで運ぶ板輿《いたごし》がいやにひらべったい感じで担ぎ込まれて来た。金光坊の眼には僧侶や人夫たちの物の取扱いがすべて粗暴に荒々しく見えて腹立たしかったが、それを口に出す気持にはならなかった。

定刻の申ノ刻少し前に寺を出た。晩秋とも思えぬ強い陽が眩しく金光坊の眼を射た。境内から海岸へかけては人で埋っていた。観衆のどよめきの中を、金光坊をまん中にした一団は一ノ鳥居をくぐって浜の白い砂の上へ出た。見物人は金光坊たちの一団と共に移動して行った。

金光坊は自分の乗る舟が曾ての日誉上人のように今までのいかなる上人の渡海の場合より小さく感じられた。どうしてこんな小さい舟を作ったのかと思った。しかも乗船場も作られてなく、船は同行人の乗る三艘の舟と一緒に恰《あたか》も波打ち際に打ち上げられでもしたように置かれてあった。同行人の乗る舟の方がずっと大きかった。

金光坊は直ぐ乗船させられた。金光坊が乗船してから、人夫たちに依って、大きな木の箱が運ばれて来て、それがすっぽりと頭の上からかぶせられた。金光坊はまたこのことにも怒りを覚えた。屋形舟というものは初めから屋形が舟に設けられてあって、そこへあとから人間がはいって行くものである。それなのに、これでは反対ではないかと思った。

舟に屋形を取りつける釘打ちの音が聞え出したが、それは暫くすると止んだ。屋形の内部は全くの四角の箱で薄暗かったが、やがて一方の扉が外部から開けられて、そこからいろいろの物が運び込まれて来た。そしてそうしたことが総て終ってから、金光坊は侍僧に依って屋形の外に立って見送り人に挨拶することを求められた。金光坊は言われるままに屋形を出て舟縁りの上に立った。群衆の間にどよめきが湧き起り、賽銭が雨のように舟縁りや波打ち際に投げつけられた。子供たちが争ってそれを拾った。金光坊は直ぐ屋形の中へ逃げ込んだ。それからまた金光坊は帆柱が立てられ、それに南無阿弥陀仏と書かれた帆がつけられるまで、長いこと暗い屋形の中に坐っていなければならなかった。すべては不手際に、のろのろと行なわれているようであった。

かれこれ乗船してから一刻近い時刻が経過した時、金光坊は舟が何の前触れもなく動き出すのを感じた。舟底が波打ち際の小石の上をぎしぎしした音をたてて滑って、やがて海へ押し出されるのを感じた。金光坊は外を見ようと思った。併し、どこを押しても屋形の板は動かなかった。先刻《さつき》出入りした出入口も固く閉されていて、押しても突いてもことりとも言わなかった。

併し、やがて、船頭の漕ぐ艪の音が耳にはいって来た時金光坊は吻とした。まだ一人ではないと思った。綱切島まで船頭の手で船を操られて行き、そこへ行って初めて、一人きりになって潮の流れの中へ押し出されるのである。

波の音の間から鉦《かね》の音が聞えて来た。耳を澄ますと、鉦の音と一緒に何人かが和する読経の声も聞えている。併し、読経の声の方は絶えず波の音に妨げられていて、時々、ふいにそれは祭礼の日の囃子《はやし》か何かのように賑やかに聞えて来たり、すぐまた消えたりした。

綱切島へ着いた時、金光坊は屋形の板の合せ目に小さい隙間のあることを発見して、そこへ顔を押しつけて船外を覗いて見た。大きな波のうねりを見せている暮れかかった暗い海面だけがどこまでも果しなく拡がって見えている。お上人さん、おさらばですじゃ。そんな船頭の声が屋形の天井板の方から突然降って来た。金光坊にはおさらばという意味が判らなかった。これまで渡海する場合は、舟は綱切島で一夜を明かし、そこで同行者とも別れを惜しんで、翌朝早くそこを出発することになっていた。

金光坊は、自分でも驚くような大声を出して、舟はここで一夜を明かす筈ではないかと訊ねた。すると、天候が荒れ模様で同行の衆が帰れなくなる怖れがあるので、ここで一夜を明かすことは取りやめて、すぐ艫綱《ともづな》を切るということであった。

金光坊はそれに対して何か呶鳴《どな》ったが、併し、もう船頭は岸へ飛び移ってしまったらしく、それに対する応答は得られなかった。

舟はやがて大きく揺れ始めた。金光坊は板の隙間へ顔をぴったりと当てて舟の外を覗いた。短い時間なのに、先刻より一層黒さを増した海面が、潮をぶさぶさとぶつけ合って拡がっているのが見えるだけであった。

金光坊は今や全く一人になって舟の屋形の中に倒れた。倒れると、一日の疲労がのしかかって来たのか、恐しい力で眠りが彼を捉えた。

どれだけの時間が経ったか、金光坊は眼を覚した。自分がいま真暗な闇の中に横たわっており、自分を横たえている板が大きく上に下に揺れ動いているのを知った。波濤の音が金光坊の体の下で聞えたり、頭上で聞えたりしている。

金光坊は起き上ると、いきなりありったけの力を籠めて屋形を形造っている板に己が体をぶつけた。金光坊は生れてからこれほど荒っぽく自分の体を取り扱ったことはなかった。

五、六回同じことを必死に繰り返しているうちに、やがて屋形の一方の板が音をたてて外部へ外れるのを感じた。

と同時に、物凄い勢いで海風と潮の飛沫《しぶき》が屋形の中へ吹き込んで来た。屋形が風を孕《はら》んだので、舟は大きく一方へ傾いた。次の瞬間、金光坊は自分の体が海中へひどく軽々と放り出されるのを感じた。

金光坊は板子の一枚に摑まって、一夜海上に浮んでいた。夜が明けると、綱切島がすぐ近くに見えた。幼少時代紀州の海岸で泳いでいたので、それが役にたって溺れることから逸《のが》れることができたのであった。

金光坊はその日の午刻近く綱切島の荒磯《ありそ》へ板子ごと打ち上げられた。死んだようになっている金光坊の体が、昨日同行の者として金光坊をこの島まで送ってきた僧侶の一人に依って発見されたのは夕刻であった。海上が荒れていたので、同行人たちは全部島に留まっていたのである。

金光坊は荒磯で食事を供せられた。その間僧侶たちは互いに顔を寄せ合い、長いこと相談していたが、やがて、漁師に一艘の舟を運ばせて来ると、それに再び金光坊を載せた。その頃は金光坊は多少元気を恢復していたが、舟に移される時、それでも聞き取れるか取れないかの声で、救けてくれ、と言った。何人かの僧はその金光坊の声を聞いた筈だったが、それは言葉として彼等の耳には届かなかった。

それからどれ程かの時間、舟はそこに打ち棄てて置かれた。人々は黙ってそれを見降していた。

そうしている時、若い僧の清源は師の唇から経文ではない何か他の言葉が洩れているらしいのを見てとり、自分の耳を師の口許に近付けた。併し、何も聞き出すことは出来なかった。清源は懐中から紙を取り出し、矢立の筆と共に師の前に差し出した。

蓬萊《ほうらい》身裡十二棲、唯身浄土己心弥陀

金光坊は震えている手でそんな文字を綴《つづ》った。やっと判読できるような字体であった。それから彼はちょっと間を置くと、こんども危なっかしく筆を走らせた。

求観音者　不心補陀　求補陀者　不心海

金光坊は筆を擱《お》くと、直ぐ眼を瞑《つむ》った。清源は師の息が絶えたのではないかと思ったが、まだ脈もあり体温もあった。清源は師の筆跡からそれを書いた師の心境をはっきりと捉えることはできなかった。それは金光坊が漸くにして到達することのできた悟りの境地のようでもあり、また反対に烈しい怒りと抗議に貫かれたそれのようでもあった。

間もなく急拵《ごしら》えの箱が金光坊の上にかぶせられ、こんどはしっかりとそれは船底に打ちつけられた。その仕事が終ると、まだ生きている金光坊を載せて、舟は再び何人かの人の手で潮の中に押し出された。

金光坊の渡海後、補陀落寺の住職が六十一歳で渡海するということはなくなった。もともとそうした掟があったわけではなかったが、金光坊の渡海の始終が伝えられ、そうしたことが補陀落寺の住職の渡海に対する世間の見方を改めさせたものと思われた。そしてその代り、補陀落寺の住職が物故すると、その死体が同じく補陀落渡海と称せられて、浜ノ宮の海岸から流される習慣となった。そうした渡海者は享保の頃まで七名を算《かぞ》えている。それは渡海者の物故した月に行なわれるので、渡海の行なわれる季節は区々《まちまち》であった。春の時もあれば、秋の時もあった。

金光坊の渡海後、ただ一つの例外として生きながら渡海した例があった。それは金光坊の渡海後十三年を経た天正六年十一月の清源上人の渡海であった。清源は三十歳になっており、補陀落寺の記録に依ると、両親のための渡海となっているが、勿論、金光坊の渡海に同行したこの若い僧のその時の心境がいかなるものであったか、それを知る手懸りは何一ついまに残されていない。

○テキスト　初出は「群像」一九六一（昭36）年十月。『洪水』（講談社、昭37・4）に収録。テキストには『井上靖全集』第六巻（新潮社、平7・10）所収の本文を収録した。

○解説　この作品は、実際に南紀の熊野（現在の和歌山県南部）の地にあった補陀落信仰に基づいて書かれている。補陀落山とは観音菩薩の住む南インドの地のことであり、この補陀落山を求めて小船で海に漕ぎだして行った人々のことが『熊野年代記』『熊野巡覧記』などの現地の古文書に記されており、井上靖はそれらの資料を自在に用いているのだが、主人公である金光坊とその出来事については『熊野巡覧記』のなかに「中比金光坊と云僧住職の時、例の如く生きながら入水せしむるに、此僧甚だ死をいとい命を惜みけるを、役人是非なく海中に押入ける。是より存命の内に入水する事止りぬ」（小島英男『「発心集」（普陀落渡海伝承）と井上靖の「補陀落渡海記」』の翻刻による）として記載されている。つまりこの作品は大枠としては資料をもとにした現実の事件によりながら、人物の内面の細かな動きについては自由な想像力を駆使して描きあげるという、「敦煌」や「楼蘭」などの西域物にも見られる言わば井上靖の歴史小説の定番とも言える書き方によって、成り立っていると言えるのである。

それを踏まえたうえで問題となるのは、作中における補陀落山の位置づけだろう。海の向こうに聖なる世界があり、そこから定住者であるこの世界の人々のもとに神や異人が訪れたり、あるいは逆に人々がその世界に憧れてでかけて行くといった話は、古くは「古事記」上巻末尾の「常世国」や「妣の国」についての記述があり、また日本各地の民話や習俗のなかにもよく出てくる。民俗学者の折口信夫は「国文学の発生（第三稿）」（『古代研究（国文学篇）』）のマレビト論のなかで、このような古代からの日本人の信仰の残滓を沖縄におけるニライカナイ信仰（海のかなたにあるとされた楽土にたいする信仰）に見て、「神は時あつて、此処から船に乗つて、人間の村に来ると信じた」と記している。つまり作中に語られている補陀落信仰は、観音信仰という仏教世界の意味合いを越えて、以上に述べたような古代からの日本人の他界概念と結びついていると考えられるのであり、その意味でこの作品は異界をめぐる物語なのだと一応は言えるのである。

また宗教的な意味合いはないものの、海と異界と言えば、柳田国男が「うつぼ舟の話」で論じているウツボ舟の伝説も思い浮かぶ。この伝説は、異人の乗った小さな舟が異界から日本の海岸に流れつくという話で、日本各地に伝承されていたらしい（江戸時代の随筆「兎園小説」に出てくる話が、澁澤龍彦『東西不思議物語』で紹介されている）。補陀落渡海とは舟の進む方向が逆ではあるが、しかしこの伝説も海に寄せる日本人の心性の在り方を示しているのであり、海の向こうの世界とは、異界であるがゆえに恐ろしいものであるとともに、こちらの世界に幸いをもたらす聖なる世界として考えられていたのである。
しかしここで留意すべきであるのは、主人公の金光坊にとって補陀落山という異界は、異界としての聖なる意味を持たない単なる死の世界にすぎないということである。彼は補陀落渡海した先輩の上人たちのことを考えるのだが、彼らは狂気に陥っているのでなければ、厭人癖や生への諦めなど、きわめて現世的な理由で死を望んでいたにすぎない。これは金光坊ひとりの考えとして作中で対象化されているのではなく、三人称の語り手の客観的かつ説明的な口調によって、実際そうであった事実として読者に伝わるように書かれているのである。それゆえ、作品世界においては、本来異界であるべき向こう側の世界は、異界としての役割を果たしていない。それでは、この作品は補陀落山という本来界異であるべき場を語りの対象として設定しながらも、実は異界を描かないことによって成り立っているのだろうか。

作中で、語りの在り方が大きく変化するところがある。それは、金光坊が満身の力で屋形を壊し海に落ちた場面の後の一行あきの次からである。それ以前の部分では語り手は自在に金光坊の内面に入り、彼の心理を微細なまでに語り明かしていた。しかしこの部分から後の彼の内面を示すものは、「救けてくれ」という僅か一言と、震える手で書いた二行の文字群しかないのである。この文字群にしても『熊野巡覧記』からの引用ではあるのだが、細かな部分が意図的に改変されていて、文意が不明瞭にされている（『熊野巡覧記』には「蓬莱身裡十二楼とも又は唯身浄土己心の弥陀」および「求観音者不必補陀者不必海」とある）。作中にもあるように、金光坊の最後に辿りついた心境が悟りだったのか怒りだったのか、それ以前の部分での心理描写が明確であるだけに却って、不明のものとなってしまうのである。それとともに、作品末尾の後日談の部分で語られる清源の渡海の理由（作中のことばを使うならば「その時の心境」）についても、謎として読者に提出されたまま作品は閉じられる。つまりこの作品では、異界は向こう側にあるのではなく、人間の内面というこちら側の世界にあることが示されているのであり、それゆえにこの作品は、単なる歴史的資料に取材したお話という範疇を越えて、文学作品となっているのである。

（倉西　聡）

○参考文献　埴谷雄高・中村真一郎・佐々木基一「創作合評」（「群像」昭36・11）。河上徹太郎「解説」（『井上靖文庫2 敦煌・洪水』新潮社、昭37・11）。山本健吉「解説」（『新潮日本文学44　井上靖集』新潮社、昭44・1）。チャールズ・H・ハンブリック「「補陀落渡海記」」（武田勝彦編『井上靖文学 海外の評価』創林社、昭58・1）。小島英男「『発心集』（普陀落渡海伝承）と井上靖の「補陀落渡海記」」（川口久雄編『古典の変容と新生』明治書院、昭59・11）。倉西聡「井上靖　研究案内　『補陀落渡海記』」（曾根博義編「国文学解釈と鑑賞」別冊『井上靖　詩と物語の饗宴』至文堂、平8・12）。

〈異界〉論へのいざない

〈異界〉とは何だろう。よく似た語に「異郷」や「異境」や「異域」がある。それらが古い歴史をもつ漢語であり、小さな辞書にも載っているのに対し、異界は漢語ではなく、大きな国語辞典にも載せられていないことの方が多い。この語を採っている数少ない一つ『大辞林』(三省堂)には、「人類学や民俗学での用語。疎遠で不気味な世界のこと。亡霊や鬼が生きる世界」とある。用例から言えば、この語はもう「人類学や民俗学」の範囲にとどまっていないだろうし、「亡霊や鬼が生きる世界」にも収まらなくなっていようが、生い立ちが学と結びついていたことは確かだ。

なぜ異界などという言葉が必要だったのか。文化人類学者・民俗学者の小松和彦はこの語を広めた一人である(『異人論』一九八五　青土社、『神隠し』一九九一　弘文堂、などの著作はすべて異界に関っている)。民俗学の分野で村落社会の向こう側を表すのには「他界」という語があるが、それに付随してきた「死後の世界、神々の世界」というイメージが、フォークロアの問題をもっと広くとろうとした氏には不都合であった。幽霊屋敷や古い蔵や人影のない神社や墓地といった、子供時代から感覚的に受け止めてきたものをも包含するために、氏は他界ではなく異界を用いたのである。

異界は、こちら側を想起させ、また境界を立ち上がらせる。我々の世界観を構造的にとらえようとするこの考え方は、それまで個別な事例研究にとどまっていた向こう側の問題、たとえば竜宮・神隠し・浄土・鬼ケ島などの問題を、比較論の視座から検討しうるものに変え、さらにそれは社会学や文学や教育学などに適用させる道を開いていった。竜宮も、外国も、理科室も、ネバーランドも、夢も、通文化的レベルの議論のうちに浮かび上がる。同質性はむろん、それらの間の真の差異をも確認されうる道が開かれたのだ。

この語は「異人」研究とも密接である。小松の『異人論』が出た一九八五年には赤坂憲雄『異人論序説』（砂子屋書房）も出た。外部を背負い、内部との間に立つ異人なるものを、交通性を基点に、商人、天皇、職人などから内なる狂気までを視野に入れて論じたこの力作は、『境界の発生』（一九八九　砂子屋書房）などの後の赤坂の仕事を約束している。

文学研究の世界でこの語を早くから意図的に用いた代表は百川敬仁である。『内なる宣長』（一九八七　東京大学出版会）に収められた「異界・内面・権力」（一九八五）で氏は能の進展をポイントに、三次元的空間として異界をとらえた時代から、内面化（時間化）された異界へと変容するところを見、内部こそ人間にとっての異界だという視野を得た。さらに『「物語」としての異界』（一九九〇　砂子屋書房）によって問題は補強され、とりわけ「もののあはれ」を、近世共同体に対立する虚構化された外部（思想的異界）と位置づけたところが注目される。ここで氏が「異界」という語を用いたのは、「異郷」「他界」が人間の共同性との相関を問う視点を欠いたまま用いられてきた研究史との距離を示すためである。氏の出発点は、異界を「共同体の本源的異和あるいはストレスと相関的に存在するもの」として見るところにあるのである。

では近代文学研究にとって異界はどう働いてきたか。早くから作品分析に関与したが、おおざっぱに言って人類学・民俗学の範囲に沿った使用と、そこから派生したやや気分的な使用とに分れるようだ。が、いずれにしろ、こちらの支配の届かぬ民俗的世界、周縁に残存した被差別的空間、消滅したがゆえに恐れ憧れる時空といった意味は荷わされており、百川のいう範囲までは機能させていない。また物語研究の現在の認識（「異郷や他界が、人間の世界とは隔絶している場所《トポス》を言う静的な概念であるのに対して、異界は、もののけや生き霊などの異形のものたちが、そこから日常の中へと不意に闖入してくる場所を言う動的な概念」（関根賢司「源氏物語と異界」、「国文学」一九九五・二）などとも必ずしも切り結んではいない。つまり異界はタームの様相を持ちながら、一般名詞的性質を帯びて用いられてきた。少なくともそれを論の基点にするということはなかった。

その理由は、異界論が、原理の袋小路に向かう性質を持つからではないか。膨大で多様な近現代のテクストをとらえるのに、話型の問題を前提とするような原理的思考はふさわしくみえない。とりわけ文化現象としての文学をも豊かにとらえていこうとする時代にそれは逆行と映るかもしれない。加えてまた異界という語が概念の枠をたやすく広げていきそうな事態に対する懸念もあっただろう。中古文学研究の高橋亨が図式化して以来、境界を挟んで主人公が移動する話の典型に、浦島とかぐや姫が出されることが多いが、その型の確認は、こちら側と向こう側（異界）という二つの領域の存在を前提としている。その応用は童話やアニメのみならず、「舞姫」以後のたくさんの浦島・かぐや姫型小説の中にも、構造的には異界という領域のあることを許すことになるだろう。「主人公」を定義して境界線を越える存在だとするY・ロトマンの考え（『文学理論と構造主義』磯谷孝訳）に従っても、それらの小説は異界に関与する。むろん実際には越境者を迎える者が主人公の場合もあるのだから、主人公が動かなくても異界はあることになる。手紙や電話だけでも異界は現れる。心理レベルでしか出来事が起こらない場合にも、異界はどこかに意識されうる。小説の中にではなく、小説を読むことを異界への旅と考えることも可能だ。このことは、異界についての考察が、つきつめていくとかえって実りの少ない話型論もしくは無限定な物語要素論に終わる可能性を示している。これも近代文学研究において、異界を明確な用語として機能させなかった理由の一つではないか。

異界の考察は、だが同時に新たな可能性を指示してもいるだろう。それは各テクストは引用の織物でありつつ、個別の風貌をもつという当たりまえの場所に我々を立ちかえらせる可能性である。我々は一定の構造の確認の上でだけ、個々の世界の真の差異を読むことができる。そういう意味で、文学における異界の考察は、テクストの種々相を明らかにしていくことや、それらの相を生み出す状況を明らかにしていく出発点になりうる。つまり異界のありようとその語られ方を弁別し観察していくことは、個々の作品論／テクスト論のためにも、現象としての文学をみていくためにも意味を持つだろうということだ。

ともあれ近代文学研究の場では、異界は先のような小説内の時空を指していた。作家で言えば泉鏡花、江戸川乱歩などに顕著な世界。百川のではなく小松のイメージに近く、幻想文学にも欠かせぬ要素であった。本書に収められたものも、同じ傾向をもっている。具体的には浦島型の空間的異界が中心に選ばれている。

とはいえ、異界の水準は一通りではない。事は異界の絶対性にはない。その時空間を縁取る言説の、どんな働きによって異界は立つかということだ。それは作者そして時代の世界観であり、それを読むわれわれ読者のそれの投射である。たとえば「西班牙犬の家」の「私」が入り込んだ所は確かに不思議な感じがしよう。でもそこは散歩の途中で入っていった所だから、現実の続きの場所のはずだ。行こうとすれば明日また行けるのかもしれない。だがここには、語り手による西洋の浦島の引用があり、現実界の論理を転倒させる犬の変身があり、家の不可思議な景観描写がある。それらの言説を再訪不能の、地図にない場所を作り出すものとして寄せ集めれば、異界化の構造はあらわれる。一方で、そこを別な形で現実化しうるなら、異界などあらわれることもない。「へんろう宿」や「水月」などは、その意味で、向こう側は読み手によって大きく変わるのではないか。

加えて、(当然だが)「異界」は独立した問題ではない。話型のこととともに、語り手の問題もつながっている。さらに虚構、外部、制度、他者、メディア、都市など、文学研究および隣接する学問を活性化してきた概念とも密接に関わっている。様々な可能性の一端に異界はあるとも言えるのだ。本書には「〈異界〉を読む」という題がつけられているが、そこにだけ縛られるならもったいないことになってしまうだろう。

以下、近代文学と異界の問題を考える上での参考書を数点紹介する。国文学研究資料館編『文学における「向う側」』(一九八五　明治書院)は、専攻分野の違う研究者が表題のことに正面から取り組んだもの。芳賀徹、平川祐弘、鶴田欣也らの比較文学的視点からの論はこの問題の基礎。すでに触れた百川の「異界・内面・権力」も初めここに載った。

鶴田欣也は翌年『日本近代文学における「向う側」』(一九八六　明治書院)で、「母・性」をモチーフに「高野聖」「草枕」「雪国」などを興味深く論じた。東郷克美『異界の方へ』(一九九四　有精堂)は、個々の作品世界の分析を通じて、非在かつ無文字のはずの異界が、近代における豊かな文字表記を発生させる場であったことを教える実践。四方田犬彦「異界の変容」(「新潮」一九八五・三、のち『貴種と転生』一九八七　新潮社に所収)は、泉鏡花、大江健三郎、中上健次の作品における異界の、いやおうない変容を作品・作家・時代を視野に入れて力強く論じた。十川信介「故郷・他界」(「文学」一九八五・十一、のち『「ドラマ」と「他界」』一九八七　筑摩書房、に所収)は、明治二十年代文学における二つの想界(一つは他界)に及んで示唆的。幻想文学関係には、村松定孝編『幻想文学　伝統と近代』(一九八九　双文社出版)、金沢大学フランス文学会編『幻想空間の東西』(一九九〇　十月社)、川村二郎『幻談の地平』(一九九四　小沢書店)、高桑法子『幻想のオイフォリー』(一九九七　小沢書店)などがある。「境界」については「現代詩手帖」で二度(一九九五・六、一九九七・五)特集を組んだ。

(なお、右に紹介した文献の副題は省略してある。)

(高橋広満)

〈異界〉文学を読む　作品解説者

龍潭譚　鈴木啓子　すずき　けいこ　宇都宮大学
狐　中澤千磨夫　なかざわ　ちまお　北海道武蔵女子短期大学
西班牙犬の家　高橋広満　たかはし　ひろみつ　相模女子大学
奉教人の死　庄司達也　しょうじ　たつや　横浜市立大学
母を恋ふる記　東郷克美　とうごう　かつみ　元早稲田大学
Kの昇天　中沢　弥　なかざわ　わたる　多摩大学
瓶詰の地獄　押野武志　おしの　たけし　北海道大学
押絵と旅する男　浜田雄介　はまだ　ゆうすけ　成蹊大学
魚服記　木村小夜　きむら　さよ　福井県立大学
猫町　小関和弘　こせき　かずひろ　和光大学
川　宮内淳子　みやうち　じゅんこ
へんろう宿　新城郁夫　しんじょう　いくお　琉球大学
狐憑　一柳廣孝　いちやなぎ　ひろたか　横浜国立大学
水月　馬場重行　ばば　しげゆき　山形県立米沢女子短期大学
補陀落渡海記　倉西　聡　くらにし　さとし

〈異界〉文学を読む

発　行　2017年2月25日　初版1刷
　　　　2019年2月25日　　　2刷
　　　　2020年2月25日　　　3刷

編　者　東郷克美
　　　　高橋広満

発行者　加曽利達孝

発行所　鼎　書　房
〒132-0031　東京都江戸川区松島2-17-2
TEL・FAX　03-3654-1064
URL http://www.kanae-shobo.com

印刷所　イイジマ・TOP　　製本　エイワ

ISBN978-4-907282-29-5 C0095

〈都市〉文学を読む

東郷克美・吉田司雄 編

泉　鏡花　**夜行巡査**（秋山　稔）
樋口一葉　**十三夜**（松下浩幸）
田山花袋　**少女病**（藤森　清）
国木田独歩　**窮　死**（関　肇）
谷崎潤一郎　**秘　密**（金子明雄）
志賀直哉　**小僧の神様**（森下辰衛）
芥川龍之介　**舞踏会**（篠崎美生子）
梶井基次郎　**檸　檬**（柴　市郎）
横光利一　**街の底**（石田仁志）
中野重治　**交番前**（竹内栄美子）
堀　辰雄　**水族館**（山﨑正純）
江戸川乱歩　**目羅博士**（吉田司雄）
織田作之助　**木の都**（宮川　康）
三島由紀夫　**橋づくし**（小埜裕二）
大江健三郎　**人間の羊**（島村　輝）

（　）内は解説者

定価（本体二、〇〇〇円＋税）

ISBN978-4-907282-28-8 C0095